Gunter Gerlach
Irgendwo in Hamburg

Foto: Tanja Bächlein

Gunter Gerlach, geboren 1941 in Leipzig, Schriftsteller und Krimi-Autor. Im Rotbuch Verlag sind folgende Krimis erschienen: *Katzenhaar und Blütenstaub, Neurodermitis, Falsche Flensburger, Ich lebe noch, es geht mir gut.*

Die Wohnung ist möbliert und unglaublich günstig. Sie liegt irgendwo in Hamburg. Jakob zieht sofort ein. Zumal er weiß, dass Helen auf derselben Etage wohnt. Seine Liebe zu dem behinderten Mädchen versuchen die anderen Mieter zu verhindern. Helens Mutter droht sogar, ihn umzubringen.
Allmählich entdeckt Jakob, dass der Hauswirt die Bewohner nach nur einem Merkmal ausgewählt hat – sie waren alle im Gefängnis, sind fast alle Mörder. Dass Jakob die Wohnung bekommen hat, ist nichts als eine furchtbare Verwechslung. Oder?

Sie zeigt auf mich. »Kennst du schon Herrn Vogelwart?«
Er geht, ohne sich umzudrehen, in Matas Wohnung und sagt: »Ich dachte, du hättest ihn umgebracht.«
»Noch nicht.«
»Man stirbt sehr schnell hier«, sage ich.
Sie hebt die Schultern. »Nein, es geht viel zu langsam«, sagt sie.

Gunter Gerlach

Irgendwo in Hamburg

Krimi

Rotbuch Verlag

Bibliografische Information Der Deutschen Bibliothek

Die Deutsche Bibliothek verzeichnet diese Publikation in der Deutschen Nationalbibliografie; detaillierte bibliografische Daten sind im Internet über http://dnb.ddb.de abrufbar

Umschlaggestaltung: projekt ® | Cathrin Günther, Hamburg
unter Verwendung einer Fotografie von © zefa/Graf
Herstellung: Das Herstellungsbüro, Hamburg
Druck und Bindung: Poligrafia Janusz Nowak
Printed in Poland

ISBN 3-434-54049-0

Informationen zu unserem Verlagsprogramm
finden Sie im Internet unter: www.rotbuch.de

Die Hausbewohner

Im Erdgeschoss und 1. Stock rechts befindet sich die Praxis und Wohnung von *Claudia* (39) und *Dr. Arnold Kerner* (44).

Im Erdgeschoss und 1. Stock links hat Hausbesitzer *Bruno Liebe* (50) seine Videothek und seine Wohnung.

Im 2. Stock rechts wohnt *Mata Krystof* (47) mit Tochter *Helen* (27). Der Vater *Lukas* ging nur mal Zigaretten holen und kam nie wieder.

Im 2. Stock links wohnte *Thorsten Riebach* (36). Der Unternehmensberater ist plötzlich verschwunden. Sein Schulfreund *Jakob Vogelwart* (36), Autor und Dieb, zieht in die Wohnung ein. Später nimmt er noch *Porsche* (34) als Untermieter auf.

Im 3. Stock rechts wohnt *Lothar Murr* (66), allen nur als der General bekannt. Ob Mitbewohnerin *Karin Göring* (59) seine Frau ist, weiß man nicht so genau.

Im 3. Stock links wohnen *Hans* (40) und *Tamara Zimt* (36). Hans Zimt betreibt eine Agentur für Kommunikation, seine Frau einen Modeschmuckladen.

Im Dachgeschoss befindet sich eine Wohnung ohne Türschild. Der Student *Wolf* (24) wohnt hier und betreibt einen virtuellen Friedhof im Internet.

Nicht zu vergessen: Der Mann im Keller. *Carlos* (52) ist Hausmeister.

»Niemand weiß, dass ich eigentlich eine Frau bin«, sagt Thorsten.

»Eine Frau?« Ich habe ihn seit zehn Jahren nicht mehr gesehen.

Er nickt. Wir sind uns auf der Straße begegnet und in ein Café gegangen.

»Ehrlich?« Ich glaube ihm nicht. Aber wer weiß. Vielleicht hat er sich operieren lassen. Geschlechtsumwandlung. Ich bin mit Thorsten in die Schule gegangen. Damals war er noch ein Junge.

Ich suche in seinem Gesicht nach Hinweisen. Er ist ein Mann. Das dunkle Haar millimeterkurz. Er ist schlecht rasiert. Das war er schon immer. Zu starker Bartwuchs. Blaue Haut. Ein Schimmelpilz, der sich allmählich auf seinem Körper und in seinem Gehirn breit macht.

»Wie meinst du das?«, frage ich.

Er hat den Kopf gedreht und beobachtet die Passanten. Draußen ist die Sonne ohne Mitleid. Selten in Hamburg. Thorsten wirkt müde, seine Augen sind Fisch. An seinem Hals die ersten Schildkrötenfalten. Ich hätte ihn nicht ansprechen sollen.

Die Kellnerin kommt und bringt zwei Cappuccinos. Ohne hinzuschauen, tastet er nach seiner Tasse.

»Was ist los mit dir?«, frage ich.

Er trinkt. »Bin pleite.«

»Du warst doch Unternehmensberater unten am Hafenrand, als ich dich das letzte Mal traf. Das muss zehn Jahre her sein. Jedenfalls trägst du noch den grauen Anzug von damals.«

Er lacht nicht, wahrscheinlich ist es wirklich derselbe Anzug. Er ist ihm zu groß geworden.

»Hör mal«, sage ich, »ich könnte deinen Rat gebrauchen. Ich suche einen neuen Job.« Den brauche ich wirklich. In letzter Zeit bin ich bei meinen Einbrüchen zu viele Risiken eingegangen. Ich muss umziehen, vielleicht sogar raus aus Hamburg, sonst schnappen sie mich. Meine bürgerliche Fassade als Schriftsteller bricht allmählich zusammen. Der Verlag lehnt meine neuen Manuskripte ab. Früher konnte ich meine kriminelle Karriere rechtfertigen, konnte sagen, ich sponsere damit die Literatur. Aber jetzt erscheinen keine Bücher mehr von mir.

Ein Mann betritt das Lokal. Thorsten springt auf, will fliehen. Dann setzt er sich langsam wieder.

»Wovor fürchtest du dich? Wirst du verfolgt?«

Thorsten reißt eine der kleinen Zuckertüten auf und lässt etwas davon in seine hohle Hand rieseln. Mit spitzer Zunge nimmt er ein paar Kristalle auf. Sie ritzen die Schleimhäute und gehen direkt ins Blut.

»Du willst meinen Rat?«, sagt er gezuckert. Er lehnt sich zurück und lacht. »Ich bin pleite«, sagt er. »Verstehst du: Pleite. Als Unternehmensberater!«

Thorsten redet nicht, sieht mich nicht an. Wenn er sich bewegt, schlottert der Anzug. Der kleinste Luftzug macht den Stoff dünn. Er ist nicht nur pleite, er ist auf der Flucht. Wahrscheinlich vor seinen Kunden, aber er antwortet nicht auf meine Fragen.

Ich versuche es mit: »Weißt du noch, als wir beide in der vierten Klasse in Bärbel verliebt waren?«

Thorsten zieht die Stirn in Falten.

Ich helfe nach: »Die Tochter des Bauunternehmers aus Barmbek. Sie hatte Beine wie Brötchen.«

Keine Resonanz.

»Wir haben mit unseren Rädern vor ihrem Haus gestanden.«

Er stößt Luft aus.

»Was ist los mit dir?«, frage ich. Wenn er mich jetzt um Geld bittet, gebe ich alles, was ich habe. Und dann verschwinde ich ganz schnell.

Er zuckt mit den Schultern, wiegt den Kopf.

Ich gehe aufs Klo, komme an der Theke vorbei. Die Kasse steht offen. Der Tresenkellner, ein magerer Alkoholiker auf dem Sterbebett, schreibt etwas auf einen Zettel. Mal sehen, ob ich noch schnell genug bin. Manchmal denke ich, ich will endlich erwischt werden, damit Schluss ist mit dem ganzen kriminellen Leben. Ich bin eine Gefahr für mich. Ich zeige auf die Batterie der Flaschen.

»Habt ihr auch Bushmills?«, frage ich. Er dreht sich um, geht mit dem Zeigefinger in der Luft die Flaschenreihe lang. Im gleichen Moment ziehe ich den Fünfziger aus der Kasse. Vielleicht schenke ich den Thorsten.

»Nee, haben wir doch nicht. Neulich hatten wir den«, sagt er und kratzt sich am Kopf. »Muss ich nachbestellen.«

Ich zahle«, sage ich und winke der Kellnerin. Dabei stoße ich mir den Ellenbogen. Neuerdings nehme ich solche kleinen Unglücke als Warnung oder Strafe. Ich muss den Fünfziger zurückgeben.

Die Kellnerin schleppt sich heran, hat die Falten einer allein erziehenden Mutter im Gesicht: junge Kerben, die von den Augen auf die herabgezogenen Mundwinkel zeigen.

Ich reibe mir den Ellenbogen und biete Thorsten noch einen Sambuca an. Wenn schon Zucker, dann flüssig und mit Alkohol. Müsste noch besser wirken und ihn ins Leben zurückholen.

Die Kellnerin stützt sich auf unsere Tischplatte. Ich denke an ihr missratenes Kind. Ich tippe auf einen siebenjährigen dicken Jungen, der ihr nicht dafür dankt, dass sie jeden Tag die Reste aus dem Restaurant mit nach Hause bringt.

Thorsten schüttelt den Kopf. Kein Schnaps. Er will nach Hause. Unter dem Tisch liegt sein Einkaufsbeutel. Er nimmt ihn hoch. Oben guckt eine grüne Gurke heraus.

Ich zahle und gehe noch einmal zur Theke. Der Typ dahinter reicht mir einen Hundeblick. Ich halte ihm den Fünfziger hin. »Hier, hat unten am Tresen gelegen.«

Der Hund will den Schein nicht nehmen.

»Fehlt bestimmt in der Kasse«, sage ich und klebe den Fünfziger vor ihm in die Bierpfütze. Der Schmerz in meinem Ellenbogen war eindeutig. Außerdem, wenn es jemandem in meiner Umgebung schlecht geht, werde ich ein guter Mensch.

Thorsten steht schon draußen in der Türöffnung, streckt den Kopf vor und blickt in alle Richtungen, als erwarte er eine Gefahr aus einer Richtung.

»Ich komme ein Stück mit«, sage ich. Ich will auf ihn aufpassen, sonst wirft er sich noch vor ein Auto.

Wir gehen den Eppendorfer Weg in Richtung Altona. Thorsten geht es besser, er erzählt mir, wie das war, als er Pleite machte. Sein Partner ist mit dem Firmenkapital ins Casino. Alles auf eine Zahl gesetzt. Weg war's. Nein, keine Polizei. Das hätte er schon selbst gemacht. Manche Schurken dürfe man nicht noch durch einen Haftbefehl oder gar ein Gerichtsverfahren aufwerten. Ich lache aus Höflichkeit, aber es war kein Witz.

Nach einer Weile frage ich: »Wie hast du das gemeint, dass du eine Frau bist?«

»Frag mich was Leichteres.«

Wir gehen an einer Bäckerei vorbei. Ich fange noch mal von Bärbel aus Barmbek an. Wenn ich bedenke, dass ich heute Bauunternehmer sein könnte, wenn es mit ihr damals geklappt hätte. Das wäre ein anständiger Beruf.

Aber der Baubranche geht es auch nicht mehr so gut. Vielleicht ist Bärbel inzwischen auch ein Sozialfall, schläft unter einer Brücke, hat grindige Beine, keine Zähne mehr und bettelt auf der Reeperbahn. Thorsten hat die Lippen vorgeschoben und sagt nichts zu meinem Geplapper. Er versucht, immer dicht an den Häusern zu gehen, als müsse er sich gleich festhalten oder Deckung suchen.

Ich erzähle, dass ich noch genug Geld für ein Jahr habe. Ich will es in ein Geschäft investieren.

»Vielleicht ein kleiner Laden«, sage ich. »Eis, zum Beispiel. Ich arbeite nur in den Sommermonaten. Eine Eisdiele, was meinst du dazu?«

Aber Thorsten ist nicht bei mir. Mit grauen Augen und Falten auf der Stirn blickt er einem Motorradfahrer hinterher. Der hält an der Ampel. Wegen der schwarzen Lederkleidung und dem Helm kann ich nicht erkennen, ob es eine Frau oder ein Mann ist. Plötzlich weiß ich, Thorsten hat Angst, umgebracht zu werden.

»Wie wäre es, wenn ich ein Café oder eine Teestube eröffne?«, frage ich. »Was meinst du? So was läuft doch. Ich würde nur nicht gern selbst hinter dem Tresen stehen.«

Thorsten geht schief neben mir, als ob ihn sein Einkaufsbeutel mit der grünen Gurke nach unten zieht. Seine Hände sind fast in den Ärmeln seines Anzugs verschwunden.

»Ich stelle mir vor, ich komme nur zum Abkassieren. Die Arbeit muss jemand anderes machen. Studenten«, sage ich.

Thorsten hört mir nicht zu. Er weiß nichts von meiner Doppelexistenz. Für ihn bin ich Schriftsteller. Aber mein Geld stammt von einem Autohändler. In seiner Wohnung habe ich das Versteck mit dem Schwarzgeld gefunden. Es könnte reichen, als Investition in was Anständiges.

»Eine Teestube«, sage ich, »würde mir wirklich gut gefallen. Weißt du, mit Teeverkauf und all den Sachen, die so dazugehören. Russische Samoware, zum Beispiel. Und hübsche Studentinnen, russische vielleicht, die das verkaufen und die

Leute auf Russisch bedienen. Und mich auch. Alles müsste irgendwie russisch sein. Aber Rubel nehme ich nicht.«

Thorsten lässt sich nicht provozieren. Er schnauft, reibt sich die Nase.

»Das Problem ist: Ich habe keine Ahnung von Buchhaltung«, sage ich. »Du weißt so was doch.«

Thorsten sagt nichts. Er schlurft neben mir her. Dann bleibt er vor einem Hauseingang stehen. Irgendwo in Hamburg.

»Hier wohnst du?« Ich betrachte das alte Mietshaus. Wahrscheinlich über hundert Jahre alt. Die Fassade ist zitronengelb gestrichen. Es führen ein paar Stufen zum Eingang hinauf. Die Tür ist neu. Aus goldfarbenem Metall. Um den Eingang ranken sich Blätter aus Stuck und schlingen sich oben um zwei verschränkte Herzen. Alles gelb überstrichen. Ich schmecke die Farbe bitter auf der Zunge.

»Lass uns telefonieren, wenn du meinen Rat willst«, sagt Thorsten. Er hebt den Kopf und betrachtet die drei Stockwerke. »Ich glaube, ich verlasse in nächster Zeit das Haus nicht mehr.«

»Schon gut. Zu gefährlich, was?«

Ich schreibe ihm meine Nummer auf einen Kassenbon. »Gilt deine alte Nummer noch?«

Er nickt.

Am Straßenrand steht eine ältere Frau, beugt sich vor und steckt sich einen Finger in den Mund. Thorsten streckt die Hand aus. Ich lege den Zettel hinein. Er beobachtet die Frau über meine Schulter hinweg. Sie übergibt sich.

»Kennst du die?«, frage ich.

»Die Frau des Generals. Ich hasse sie. Sie macht es immer, wenn sie aus dem Haus kommt. Kann sie das nicht in ihrer Wohnung machen?«

Er steckt den Zettel mit meiner Telefonnummer in die Tasche, ohne mit seinem Blick zu mir zu kommen. »Weißt du«, sagt er, »es ist sowieso besser, per Telefon miteinander zu sprechen.«

»Warum?«

»Es ist dann nicht so real.«

Ich stecke fest. Das Telefon klingelt. Ich stecke mit dem Finger in der Wand fest. Da war ein Loch, ich habe meinen Finger hineingesteckt, und nun komme ich nicht wieder heraus. Eindeutig eine Warnung. Ich muss raus aus dieser Wohnung. Hier bin ich nicht mehr sicher.

Meine Hand reicht nicht bis zum Telefon. Es ist ein schnurloses Telefon, das nach Zigarren riecht, wenn die Sonne darauf scheint. Es liegt auf dem Tisch.

Vielleicht ist es schon die Polizei.

Ich weiß nicht mehr, warum ich meinen Finger überhaupt in das Loch gesteckt habe. Es ist nicht tief, aber ich kriege ihn nicht wieder heraus. Je mehr ich ziehe, umso fester hält ihn die Wand. Der Finger schwillt an. Das Telefon klingelt weiter.

Vielleicht ist es auch Thorsten.

Ich verstehe das nicht. Ich habe das Loch selbst gebohrt. Es ist nicht tiefer als der Putz. Ich habe es mit dem Bleistift gebohrt, immer dann, wenn ich beim Schreiben meiner Geschichten nicht weiterkam. Das heißt, genau genommen war das Loch schon da, als ich in die Wohnung zog. Es war nur nicht so groß. Es kommt mir vor, als würden die Abstände, in denen das Telefon klingelt, kürzer.

Es ist mein rechter Zeigefinger, mit dem ich festhänge. Ich versuche, ihn zu drehen. Es schmerzt, als würden Nadeln in die Haut stechen.

Das Telefon klingelt weiter. Ich versuche, meinen linken Arm bis zum Telefon zu strecken. Es hat keinen Zweck. Es fehlen etwa zehn Zentimeter.

Das Klingeln verändert seine Tonhöhe. Es muss Thorsten sein.

Ich lehne mich schräg gegen die Wand, hebe mein linkes

Bein. Beine sind länger als Arme. Ich schaffe es, das Telefon anzutippen. Mit nackten Füßen könnte es gehen. Mit ein bisschen Schweiß funktionieren Zehen wie Saugnäpfe. Ich ziehe einen Schuh aus und streife die Socke ab. Ich kriege mit dem großen Zeh das Telefon zu fassen. Ich schiebe es in meine Richtung. Es rutscht bis zur Tischkante und fällt herunter. Mit meinem Fuß versuche ich, seinen Sturz abzubremsen. Es klingelt nicht mehr.

»Hallo«, sage ich in Richtung des Telefons. »Hallo? Thorsten, bist du das?«

Mit dem Fuß schiebe ich es zu mir heran. Ich nehme es ans Ohr. »Hallo?«

Es kommt keine Antwort.

Ich wähle Thorstens Nummer. »Hast du mich eben angerufen?«

»Wer ist denn da?«

»Ich bin's. Jakob.«

»Nein, ich hab dich nicht angerufen.«

»Mein Telefon hatte die ganze Zeit geklingelt, und ich konnte nicht rangehen. Ich hänge hier fest.«

»Wie kommst du auf mich?«

»Weil du gestern gesagt hast, du würdest lieber telefonieren.«

»Gestern?«

»Ja, du weißt doch, ich könnte deinen Rat gebrauchen. Ich will aufhören mit dem Bücherschreiben, mich mit irgendetwas selbständig machen. Hab ich dir doch erzählt.«

»Kann sein. So viele Leute erzählen mir so viele Sachen. Manchmal geht das alles nicht mehr in meinen Kopf. Wann war das genau?«

»Na, hör mal. Wir standen doch gestern bei dir vorm Haus.«

»Und was soll ich da gesagt haben?« Seine Stimme klingt

gepresst. Vielleicht steht jemand hinter ihm, hat eine Pistole auf ihn gerichtet.

»Thorsten?«

»Ja.«

»Ist alles in Ordnung?«

»Wir sollten ein anderes Mal telefonieren. Es ist im Augenblick etwas unglücklich.«

»Thorsten. Was ist los?«

»Nichts, nichts. Ich bin nur etwas unter Druck. Ich rufe dich wieder an.«

Ich lege auf. Ich muss sofort zu ihm. Das war ein Hilferuf.

Verdammt, der Finger löst sich immer noch nicht aus der Wand. Er ist geschwollen. Die ganze Hand erscheint mir dicker. Was mache ich bloß? Einen Moment überlege ich, die Feuerwehr anzurufen. Aber schon die mögliche Beschreibung meiner Lage am Telefon hält mich davon ab. Und wenn ich mir dann noch vorstelle, dass sie die Tür aufbrechen, lachend meinen Finger befreien. Nein, lieber verhungere ich.

Ich muss mich entspannen, sonst komme ich nie wieder von der Wand los. Ich denke an eine Wiese mit Blumen. Dann drehe ich vorsichtig meinen Finger. Er löst sich nicht. Es kommt mir vor, als sticht mich etwas. Durch den Hamburger Hafen werden in den Containern exotische Tiere als blinde Passagiere eingeschleppt. Habe ich mal gelesen. Mauerskorpione. Sie haben zwei Schwänze mit Stacheln. Sie stechen von beiden Seiten, so dass man nicht mehr loskommt. Fünf Minuten ist das Maximum an verbleibender Lebenszeit. Die Lähmung in meinen Lungen setzt ein. Ich zwinge mich weiterzuatmen. Meine Lungenbläschen knittern wie Seidenpapier. Atme, los, atme. Meine Muskeln beginnen zu schmerzen. Ich kann meinen Kopf kaum noch drehen. Ich muss mein Testament machen. Ich strecke meinen nackten Fuß, schaffe es, den Bleistift, der neben dem Tisch liegt, bis zu mir heranzurollen.

Der Schweiß läuft mir in die Augen. Hoffentlich ist es nicht zu spät. Ich muss mit links schreiben. Der rechte Zeigefinger hat sich bereits vom Gift verfärbt. Ich schreibe in großen Buchstaben »Testament« auf die Wand. Es ist nicht gut lesbar auf der weißen Raufasertapete. Die Bleistiftmine ist zu hart, gibt kaum Farbe ab. Ich brauche Kraft, mehr Kraft!

Es ist das Beste, wenn ich mein Geld durch drei teile. Ein Drittel für Thorsten, je ein Drittel für Mette aus Flensburg und für Nicole aus dem Schanzenviertel – wer weiß, wo die jetzt wohnen. Mehr Leute fallen mir nicht ein, denen ich etwas vermachen möchte. Aber zuerst muss ich natürlich das Versteck meines Geldes preisgeben.

»Geld unter Teppich«, schreibe ich. Meine Hand zittert von der Anstrengung. Ich kann nicht mit links schreiben. Besonders das E sieht nicht wie ein E aus.

Die ersten Krämpfe im Arm. Das Gift ist schnell. Die Finger können den Bleistift nicht mehr halten. Kein einziger Buchstabe gelingt mir. Niemand wird es entziffern können. Meine Unterschrift kriege ich mit links überhaupt nicht hin. Sie sieht aus wie eine Fieberkurve.

Niemand wird dieses Testament anerkennen. Es ist zwecklos.

Ich sehe auf die Uhr. Ich müsste längst tot sein.

Ich ziehe an meinem Finger. Die ganze Wand scheint sich zu bewegen. Oder ist es nur der Putz, der sich vom Mauerwerk gelöst hat, nur noch von der Tapete zusammengehalten wird? Mit einem Knirschen lässt mich die Wand los, stößt mich ins Zimmer, so dass ich zu Boden falle.

Einen Augenblick bleibe ich dort verrenkt liegen, betrachte meinen roten Finger, der von der Hand absteht und nach oben zeigt, als wollte er mit dieser Richtung auf den himmlischen Erretter verweisen.

Stöhnend erhebe ich mich. Meine Schulter schmerzt. Wahrscheinlich habe ich sie mir gebrochen. Ich öffne mein Hemd und betaste meine Schlüsselbeine. Die sind in Ordnung.

Vorsichtig bewege ich beide Arme. Es geht. Wenn ich sie ausstrecke und nach hinten bewege, knackt es. Es könnte ein Bruch im Gelenk der linken Schulter sein. Wenigstens nicht rechts. So kann ich noch schreiben. Ich betrachte mein Testament an der Wand. Ich muss das sofort ausradieren. Ich finde keinen Radiergummi. Schließlich hole ich einen Lappen und das Spülmittel aus der Küche. Die Bleistiftlinien gehen ab, aber die Schrift hat sich so tief in die Tapete eingekerbt, dass ich es immer noch lesen kann. Ich versuche, die Tapete zu lösen. Es geht nicht. Ich kann immer noch alles lesen.

Ich hole ein großes Fleischmesser aus der Küche. Mit ihm schlachte ich die Wand. Nach einer Weile ist mein Testament für jeden Fremden unter einem Gewirr von Linien und Rissen verschwunden.

Ich kann es immer noch lesen.

Von der anderen Straßenseite betrachte ich das gelbe Haus. Ich weiß nicht, in welchem Stockwerk Thorsten wohnt. Die Fenster weisen alle Blicke ab und spiegeln Himmel und Wolken.

Ein Mädchen erscheint in der Haustür. Sie trägt eine Art Sack. Einen Kartoffelsack bis zu den Knien. Graubraun, mit einem Strick um die Hüfte. Unten gucken nackte Beine heraus, die in schwarzen Schuhen enden. Die Schuhe sind zu groß.

Sie steht gebeugt. Das glatte braune Haar zieht wie ein Vorhang von rechts und links ihr Gesicht zu. Sie hebt den Kopf, ihre Brille wird sichtbar. Daran befinden sich rechts und links Scheuklappen. Vielleicht ist sie dabei, sich in ein Pferd zu verwandeln, obwohl sie eher den Eindruck eines Käfers macht. Vielleicht brauchen Stadtkäfer heutzutage auch Scheuklappen, um nicht durchzudrehen.

Sie kommt langsam die Treppe herunter. Sie hält sich überall fest. Ich schätze ihr Alter auf zwanzig Jahre. Sie schwankt ganz leicht, zögert immer wieder, bleibt stehen. Sie muss krank sein.

Ich warte darauf, dass die Ampel Grün zeigt. An der Häuserecke stellt sich das Mädchen mit dem Gesicht zur Wand, drückt beide Hände dagegen. Sie richtet sich auf, dann tastet sie sich weiter, als sei sie blind. Ich hab das Gefühl, sie fällt gleich. Niemand beachtet sie. Ich weiß, dass es Dinge gibt, die nur ich sehe. In letzter Zeit werden es immer mehr.

»Die Verrückte«, sagt eine Frau neben mir. Die Ampel springt auf Grün.

Thorsten muss warten. Ich folge dem Mädchen die Straße mit den kleinen Läden entlang. Selten in Hamburg. Überall ziehen sich die Einzelhändler in Einkaufszentren zurück. Aus der Nähe ist der Sack des Mädchens ein Kleid, der Strick ein Gürtel. Die Brille ist aus dünnem Draht. Die Scheuklappen bestehen aus schwarzer Pappe und sind mit Klebeband befestigt. Ich kenne diese Figur aus einem Roman, den ich vor langer Zeit gelesen habe. Es kann auch eine Kurzgeschichte von Pirandello gewesen sein. Ich weiß den Titel nicht mehr. Auf jeden Fall war es eine Geschichte voll Unglück und Trauer. Und ich war in meinen Einschlaf-Fantasien in sie verliebt.

Das Mädchen geht vorsichtig, verzögert die Bewegung bei jedem Schritt, als befürchte sie, auf eine schaukelnde Fußwegplatte zu treffen. Vor der Tür eines kleinen Supermarktes bleibt sie stehen.

»Brauchen Sie Hilfe?«

Ich beuge mich vor, versuche unter den Haarvorhang zu sehen.

»Kommen Sie aus Tibet?«, frage ich.

Sie sieht mich nicht an. Sie schüttelt den Kopf, als wolle sie eine Fliege verscheuchen, die sich auf ihre Nase zu setzen versucht. Für einen winzigen Moment sehe ich ihre Augen.

»Nepal?«

Sie knurrt.

»Afghanistan?«

Sie hebt die Hände vor das Gesicht. »Sehen Sie nicht, dass ich mich konzentrieren muss, um diesen beschissenen Supermarkt betreten zu können?« Sie schreit es fast.

Ihre Hände legen die Ohren frei. Sie trägt Ohrstöpsel, drückt sie tiefer hinein. Sie will mich nicht hören.

Die Türen des Supermarktes stehen offen. Die Frau an der Kasse sieht zu uns. Sie presst die Lippen zusammen und schüttelt langsam den Kopf. Ich gehe ein Stück hinein, drehe mich um.

»Folgen Sie mir einfach«, sage ich laut. Ich kenne diese Ohrstöpsel aus Plastik. Man versteht trotzdem, was jemand in der Nähe sagt.

Sie richtet den Blick auf meine Füße und folgt mir tatsächlich.

»Wohin?«, frage ich.

»Zahncreme«, sagt sie.

»Zahncreme?«

»Ja.« Sie legt zwei weiße gleichmäßige Vorderzähne auf die Unterlippe. Ich gehe voraus. Es ist dunkel, nur jede zweite Leuchtstoffröhre brennt. Neben dem Weinregal steht eine Figur. Ein Mensch, der sich zusammenpresst, ganz schmal macht. Aus schwarzem Holz geschnitzt und bemalt. Er schlägt die Augen auf. Es ist wirklich ein Mensch. Einer, der sich hier versteckt, wahrscheinlich um Ladendiebe zu beobachten.

»Hallo«, sage ich und mache vor Schreck einen Sprung. Das Mädchen sieht ihn nicht. Ich gehe weiter, sie folgt mir immer noch mit gesenktem Blick. Ich finde das Regal mit den Körperpflegemitteln. Sie bleibt davor stehen und streckt einen Finger aus, dann geht sie mit seitlichen Schritten und ausgestrecktem Finger die Waren ab. Am Ende des Regals hebt sie den Finger auf die nächste Ebene und will auf die gleiche Art zurückgehen.

»Welche Sorte?«, frage ich. Sie erstarrt, nennt die Marke. Ich gebe sie ihr in die ausgestreckte Hand.

»Danke.« Sie sieht mich an, lächelt zum ersten Mal.

Der Marktbesitzer tippt mir auf die Schulter. »Würden Sie bitte einen Einkaufskorb benutzen.«

Er hält mir den Korb hin. Sein Gesicht ist zum Platzen aufgeblasen.

»Brauche ich nicht«, sage ich.

»Jeder muss einen Korb benutzen. Vorschrift. Selbst wenn Sie nur eine einzige Sache kaufen wollen.«

»Sehen Sie«, sage ich. »Ich kaufe nichts, ich bin nur gekommen, um etwas zu stehlen.«

Ich sehe mich um. Das Mädchen ist verschwunden.

»Wo ist das Mädchen hin?« Ich will an dem Ladenbesitzer vorbei, da durchzuckt mich ein Schmerz, und meine Augen sprühen Blitze.

Ich liege auf dem Boden. Zwei Männer in leuchtend roten Jacken und weißen Hosen hocken um mich herum.

»Er ist gestürzt«, sagt der Ladenbesitzer. »Wahrscheinlich ein epileptischer Anfall.«

»Sind Sie Epileptiker?«, fragt einer der Sanitäter. Der andere öffnet einen roten Plastikkoffer. »Sie haben Glück, dass wir gerade vorbeigekommen sind.«

Ich hebe den Kopf. Er ist schwer wie ein Stein, dröhnt, als wäre ich in das Innere einer Kirchenglocke geraten, die gerade geschlagen hat.

Ein Polizist schaut um die Ecke eines Regals. Er hat keine Mütze auf. Das macht ihn freundlicher. Ich lasse mich nicht täuschen. In Hamburg muss man vor Polizisten Angst haben. Die Stadt will das so.

»Bleiben Sie liegen«, sagt einer der Sanitäter.

»Es geht schon.«

»Was ist passiert?«

»Ein epileptischer Anfall«, sagt der Ladenbesitzer. »Ich habe es selbst gesehen.«

Der Polizist tritt näher.

»Wir bringen Sie vorsichtshalber ins Krankenhaus«, sagt der Sanitäter. »Bleiben Sie liegen. Wir holen die Trage.«

Ich sehe den Ladenbesitzer mit dem Polizisten sprechen.

»Nein danke«, sage ich. Ich stütze mich auf die Hände.

»Bleiben Sie liegen.«

Ich setze mich.

»Wollen Sic Anzeige erstatten?«, fragt der Polizist.

»Nein, nein«, sagt der Ladenbesitzer. Sein Kopf rollt wie ein Ball auf seinen Schultern.

»Ich bin nur gestürzt. Ausgerutscht«, sage ich. »Es geht schon wieder. Es ist nichts.«

»Auf Ihre Verantwortung.«

»Ja, danke, vielen Dank.«

Die Glocke dröhnt noch. Ich warte, dass der eiserne Klöppel an mir vorbeisaust. Er kommt nicht. Wahrscheinlich bin ich der Klöppel. Ich stehe langsam auf, sehe einen winzigen Blutfleck auf dem Boden. Schnell trete ich mit dem Schuh darauf. Ich lasse meine Sohle über das Blut schleifen, in der Hoffnung, es ist danach nicht mehr zu sehen. Bloß nicht ins Krankenhaus. Ich bilde mir gern alle möglichen tödlichen Krankheiten ein. Aber im Krankenhaus ist alles ernst. Da werde ich sofort gesund.

Einen Moment haltc ich mich an einem Regal fest, dann gehe ich in der Kirchenglocke mit festem Schritt zum Ausgang.

Der Polizist steht dort. »Wollen Sie Anzeige erstatten?«, fragt er. Vorsichtig schüttle ich meinen Kopf. Er könnte herunterfallen.

Der Polizist ist gar kein Polizist. Er sieht nur so aus.

Unter den Haaren, in der Mitte einer anschwellenden Beule, ist die Haut ein wenig rot gepunktet. Vielleicht sollte ich doch ins Krankenhaus fahren. Wer weiß, ob meine Hirnschale nicht einen Riss hat. Mit einem zweiten Spiegel betrachte ich meinen Hinterkopf. Ein präziser Schlag. Ausgeführt mit etwas, das kaum Wunden verursacht. Professionell gemacht. Vielleicht war es der falsche Polizist? Warum hat er mich gefragt, ob ich Anzeige erstatten will? Ich beuge mich unter den Wasserhahn und lasse kaltes Wasser über den Kopf laufen. Im gleichen Moment weiß ich, dass es falsch ist. So kann ich nicht mehr erkennen, ob ich Hirnflüssigkeit verliere. Ich trockne mein Haar vorsichtig mit einem Handtuch. Falls mein Schädel eine Bruchstelle hat, will ich sie nicht eindrücken.

Der Ladenbesitzer schlug mich nicht. Er stand vor mir. Aber er muss wissen, wer es gewesen ist. Ich muss da wieder hin. Ich muss Thorsten retten. Und ich muss das Mädchen wieder sehen. Ich habe eine wirklich gute Idee für einen neuen Roman: Ein Mann verliebt sich in ein behindertes Mädchen. Das müsste dem Verlag gefallen. In der Küche nehme ich zwei Kopfschmerztabletten. Ich lege mich hin und warte, dass die Tabletten zu wirken beginnen.

»Sie wirken einfach nicht«, sagt der Mann in meinem Traum. Er sitzt in einer Wüstenlandschaft. Alles Sand. Hinter mir muss jemand sein, mit dem er spricht. Ich presse meine Zähne zusammen, so sehr, dass es schmerzt.

»Schlag noch mal zu«, sagt der Mann. Ich glaube, es ist Thorsten. »Wenn wir nicht von seiner Hirnflüssigkeit trinken können, müssen wir verdursten.«

Ich melde mich mit »Peter Müller« mit rheinischem Akzent. Kaum jemand wird sich noch an den Boxer erinnern, der auch »de Aap« genannt wurde. Es ist eine Frau am Telefon des Supermarktes. Aber ich kann mir nicht vorstellen, dass die Stimme zu der Frau an der Kasse gehört.

»Ich war gestern bei Ihnen, und da habe ich eine Uhr gefunden«, sage ich. »Eine Armbanduhr, und ich weiß jetzt, wem sie gehört. Da war jemand, ich denke, ihm gehört der Laden, jemand mit einem großen Kopf.«

»Mein Mann. Er ist der Geschäftsführer. Ich kann Sie leider nicht verbinden, er ist nicht da. Aber Sie können die Uhr gern vorbeibringen.« Sie hat die schneidende Stimme eines eiskalten Wasserfalls. Manchmal stürzen ein paar Rasierklingen mit dem Wasser ins Tal. Baden ist da jedenfalls verboten.

»Nein, nein, Sie missverstehen mich. Die Uhr gehört einem anderen. Er stand mit Ihrem Mann zusammen. Im ersten Moment sah er aus wie ein Polizist, aber ich glaube, es war keiner.«

»Oh, der General.«

»Der General?«

»Ja, der General. Am besten bringen Sie die Uhr vorbei. Wir machen dann einen Aushang an der Kasse.«

»Und dann war da noch so ein Mädchen, so eine Art weiblicher Kaspar Hauser. Ich glaube, sie hat die Uhr verloren.«

»Dukla. Herr Müller, bringen Sie die Uhr einfach vorbei.«

»Das ist nicht so einfach. Ich bin Boxer, und von den ständigen Schlägen an den Kopf habe ich Parkinson. Ich kann mich nur schwer bewegen. Verstehen Sie?«

»Das tut mir Leid.« Es tut ihr nicht Leid.

»Aber ich werde meinen Freund Mike Tyson schicken.«

Hallo.« Die Stimme klingt fremd, nicht wie Thorsten.

»Ist Thorsten nicht da?«

»Wer spricht denn da?« Er verstellt seine Stimme, um nicht erkannt zu werden.

»Mein Name ist Schmeling. Max Schmeling, wie der berühmte, Sie wissen schon. Ich möchte Thorsten Riebach sprechen, das ist doch seine Nummer?«

»Ich bin im Augenblick nicht da.«

»Hör auf mit dem Quatsch. Du bist es also doch. Ich machte mir Sorgen um dich.«

»Absolut nicht nötig.«

»Sag mal, dieses Aschenputtel, die bei dir im Haus wohnt …«

»Du meinst Prosa.«

»Prosa? Ich dachte Dukla.«

»Auch in Ordnung.«

»Kannst du mir was über sie erzählen?«

»Hör mal, Jakob, ich bin in Schwierigkeiten …« Es hört sich so an, als ob im Hintergrund jemand flüstert.

»Kannst du mir Geld leihen?«, fragt Thorsten

»Sag mir erst mal, was mit diesem Mädchen los ist?«

»So drei- bis vierhundert?«

»Was ist mit dem Mädchen?«

»Fünfhundert wäre natürlich noch besser. Oder tausend.«

»Kein Problem, leihe ich dir gern.«

»Gut.« Er legt auf.

War das ein neuer Hilferuf, sofort vorbeizukommen? Warum habe ich das dumme Gefühl, er hat mir eben das Mädchen verkauft?

Ich stehe auf der anderen Straßenseite und sehe die gelbe Fassade hinauf. Die Mauern sind dicker geworden. Das Haus kommt mir jetzt höher vor. Das Gelb der Fassade ist aus Zitronenschale gerieben und mit Schwefel gemischt. Ein wenig davon über die Stadtsuppe gestreut. Die spiegelnden Fenster haben einen anderen Geschmack, sind ölige Wasserpfützen über einem Moor. Ich kann die Gefahr riechen.

Links neben dem Eingang befindet sich eine Videothek. Die Tür steht halb offen, nicht so, als wolle der Ladenbesitzer lüften oder Kunden den Eintritt erleichtern, sondern so, als klemme sie an dieser Stelle auf dem Fußboden fest. Das

Schaufenster ist mit Filmplakaten verklebt. Es sieht nicht nach Dekoration aus, eher als sollte der Blick nach drinnen verhindert werden.

Auf der rechten Seite des Hauses ist aus einem ehemaligen Laden eine Naturheilpraxis entstanden. Der Blick hinein wird durch senkrechte weiße Jalousien versperrt.

Der Eingang des Hauses mit seiner Ranke, dem Herz über der modernen Tür, alles gelb übermalt, erinnert mich an Totenhäuser auf italienischen Friedhöfen. Ich hab das Gefühl, ich darf da nicht reingehen, ohne einen sichtbaren Grund in der Hand zu haben. Ein Paket vielleicht. Es muss aussehen, als hätte ich was abzuliefern.

Ich lehne mich gegen eine pickelige Hauswand und warte, ob das Mädchen herauskommt. Dukla, Prosa oder was weiß ich, wie sie heißt. Vielleicht kann ich ihr wieder folgen. Die ganze Sache mit dem Supermarkt noch einmal machen. Besser machen. Heute kennen wir uns schon. Zahncreme und Liebe passen zusammen. Und diesmal achte ich auf mich, meine Worte. Diesmal lasse ich mich nicht vom Schlagstock des angeblichen Polizisten überraschen. Sicher hat der Händler ihn als Wächter angestellt, um Ladendiebe zu fangen. Diesmal nehme ich einen Einkaufskorb.

»Haben Sie ein Taschenmesser oder so etwas?« Ein Junge in einem Jogginganzug steht vor mir.

»Wozu?«

»Ach, es geht auch ohne.« Er zieht einen Draht unter seiner Jacke hervor, biegt ihn und steckt ihn durch die Fensterdichtung eines geparkten Wagens. Mit zwei Versuchen hat er die Verriegelung geöffnet. Er steigt ein und beugt sich unter das Lenkrad. Nach einer Weile kommt er mit rotem Kopf wieder hoch. Er steigt aus, knallt die Tür zu und flucht. Dann kommt er zu mir.

»Blödes Mistding«, sagt er. »Ich kriege es nicht hin.«

»Was?«

»Ihn kurzschließen.«

»Kennst du das Haus da drüben?«, frage ich.

»Klar. Da wohnt der Besitzer dieses Wagens, falls er kommt, sagen Sie ihm, ich habe eine Bombe angebracht. Sie explodiert, wenn er den Zündschlüssel dreht.«

Ich gehe bei Rot über die Kreuzung. Auf der anderen Seite ist der angebliche Polizist aufgetaucht. Er trägt die Uniform, sie hat keine Abzeichen, aber silberne Knöpfe, auch auf den Schulterklappen. Er hält inne, sieht mir zu, wie ich durch die Autoschlange springe.

Ich muss einen Lastwagen vorbeilassen.

Er stellt sich an die Fußwegkante, spreizt die Beine etwas, wippt auf den Zehen. Er erwartet mich, versperrt mir den Weg.

Ich bleibe vor ihm im Rinnstein stehen.

Er sieht auf mich herab.

»Nun?«, sagt er.

»Sie sind kein Polizist.«

»Es kommt nicht darauf an, was man ist, sondern was man tut.«

»Und warum haben Sie mich im Supermarkt niedergeschlagen?«

»Ich tue nie etwas, ich lasse nur geschehen oder nicht.«

Er lässt mich nicht auf den Fußweg. Ein Auto hupt mich an.

Ich bin von der Leberwurstpolizei«, sage ich der Frau an der Kasse, als ich das zweite Mal an ihr vorbeikomme. Sie sitzt wie in einem Fass hinter der Absperrung. Der Kopf guckt über den Rand, die Arme liegen auf dem Transportband.

»Haben Sie Leberwürste in Menschenhaut?«

Ich gehe durch alle Gänge des Supermarktes. Das Mädchen ist nicht da. Der schwarze Mann versteckt sich nicht hinter dem Weinregal. Es ist überhaupt kein Kunde im Laden.

»Was suchen Sie?«, fragt die Kassiererin. Sie drückt mit dem Fuß auf den Knopf für das Transportband. Die Arme fahren zu ihr heran, aber sie tippt keinen Preis ein.

»Leberwurstpolizei.« Ich zeige meine fettige Handfläche als Ausweis. »Es ist gefälschte Leberwurst in Form von Ölsardinen aufgetaucht. Sie sieht präzise aus wie eine Ölsardinendose, ist aber Leberwurst.« Ich neige mich zu ihr und flüstere: »Und sie schmeckt perfekt nach Fisch.«

Sie lacht. Ihr Körper tanzt dabei. Ich hab das Gefühl, sie sitzt gar nicht, sondern ist so klein. Sie schnappt nach Luft. »Als wenn es nicht schon genug Verrückte gäbe.«

»Wann haben Sie zuletzt das Mädchen gesehen? Diese Dukla.«

»Dukla?«

»Der Diamant in Sack und Asche.« Schöner Titel für meinen Roman.

»Ach, Sie meinen Lisa.«

»Lisa?« Ich setze mich halb auf die Kassenabsperrung, um ihre Füße zu sehen. Ich bin jetzt fest davon überzeugt, sie ist Liliputanerin. Aber ihr Körper füllt den Kassenraum so dicht aus, dass kein Blick nach unten möglich ist.

»Was wollen Sie?«

»Einen Blick auf Ihre Füße werfen.«

»Das ist nicht erlaubt.«

»Warum nicht?«

»Ich kann dann nicht mehr laufen.«

Ich winke ab, gehe zum Ausgang. Die Straße ist ein Zerrspiegel. Ich kehre zurück. »Sie waren doch auch hier, als ich niedergeschlagen wurde.«

»Ja, Sie sind es! Jetzt erinnere ich mich.« Schauspielschule, erstes Semester.

»Wer war es?«

»Ich kann mich von meiner kleinen Kasse gar nicht wegbewegen. Ich habe nichts gesehen, Herr Kommissar.« Sie neigt sich vor und flüstert: »Sie bringen mich in Schwierigkeiten.«

Ihr Kittel hat sich gehoben. Ich sehe an ihrem Körper hinab. Jetzt glaube ich, sie hat gar keine Füße. Sie ist die Dame ohne Unterleib. Vor langer Zeit war sie auf Jahrmärkten die große Attraktion.

Hamburg ist ein einziger warmer Apfelkuchen. Hohe Luftfeuchtigkeit. In der Wäscherei packen die Damen mit Kitteln meine weißen Leinenhemden in einen Karton, damit sie nicht so gepresst werden. Ich soll ihn zurückbringen. Sie benutzen die Kartons mehrmals. Meiner ist zu groß und abgewetzt. An den Ecken wächst grauer Pelz. Er ist die richtige Tarnung, um in Thorstens Haus zu gehen.

Wieder zögere ich und warte auf der gegenüberliegenden Seite. Das Fassadengelb wird von der Sonne beschienen, will, dass ich die Augen zusammenkneife. Ich lege die Hand über meine Augen, und für einen Moment ändern sich alle Farben. Die frühere Bemalung scheint durch das Gelb hindurch. Es war weißgrundig, die Stuckranken grün, die Fensterumrandungen gold und blau. Blau waren auch die Balkongitter und gold die eisernen Ranken darin. Die beiden Herzen über dem Eingang waren rot. Eines war dunkelrot, das andere hellrot. Ich schätze, das Haus wurde etwa 1890 erbaut. Es war bunt, bunt wie kein anderes in der Nachbarschaft. Die neue Farbe ist der Versuch von Tarnung und Abschreckung zugleich.

Der Videohändler hat einen Ständer mit Sonderangeboten vor die Tür gestellt. Er ordnet die Kassetten darin, sieht zu mir herüber.

Eine Frau betritt die Praxis des Heilpraktikers. Nach ein paar Minuten kommt sie wieder heraus. Sie hält eine weiße Tüte in der Hand. Vor der Kreuzung holt sie eine kleine Flasche aus der Tüte, verstaut sie in ihrer Handtasche. Das Papier wirft sie in einen Mülleimer. Sie lächelt.

Der Reflex eines Sonnenstrahls. Auf der linken Seite im zweiten Stock wird ein Fenster halb geöffnet. Ich erkenne ein

Gesicht hinter der Scheibe. Blass wie Thorsten. Ich winke, aber er sieht mich nicht. Wahrscheinlich hält er dieses Mädchen gefangen, das ich inzwischen unter drei Namen kenne. Für einen Blick auf sie wird er mir nach und nach immer mehr Geld abnehmen. Ich weiß genau, wie alles kommen wird. Und ich weiß genau, dass ich nicht anders handeln kann. Ich werde ihn umbringen müssen, um das arme Mädchen zu befreien. Sie wird mich dafür lieben. Und dann mache ich aus ihr die Schönheit, die sie ist. Wir werden reich und berühmt. So müssen Geschichten enden, damit Bücher Erfolg haben.

Jemand kommt aus dem Haus. Es könnte ein Student sein. Er trägt eine Umhängetasche. Er holt Zettel aus der Tasche, klebt sie an jeden Laternenpfahl. Er geht an mir vorbei. An der nächsten Ecke klebt er sein Flugblatt neben den Eingang eines Gemüsehändlers. Ich folge ihm langsam, lese das Blatt:

»Das ewige Leben. Sichern Sie sich, solange Sie noch am Leben sind, einen Platz auf dem Internetfriedhof Wolfsruhe. Nur so bleiben Sie garantiert über Jahrhunderte in Erinnerung. Niemand muss Sie unter umgestürzten Grabsteinen suchen. Sie sind innerhalb von Sekunden und für immer von Ihren Nachkommen per Stichwort sofort auffindbar. Bestimmen Sie jetzt selbst, wie man sich an Sie erinnern soll – bevor es zu spät ist!«

Unten kann man eine Telefonnummer und Internetadresse abreißen. Ich klemme meinen Karton unter den Arm und löse vorsichtig den ganzen Zettel von der Wand.

»Was machen Sie da!« Der Student ist zurückgekommen, funkelt mich an. »Lassen Sie das da hängen.« Er tänzelt vor mir, als wolle er boxen.

»Friede«, sage ich. »Ich interessiere mich nur für das ewige Leben.« Ich hebe zum Segnen die Handflächen. »Mein Name ist Christus, Jesus Christus. Sie verstehen, dass ich diesen Zettel mit nach Hause nehmen muss.«

Ich drücke auf Thorstens Klingelknopf und warte. Nichts passiert. Ich stemme mich gegen die Tür, klingele noch einmal. Wieder ertönt kein Summer. Niemand betätigt die Sprechanlage.

»Thorsten, mach auf, ich weiß, dass du zu Hause bist.«

Ich stelle meinen Karton ab und lasse meinen Finger für etliche Sekunden auf dem Knopf. Wieder nichts. Vielleicht ist die Klingel kaputt. Der Videohändler kommt aus seinem Laden, sieht kurz zu mir, dann ordnet er seinen Korb mit den Sonderangeboten.

»Haben Sie ›Wenn der Postmann zweimal klingelt‹?«, frage ich.

»Ja, aber nicht als Sonderangebot.« Er nimmt den Korb, trägt ihn in den Laden hinein, kommt aber gleich wieder heraus und sieht mir zu.

Ich drücke mit der Handfläche blind auf alle Klingeln.

»Sie haben es eilig, was?«, sagt er.

Der Summer öffnet mir die Tür. Ich nehme meinen Karton unter den Arm und gehe hinein. Die Wände des unteren Treppenaufgangs sind mit Marmor gekachelt. Zwei Spiegel an den gegenüberliegenden Wänden konkurrieren miteinander, mich in den Irrsinn zu treiben. Jeder zeigt eine meiner Seiten für einen kurzen Augenblick in tausendfacher Ausgabe. Ich steige noch ein paar Stufen höher bis zu den ersten Wohnungseingängen und stelle mich in die Mitte der sich nach oben windenden Treppe. Das Oberlicht lässt meinen Zettel für das ewige Leben leuchten. Ich wedle damit und rufe dem unbekannten Türöffner zu: »Ich habe nur einen Brief.«

Es ist niemand zu sehen. Ich gehe zu der Briefkastenreihe gleich neben dem Hauseingang zurück, klappere ein bisschen an den Blechtüren, dann öffne ich wieder die Haustür und warte, bis sie ins Schloss fällt. Im Treppenhaus bleibt alles ruhig. Ich schleiche mich nach oben. Aber die Treppe ist aus Holz. Sie knarrt und ächzt. Die Wände sind mit vielen kleinen Wellenspitzen wie die unruhige Oberfläche eines Sees türkisblau lackiert. Es riecht nach Kürbiskompott und Terpentinöl, Plastiktüten, Fencheltee und Holzleim.

Im zweiten Stock erwartet mich eine etwa fünfzigjährige Frau mit nur wenigen Zentimeter langen möhrengelben Haaren. Ein brauner Kamm steckt in der völlig verfilzten Frisur.

»Geben Sie zu, dass Sie ein Einbrecher sind!«

Ich halte mein Paket hoch und klingle an Thorstens Tür. Jedenfalls nehme ich an, dass es seine Wohnung ist, denn es gibt kein Namensschild. Ich lege mein Ohr an das Holz. Keine Schritte, kein Geräusch.

Die Frau von nebenan sieht mir zu. Sie lehnt an der Wand neben ihrem Eingang, steckt den Kamm ins Haar, schiebt ihn mit Kraft ein wenig weiter und zieht ihn wieder heraus. Diesen Vorgang wiederholt sie an immer neuer Stelle ihrer Frisur. Auf dem Messingschild an ihrer Tür steht: Krystof.

»Thorsten Riebach«, sage ich, »der wohnt doch hier.«

Sie zieht die Brauen hoch, die nichts als eine geschminkte Linie sind, und bearbeitet weiter ihr Haar.

Ich wiederhole den Vorgang an Thorstens Tür, klopfe, klingle und klapperc zusätzlich mit dem Messingbeschlag des Briefschlitzes.

»Wann haben Sie Herrn Riebach zuletzt gesehen, Frau …« Ich lese noch einmal das Türschild, »Frau Krystof.«

»Mata Krystof, man nennt mich Mata.«

»Ach, ein seltener Name.«

»Mata ist ein vollkommen blöder Name.«

»Kommt er nicht von Mata Hari? Sie wissen schon, die berühmte Lügnerin.«

Sie schiebt die Lippen von einer Wange zur anderen. Ein tägliches Training gegen Falten. »Nein, es liegt an meiner Tochter. Als sie klein war, nannte sie mich so. Babysprache. Vielleicht aus Mama und Vater zusammengesetzt, weil ich sie allein aufgezogen habe.«

»Das erinnert mich an ein Mädchen, das hier im Haus wohnen muss.«

»Das ist meine Tochter.«

»Woher wollen Sie das wissen?«

»Weil sie Ihnen aufgefallen ist. Meine Tochter fällt immer auf.«

»Sie ist etwas scheu.«

»Ich sage es doch, meine Tochter Helen. Was wollen Sie von ihr?«

Sie lässt den Kamm stecken, geht einen Schritt auf mich zu und bleibt mit leicht gespreizten Beinen vor mir stehen. Es sieht aus, als beherrscht sie eine asiatische Kampftechnik.

»Ich habe neulich mit Ihrer Tochter gesprochen.« Ich wage nicht, den inzwischen vierten Namen des Mädchens auszusprechen.

»Sie hat mit Ihnen gesprochen?«

»Ja.«

»Sie spricht mit niemandem.«

»Doch, mit mir.«

»Was hat sie gesagt?« Mata geht einen Schritt zurück. Der Kamm hängt an der Seite in ihrem Haar wie ein Stück Schwarzbrot im Möhrensalat.

»Was hat sie gesagt?«

»Zahncreme.«

»Zahncreme?«

»Zahncreme.«

Mata geht rückwärts in ihre Wohnung. Sie zieht die Tür zum Schutz vor ihren Körper.

»Was erlauben Sie sich?« Die Worte kommen flach aus zusammengepressten Zähnen. Einen Moment fixiert sie mich. Sie hält die Luft an, beißt ihre Lippen.

»Entschuldigung«, sage ich. »Mein Name ist Jakob Vogelwart. Ich bin Schriftsteller.« Aber es nützt nichts. Sie schließt die Tür mit einem lauten Knall, als sollte es für immer sein.

Thorsten? Ich bin's, Jakob. Mach auf.« In der Wohnung rührt sich nichts. Ich stelle meinen Karton ab und gehe in die Knie, hebe den Briefschlitz. Die Wohnung atmet aus.

»Thorsten?«

Ich habe das Gefühl, er liegt im Wohnzimmer. Sein Mörder hat vorhin das Fenster geöffnet. Ich sehe mir die Schlösser an. Ein normales Sicherheitsschloss. Ich bräuchte nicht viel, um es zu öffnen, aber ich habe nicht einmal das wenige Werkzeug dabei. Vielleicht gibt es einen Hausmeister, der die Tür öffnen kann. Der Luftzug durch den Briefschlitz riecht bitter. Gas? Lösungsmittel? Man hat ihn vergiftet. Ich schnüffle. Jetzt riecht es eher nach Lavendel. Ich bringe meine Lippen dicht an den Briefschlitz. »Thorsten!«

Es hört sich an, als läuft in der Wohnung das Wasser. Vielleicht liegt er in der Badewanne, vorgetäuschter Selbstmord mit aufgeschnittenen Pulsadern. Badesalz mit Lavendel, das ist es!

»Sie kommen wegen der Wohnung.« Jemand tippt mir auf die Schulter. Ich fahre hoch. Ich habe ihn nicht kommen hören. Es ist der Mann aus der Videothek. Er schreckt zurück, greift sich ins Haar, als wolle er sich seine schwarze Mönchsfrisur wie eine Mütze abnehmen. Vielleicht ist es eine Perücke. Es könnte gut eine Perücke sein, so gleichmäßig rund fallen die Haare von der Mitte an seinem Schädel herab.

»Die Wohnung?«

»Ja.«

»Ist die Wohnung frei?«

»Ja, natürlich, für Sie.«

Er zieht einen Schlüsselbund heraus, sucht den passenden Schlüssel, steckt ihn in das Schloss. Er schiebt die Tür auf, zögert, ob er vorgehen soll, dann weist er mit der Hand hinein.

»Bitte.«

»Wohnt nicht Thorsten Riebach hier? Ich werde von ihm erwartet.«

»Riebach? Riebach? Wenn Sie es sagen.« Er reibt sich das Kinn. Es knirscht. Sandpapier. »Wissen Sie, in einem richtigen Garten ist ein Blühen und Vergehen, da kann man nicht jeden Käfer zählen.«

Ich versuche, in seinem Gesicht zu lesen, ob er es ernst meint. Seine Mimik ist grauer Kartoffelbrei. Dann gehe ich hinein. Alle Zimmertüren stehen offen. Überall sind Möbel zu sehen. An der Garderobe hängt ein dunkler Mantel.

»Aber hier wohnt noch jemand.«

»Wir vermieten möbliert.«

»Und der Mantel?« Ich gehe zur Garderobe.

»Wir vermieten komplett mit Wintermantel«, sagt er, nickt heftig.

Ich greife in die Manteltasche und ziehe ein Papiertaschentuch heraus.

»Und mit Taschentuch«, sagt er. »Eben komplett.«

Überall Spuren. In der Küche stehen Reste eines Frühstücks auf dem Tisch. Im Wohnzimmer liegt eine ausgebreitete Zeitung von gestern auf dem Fußboden. Im Badezimmer hängen benutzte Handtücher. Ein Wasserhahn tropft.

»Wir vermieten die Wohnung immer so, wie sie ist. Der Vorteil: Sie können sie dafür im gleichen Zustand verlassen. Praktisch, wenn man es mal eilig hat«, sagt der Mann, von dem ich inzwischen weiß, dass er kein Mönch ist, wie seine Frisur vermuten lässt. Er heißt Bruno Liebe. Ihm gehört nicht nur die Videothek, sondern das ganze Haus.

»Das klingt nach Flucht. Ist der letzte Bewohner geflüchtet?«

»Ach, wie kommen Sie denn auf so etwas. Bei der Verpflegung. Es gibt regelmäßig Pudding. Claudia Kerner versorgt uns alle gratis damit. Das ist die Frau von Doktor Kerner, dem Heilpraktiker. Sie arbeitet an einem Kochbuch für besondere Süßspeisen. Wir alle sind ihre Versuchsobjekte. Sie werden sehen, wir sind eine nette Hausgemeinschaft.« Er streckt den Bauch vor.

Die beiden ineinander gehenden großen Räume zur Straße haben Stuck an den Decken. Sie stehen voller Möbel verschiedener Stilrichtungen. Verschnörkelte dunkelbraune Schränke in Konkurrenz zu Sofas mit langen schrägen Beinen und Mustern aus vielfarbigen kleinen Fischen. Tische aus Metall und Glas. Vier Stühle aus vier Epochen. In der Mitte der Wohnung ein Schlafzimmer mit einem Fenster zu einem breiten Lichtschacht, der sich zum Hof öffnet. Dann das Bad, winzige Abstellkammern. Eine zweite Toilette. Die Küche hat einen Rentnerblick auf die grünen Hinterhöfe. Neben ihr zwei weitere Räume, einer mit Balkon. Ich öffne die Tür und sehe hinunter. Gepflegte, dicht bewachsene Gärten ohne Zäune, nur hinter dem Supermarkt befindet sich ein abgetrennter geteerter Platz mit Getränkekästen, gestapelten Paletten, Müllcontainern. Daneben eine Durchfahrt zur Straße.

»Schön, nicht wahr?«, kommentiert Bruno Liebe den Blick. »So ganz ohne Gitter. Da lacht die Pflanze.«

»Schöne Wohnung«, sage ich.

Die beiden hinteren Zimmer riechen muffig und sind schlicht mit Bett, Schreibtisch und Stuhl eingerichtet. Wer hier leben will, muss Staub und gelbe Zähne lieben.

»Japaner«, sagt Bruno Liebe. »Zwei Japaner haben hier mal gewohnt. Damals, nach dem Mord.«

»Welcher Mord?«

»Oh, sagte ich Mord? Ich meine natürlich Mond.« Er lacht.

»Welcher Mond?«

»Mond. Herbert Mond. Ein weiterer ehemaliger Mieter.«

Ich hebe die Matratzen in den Japanerzimmern an. Ich weiß nicht, warum ich das tue. Vielleicht weil ich Blutflecke entdecken will.

Eine Zeitschrift liegt zwischen Matratze und Holzlatten. Eine nackte Frau ist auf dem Titel mit weit gespreizten Beinen.

Bruno Liebe lacht. »Der Schatten ist immer länger als der Mensch, was?«

Die Zeitschrift ist über zwanzig Jahre alt. Bruno Liebe schüttelt den Kopf. »Diese Japaner!«

Er nimmt mir die Zeitschrift ab. »Ich habe dafür eine Spezialabteilung in meinem Laden.« Er zieht die Lippen hoch. »Götterspeise und Marzipan.«

Ich sehe zum ersten Mal seine Zähne. Sie sind lang, werden immer länger. Er atmet, zieht die Luft über seine raue Zunge. Sturm über der Wüste. Hustet Sand. Er fängt sich, dreht sich um, geht den langen Flur zurück zur Eingangstür. »Wegen des tropfenden Wasserhahns schicke ich den Hausmeister.« Er stopft sich ein Taschentuch in den Mund.

»Es gibt einen Hausmeister?«

»Sicher.«

»Was kostet die Wohnung?«

Er breitet das Tuch aus, faltet es zusammen. Es hat den Abdruck einer Fahrradkette. Dann betrachtet er mich von oben bis unten, legt den Kopf schräg. »Ich fange mal beim untersten Preis an, steigere mich um jeweils zwanzig. Sagen Sie irgendwo Halt, wo es Ihnen angemessen erscheint.«

Er beginnt bei einer lächerlich kleinen Summe. Nachdem er sie viermal erhöht hat, sage ich Halt. Der Mietpreis ist immer noch viel zu gering. Wenn er das ernst meint, muss ich hier einziehen.

»Gut«, sagt er, »haben Sie einen Bürgen?«

»Ja, Thorsten Riebach natürlich. Haben Sie seine neue Adresse?«

Er lacht, als müsste ich doch über Thorsten Bescheid wissen. »Also abgemacht. Den Papierkram sparen wir uns. Wer zu viel weiß, kriegt niemals Blumen.« Er gibt mir die Hand, ich muss daran ziehen, damit sie sich schließt. Dann reicht er mir den Schlüsselbund. »Und wegen der anderen Sache komme ich noch auf Sie zu.«

Kein Zweifel, ich bin neuer Mieter einer Wohnung. Andererseits habe ich das deutliche Gefühl, hier wohnt noch jemand. Ich atme tief durch die Nase ein. Gewürznelken. Es ist der Geruch alter Möbel. Thorsten roch wie diese Wohnung. Hier müssen noch Spuren von ihm zu finden sein.

Ich gehe an das Fenster, dessen Öffnen ich von unten beobachtet hatte. Auf der anderen Straßenseite läuft ein maskierter Junge mit einem Revolver aus dem Gemüseladen. Er bedroht eine alte Frau. Sie lacht und hebt die Hände. Als der Junge die Seitenstraße betritt, leuchtet sein roter Cowboyanzug in der Sonne, als würde er glühen.

Der Junge schießt in die Luft, dann steckt er seinen Revolver in den Halfter. Er zieht einen Apfel hervor, beißt hinein und dreht sich im Kreis.

Ich beschließe, im mittleren Zimmer zu beginnen. Hier steht ein breites Messingbett, eine Kommode, ein großer schwenkbarer Spiegel auf Rollen und ein moderner Kleiderschrank. Ich öffne ihn. Bettwäsche und Handtücher rechts. Links hellgraue und dunkle Anzüge. Thorsten und ich haben etwa die gleiche Größe. Ich probiere einen schwarzen Anzug an, er passt. Ich durchsuche die Taschen. Nichts außer zwei Kopfschmerztabletten und einem unbenutzten Papiertaschentuch. Ich will schon meinen Hemdenkarton öffnen, um ein passendes Hemd auszuwählen, da hole ich aus der Kommodenschublade ein weißes Hemd heraus. Auch meine Größe. Erst als ich es anziehe, sehe ich, es hat ein Muster aus weißen, glänzenden Streifen. Fast ein wenig zu festlich. Unter den Hemden liegt ein Tagebuch. Es hat einen Ledereinband mit Verschluss. Aber es ist leer. Nicht einmal ein Name steht auf der ersten Seite. Eine der Schubladen ist mit Zeitschriften gefüllt. Obendrauf liegt eine mit posierenden nackten Männern, muskulös mit langen baumelnden, manchmal mit halb erigierten Schwänzen. Mal stehen sie am Strand, mal liegen sie in deutschen Wohnzimmern, mal in Badewannen mit Schwimmtieren, mal im Kleingarten mit Spaten und Hacke.

Ich gehe in die Küche, inspiziere den Kühlschrank. Er ist gefüllt mit allen notwendigen Lebensmitteln. Die grüne Gurke in der Gemüseschale könnte jene sein, die Thorsten neulich eingekauft hat. Lachs und Krebsfleisch. So schlecht kann es Thorsten nicht gegangen sein.

In jeder Küche gibt es eine Schublade mit Dingen, die man nicht wegwerfen will, obwohl sie zu nichts nütze sind. Ich entdecke darin den ersten persönlichen Hinweis auf einen Bewohner. Es ist ein Teil einer über drei Jahre alten Monatskarte des Hamburger Verkehrsverbundes. Die Daten fehlen, nur das Pappstück mit dem Foto ist noch da. Das Jungengesicht kommt mir bekannt vor. Thorsten ist es nicht. Es ist der Student.

Ich durchsuche die Abstellkammern. In einer stehen auf einem Regal eine Reihe Herrenschuhe, aber auch zwei rote, ziemlich große Pumps. Eine schwarze, seitlich geschnürte Lederhose hängt von der Decke herab. Sie riecht stark nach Lederfett. Das Fett ist noch nicht eingetrocknet. Es kann nicht lange her sein, dass sie behandelt wurde. Vielleicht ein oder zwei Tage.

In durchsuche oberflächlich noch die Schränke im Wohnzimmer und den Garderobenschrank. Türen auf, Türen zu. Keine Namen, keine Papiere, aber billige Armbänder, Ketten, Jahrmarktsschmuck. Es gelingt mir nicht, die Dinge mit Thorsten in Verbindung zu bringen.

Ich behalte den Anzug an. Ich öffne die Wohnungstür, und jemand springt an mir vorbei die Treppen hinunter. Mindestens zwei weitere Türen werden in diesem Moment geschlossen. Ich beuge mich über das Geländer. Alles ruhig.

Ich steige eine Treppe höher, um mich zu vergewissern, dass Thorsten nicht weiter oben wohnt. Aber oben finde ich andere Namen. Zimt und Murr. Ich gehe unters Dach, da sind noch zwei Türen. Eine ist aus Stahl und führt vermutlich zu den Bodenräumen. Hinter der anderen könnte sich eine Dachwohnung verbergen. Keine Klingel. An der Tür hängt eine vergilbte Kinderzeichnung. Ein schwarzes Tier mit sich auflösenden Formen in der Mitte, rechts eine Figur mit Rock und Besenfingerhänden und links ein Strichmann ohne Hände und Füße. Ich lege mein Ohr an die Tür. Jemand stöhnt wie unter schwerer Last.

Ich steige leise wieder hinunter. Vor dem Haus betrachte ich die Klingelreihe. Dort, wo vorhin noch der Name Riebach in dem kleinen Messingrahmen stand, ist eine leere schwarze Fläche.

Ich betrachte das Regal mit der Überschrift »Neuheiten«. Der Film »Sex-Aliens machen dich fertig 2« ist mehrmals vertreten. Bruno Liebe ist nicht zu sehen, obwohl bei meinem Eintritt ein elektrisches Hundegebell ausgelöst wurde. Ich gehe zum Regal »Klassiker«. Ein Untertitel verspricht die 30 besten Filme der Welt.

»Sie gehören doch gar nicht dazu«, sagt Bruno Liebe hinter mir. Ich drehe mich um und sehe gerade noch, wie er eines der Regale wieder an die Wand schiebt. Ich vermute dahinter eine Treppe in die obere Wohnung.

»Ich meine«, sagt Bruno Liebe, »Sie gehören nicht zu denen, die Filme ausleihen. Wahrscheinlich besitzen Sie nicht einmal ein Fernsehgerät.«

»Ist oben keines in der Wohnung? Ich habe nicht darauf geachtet.«

Er schüttelt den Kopf, geht hinter einen kleinen Tresen und stützt sich darauf. »Ich bin es leid, diese ganzen Tragödien, Versteinerungen, Auflösungserscheinungen und schlechten Zähne.«

»Die Filme?«

»Nein, die Leute, die sie ausleihen.«

»Was ist mit denen?«

»Die sind alle Marmelade, Butter, Schmalz, Streichkäse, aber kein Brot. Kein Brot, kein Halt!«

Er beugt sich hinab, kommt mit einer kleinen Videokamera wieder hoch. »Es ist so einfach, selbst Filme zu drehen.«

Er schaltet die Kamera ein, stellt sie auf den Tresen. Er hat mich im Visier. Er korrigiert den Bildausschnitt mit dem kleinen Monitor. Er hebt die Hand. »Bleiben Sie so.«

Er geht um den Tresen herum und stellt sich neben mich. Das rote Aufnahmelicht der Kamera leuchtet.

»Sie wissen ja, ich bin kurz davor, den Laden umzubauen«, erzählt er der Kamera. »Ich reiße die ganze Front auf und baue hinten eine lange italienische Bar ein.«

»Und wohin sollen die Videos?«

»Eine Bar, verstehen Sie, junge Frauen aus allen Ländern sitzen auf den Hockern. Die jungen Männer kommen mit den schönsten Hoffnungen herein, betrinken sich und sterben.«

»Hier ist nicht die Reeperbahn.«

»Und eines Abends gegen Mitternacht, ich bin gerade nach hinten gegangen, fahren schwarze Wagen vor. Männer springen heraus, richten ihre Maschinenpistolen auf die Bar.«

»Hier ist nicht Sizilien.«

»Also: Die Männer schießen alles kurz und klein. Ich komme zurück und schiebe die Leichen auf die Straße und entdecke darunter Ihren Freund.«

»Meinen Freund?«

»Sie wollten mich doch nach ihm fragen.«

»Ja, hat Thorsten Riebach keine Adresse hinterlassen?«

»Er ist tot.« Er lacht. »Im Prinzip.«

Hamburg wächst. Es ist eine Stadt der Singles. Ehen werden hier in der Regel wieder geschieden. Spätestens, wenn die Kinder da sind. Weil jeder seine eigenen Wände haben will, werden die Wohnungen immer kleiner. Die Stadt wächst durch Zellteilung. Ich bin in den letzten drei Jahren fünfmal umgezogen. Von den Außenbezirken in Richtung Hafen. Meine Möbel bestehen deshalb zum größten Teil nur noch aus Campingmöbeln. Alles ist leicht und zum Zusammenklappen. Es funktioniert immer gleich: Ich verwandle mich in einen Lemming. Erst gehe ich ein großes Risiko bei meinen Einbrüchen ein, dann nehmen meine Ängste den Ausdruck von Verfolgungswahn an, und ich ziehe um. Ich habe mich zum Spezialisten für fluchtartige Umzüge entwickelt. Und diesmal kam die neue Wohnung von ganz allein.

Obwohl meine jetzige Zweizimmerwohnung im Univiertel viermal so viel kostet wie die Fünfzimmerwohnung in Liebes Haus, werde ich sie noch nicht aufgeben. Auch wenn sie heute nach Abwässern riecht. Ich kann eine Weile beide Domizile finanzieren.

Außerdem bin ich fest davon überzeugt, mit der neuen Wohnung stimmt was nicht. Vielleicht war sie doch Schauplatz eines Verbrechens. Jeder weiß es, nur ich nicht. Hat Bruno Liebe nicht von einem Mord gesprochen? Da will keiner wohnen, deshalb ist die Miete so billig. So was hab ich schon Mal gelesen. Ich gehe meine Bücherregale entlang und treffe auf Geschichten, die damit beginnen, dass jemand in einem fremden Haus übernachtet, ausgeraubt und ermordet wird. Die Wohnung ist eine Falle. Die wird jeden Tag neu vermietet. Die anderen Mieter im Haus stecken alle unter einer Decke. Mit Helen werden die hilfsbereiten und verliebten Mieter angelockt, die preiswerte Miete überzeugt sofort.

Warum riecht es hier so faulig? Ich gehe ins Bad, eine braune Wolke schlägt mir ins Gesicht, wirft mich zurück in den Flur. Vorsichtig nähere ich mich wieder. Das Klobecken ist bis oben hin gefüllt. In der Badewanne schwimmt Abwasser. Es bewegt sich.

Ich gehe zum Telefon, wähle die Rufnummer des Hausmeisters.

»Ach, Herr Vogelwart, ich habe schon auf Ihren Anruf gewartet. Wir haben ein kleines Problem, die Abflussrohre sind verstopft. Und da Sie nicht da waren, habe ich versucht, die Sache abzupumpen.«

»Aber das Zeug schwimmt in meiner Badewanne.«

»Ja, ich wusste nicht, wohin damit.«

»Und nun?«

»Morgen früh komme ich und bringe die Sache in Ordnung.«

»Wie stellen Sie sich das vor?«

»Mit einer Pumpe und einem dicken Rohr.«

»Und ich?«

»Können Sie nicht woanders übernachten?«

»Wie wäre es, wenn Sie mir ein Hotel bezahlen?«

»Haben Sie keine andere Möglichkeit? Ach, da fällt mir ein, was ist mit der Wand im Wohnzimmer? Haben Sie da etwas Besonderes vor? Würde mich wirklich interessieren.«

Mit zugehaltener Nase gehe ich noch einmal bis zur Tür des Bades. Ich habe es doch vorhin richtig beobachtet. Etwas schwimmt in der Wanne. Ein Frosch, ein Fisch. Er hebt den Kopf aus der Brühe, sieht mich an und atmet schwer.

Nichts wie weg! Wozu habe ich eine neue Wohnung?

Um meine Zahnbürste mitzunehmen, hätte ich an dem Ungeheuer in der Wanne vorbeigehen müssen. Aber ich weiß ja, wo im Supermarkt die Zahncreme ist, da müssen auch die Zahnbürsten sein. Vielen Dank, ich finde mich zurecht. Es ist nicht mehr die Dame ohne Unterleib an der Kasse. Ihre Kollegin, die alt gewordene Schlangenfrau, hat den Platz eingenommen. Dünn ist sie noch, aber sie hat graues Haar bekommen und ist bestimmt schon seit zwanzig Jahren nicht mehr auf dem Jahrmarkt aufgetreten.

Ich gehe nach hinten, greife mir eine Zahnbürste für empfindliche Zähne und bringe sie zur Kasse. Jetzt steht der Ladenbesitzer neben der Schlangenfrau und grinst mich an.

»Ah«, sagt er. Er erkennt mich wieder. »Der neue Bewohner.«

»Warum haben Sie mich niedergeschlagen?«

»Das war ich nicht.«

»Wer dann?«

»Oh, das geht mich nichts an. Aber Sie sind wohl mit unserem Sorgenkind ein wenig zu weit gegangen.«

Ich korrigiere meinen Eindruck von der Schlangenfrau. Ich glaube, sie war im früheren Leben eine Robbe im Zirkus, die den Kopf des Ladenbesitzers als Ball balancierte. Ich lege meine Zahnbürste auf das Laufband. Die Robbe schiebt sie mit einer Flosse zu sich heran.

»Nein«, sagt der Supermarktbesitzer. »Die ist kostenlos.«

Überrascht sehe ich ihn an.

»Begrüßungsgeschenk«, sagt er. »Eine wichtige Kundenpflege ist die Zahnpflege.«

»Klar«, sage ich. »Danke.« Ich stecke die Zahnbürste ein.

Der Ladenbesitzer hebt den Zeigefinger. »Denn nur wer gute Zähne hat, bleibt ein guter Kunde unserer Lebensmittel.«

Er begleitet mich schnüffelnd zur Tür.

»Haben Sie keine Angst, mal von Ihren Kunden gebissen zu werden?«, sage ich.

Er hebt den Kopf, sieht auf mich herab. »Jetzt, wo sie dazugehören, dürfen Sie natürlich alles.«

Er zieht langsam eines seiner Hosenbeine hoch. Sein magerer Unterschenkel wird länger und länger, bis schließlich, viel zu weit oben, ein kräftiger Wadenmuskel wuchert. Ein dicker Frosch an einem Storchenbein.

»Bitte sehr, beißen Sie zu.«

Ich schüttle den Kopf. »Thorsten Riebach, war das auch Ihr Kunde, wo ist der hin?«

Er lässt das Hosenbein fallen, quält sich mit einem Lächeln. »Der wohnt doch bei Ihnen im Haus.«

Von der Straße aus beobachte ich eine Bewegung hinter den Senkrechtjalousien des Heilpraktikers. Ich öffne die Praxistür. Alles weiß, sogar der Fußboden. Ich bleibe stehen, weil ich befürchte, meine Schuhe hinterlassen schwarze Abdrücke. Ich gebe mir einen Ruck, gehe bis zu dem weißen Tresen. Beethovens Melodie »Freude, schöner Götterfunken« begleitet mich als eine Art Klingel seit dem Türöffnen.

»Guten Tag«, begrüßt mich eine Frau, die still in der Ecke neben dem großen Praxisfenster steht. Sie ist blond, trägt einen weißen Kittel und hält eine kleine Gießkanne in der Hand. Neben ihr quält sich eine Pflanze einen Stab hinauf.

»Guten Tag«, wiederholt die Frau, und für einen Moment glaube ich, einen Automaten vor mir zu haben. Vielleicht ist diesem Heilpraktiker gelungen, was Frankenstein misslang. Ein bisschen erinnert sie mich auch an die künstliche Frau, die das Monster in einem der Filme als Partnerin bekam, nur dass sie blond ist. Die Frau im Film war, glaube ich, schwarzhaarig, jedenfalls in meiner Erinnerung.

Die Frau beugt sich mit ihrer Gießkanne hinab, lässt einen dünnen Wasserstrahl in den Pflanzentopf fließen. Der Kittel hält ihre Brüste gefangen.

»Ah, Sie füttern sie«, sage ich, weil es mir passend erscheint, der Pflanze etwas mehr Leben zuzuordnen, als sie von Natur aus hat.

Die Frau lächelt, geht hinter den Empfangstresen, lässt die Kanne verschwinden und wendet sich mir zu.

»Es geht um Thorsten Riebach, Ihren Patienten«, sage ich. Sie nickt.

»Wann war er zuletzt hier?«

Sie sieht mich an, lächelt. Es wird einen Moment dauern, bis der Computer in ihr die Frage entschlüsselt und eine Antwort parat stellt.

»Ja, und?«

»Nun, ich vermisse ihn. Er ist verschwunden.« Ich betone die Schlüsselworte.

»So? Er kommt jeden Tag wegen seiner Lichttherapie.« Sie lügt wie eine lackierte und polierte Oberfläche.

»Wann?«

Sie sieht mir ununterbrochen in die Augen. »Kein fester Termin.«

»War er heute schon da?«

»Ja.«

Wir stehen uns gegenüber, und es ist wie ein Wettbewerb, wer zuerst blinzelt.

»Wirklich? Sind Sie sicher?« Ich will, dass sie sich bewegt, den Kopf senkt, in irgendeinem Terminkalender nachschaut.

»Herr Vogelwart, was wollen Sie?«

»Sie kennen meinen Namen?« Ich muss blinzeln, habe verloren.

»Man wird ja wohl die Leute kennen, die hier im Haus wohnen.«

»Ich bin noch gar nicht richtig eingezogen.«

Wir stehen uns gegenüber, keiner sagt etwas, sie lächelt gleich bleibend.

Nach einer Weile sagt sie: »Tun Sie schon etwas dagegen?«

»Gegen was?«

»Sie haben die Symptome: rechts und links der Nase, die helleren Hautstellen.«

»Was bedeutet das?«

»Ein gewisser FS-Mangel.«

»Was ist das, FS?«

»Oh, nur eine interne Bezeichnung. Haben Sie eine feste Partnerbeziehung?«

»Also, äh, eher nein, nicht direkt.«

»Essen Sie täglich Tomaten?«

»Also, eher nein, manchmal.«

»Und keine Beziehung? Mann oder Frau ist egal.«

»Nein, nein, ist es nicht.«

»Ich dachte es mir. Soll ich Sie für einen Termin eintragen?«

»Ich weiß nicht.«

»Warten Sie nicht zu lange.«

Ich drehe mich um, und jetzt sehe ich, dass ich doch Abdrücke von der Tür bis zum Tresen hinterlassen habe, braun sind sie, wie der Sumpf in meiner Badewanne. Beim Rückweg versuche ich, in die gleichen Fußstapfen zu treten, um nicht noch mehr Schmutz zu machen.

»Sie haben die Symptome«, warnt die Frau hinter mir.

Mit einem Mal bin ich schwer krank. Ich hinterlasse braune Abdrücke. Klarer Fall von FS-Mangel. Ich verwese innerlich. Mit letzter Kraft öffne ich die Tür nach draußen. Leise erklingt »Freude, schöner Gotterfunken«.

Immer, wenn mir jemand sagt, ich sei krank, fühle ich mich auch so. Ich schleppe mich zum ersten Stockwerk hinauf. Es geht mir wirklich nicht gut. Ich horche auf meine Innereien. Ich schleppe mich die Treppe hinauf. Im ersten Stock setzt mein Herz aus. Die blonde Frau aus der Praxis steht im Treppenhaus. Für Sekunden bin ich ein lebloser Körper.

»Oh, hab ich Sie erschreckt?«, sagt sie. »Es gibt eine interne Verbindungstreppe nach oben. Und ich hab vergessen, mich vorzustellen. Ich bin Claudia Kerner«, sagt sie und fährt ihre Hand aus. Ich halte mich daran fest. Sie ist warm, wie bei einem Menschen. Mein Herz gibt mir einen Stoß.

»Danke«, sage ich, lasse sie los und versuche, mit schwungvollen Schritten die nächste Treppe zu erklimmen. Aber Claudia Kerner weiß, wie es um mich steht. Sie bleibt auf dem Treppenabsatz stehen. Wenn ich den Boden unter den Füßen verliere und rückwärts die Treppe hinunterfalle, wird sie mich auffangen. Wahrscheinlich hat sie bereits eine Spritze mit FS aufgezogen. FS wie furchtbarer Schrecken, Furienschrei oder Folter und Schmerzen.

Aber ich schaffe es bis in die Wohnung, von der ich noch nicht behaupten will, dass es meine ist. Vorsichtshalber rufe ich im Flur, ob jemand zu Hause ist. Als keine Antwort kommt, gehe ich in die Küche. Mein Herz braucht einen Kaffee zur Kräftigung. Ich öffne die Küchenschranktüren. Kaffee ist da. Die Zuckerdose ist leer. Kein Zucker. Typischer Fall, um bei den Nachbarn zu klingeln. Aber in meinem geschwächten Zustand lieber nicht. Ich trinke Kaffee ohne Zucker.

Ich finde mich in der Küche schnell zurecht. Jeder Gegenstand befindet sich dort, wo ich ihn vermute, als wäre es meine eigene Ordnung. Die Küche ist perfekt mit Waschmaschine, Trockner, Geschirrspüler, Backofen und Mikrowelle eingerichtet.

Da ich hier übernachten werde, ziehe ich das Bett ab und sammle alle herumhängenden Handtücher ein. Ich stopfe sie in die Waschmaschine. Möglicherweise sind sie mit Pestviren oder Cholerabakterien infiziert. Ich schrubbe mir die Hände, bis sie rot sind. Claudia Kerner hat ihre Wirkung hinterlassen.

Ich beziehe das Bett neu und lege mich angezogen zur Probe schon mal rein. Die Leselampe leuchtet nicht. Ich drücke den Lichtschalter für die Deckenleuchte. Eine große Kugel aus Papier. Sie geht ebenfalls nicht. Auch das Flurlicht brennt nicht. Keine Lampe will leuchten, aber die Waschmaschine funktioniert. Auch den Herd kann ich einschalten. Nur eine kleine Lampe in der Dunstabzugshaube brennt. Ich mache mich auf die Suche nach dem Sicherungskasten, aber ich finde ihn nicht. Schließlich gehe ich nach unten. Zu meiner Überraschung hat die Videothek geschlossen. Ich hatte angenommen, Bruno Liebe mache in den frühen Abendstunden bis Mitternacht sein bestes Geschäft mit dem Verleih. Ich finde nicht einmal ein Schild mit Öffnungszeiten. Kein Wunder, wenn der Laden nicht läuft und er eine Bar eröffnen will.

Jemand räuspert sich hinter mir. »Können Sie mich mit hineinnehmen?«

Ich drehe mich um. Ein Mann mit hochgeschlagenem Kragen steht hinter mir.

»Wo wollen Sie hin?«

»Na ja, da rein in den Laden. Da treffen sich doch immer alle.«

»Wer?«

»Ich würde gern mal dabei sein.«

»Tut mir Leid, ich weiß von nichts.« Ich lege beide Hände gegen die Glasscheibe der Ladentür und sehe zwischen den Plakaten hindurch in den Laden. »Da ist niemand drin.«

Ich drehe mich wieder um. Der Mann steht noch da, hat den Kopf schräg gelegt und einen seiner Mundwinkel zu einem Grinsen in die Höhe gezogen. »Gut«, sagt er, »wie wär's dann mit ein bisschen Geld? Mir fehlen noch dreizwanzig, um mit der Bahn nach Hause zu fahren.«

Ich klingle an Bruno Liebes Wohnungstür. Deutlich hörbar humpelt er den Flur entlang. Dann steht er mit heruntergelassener Hose in der Tür. Seine Unterhose sitzt so knapp, dass Büschel dunkler Haare herausragen.

»Oh, ich wollte nicht stören.«

»Kein Problem.« Er zieht die Hose hoch. »Ich dachte, Sie wären jemand anderes.« Er zurrt die Hose mit dem Gürtel fest.

»Wen wollten Sie denn mit heruntergelassener Hose empfangen?«

»Na ja, manchmal muss es schnell gehen, wenn sich plötzlich im Fell eine blanke Stelle zeigt.«

Er winkt mir, ihm zu folgen. Seine Wohnung ist genauso geschnitten wie die darüber liegende.

»Ich komme nur, weil oben kein Licht brennt. Außerdem sind Thorstens Sachen noch in der Wohnung. Wo ist der hin?«

Bruno rutscht auf Socken zum Ende des Flurs wie ein Eiskunstläufer.

»Ich sehe gerade Ihren Film.«

Im letzten Zimmer stehen mehrere Computer und eine Reihe Fernseher, verschiedene Programme laufen. Ein Bildschirm zeigt die Szene, die er in der Videothek aufgenommen hat. Der Ton ist nicht eingeschaltet, bei keinem der Bildschirme.

Bruno hält mir eine Dose Bier hin. Ich nehme sie und trinke einen Schluck.

»Was machen Sie mit dem Film?«

»Weiß noch nicht. Ich habe Aufnahmen von allen Mietern. Einfach so. Die meisten sind langweilig, und ich muss ein bisschen damit spielen.« Er zeigt auf ein Regal mit Kassetten.

»Manchmal stelle ich die Kamera drüben beim Gemüseladen ins Schaufenster und lasse sie den ganzen Tag auf das Haus ausgerichtet laufen. Zwölf Stunden Film, da können Sie genau sehen, wann jemand rein- und rausgeht oder wie die Fenster geöffnet werden und so weiter.«

»Wo ist Thorsten Riebach? Da stimmt doch was nicht.«

Er schweigt und lässt unseren kleinen Film noch einmal von vorn laufen. Ich sehe mich in dem Zimmer um. Ein zerwühltes Bett am Balkonfenster. Es wirkt, als würde er auch zwischen seinen Geräten schlafen. Als würde er nur dieses eine Zimmer bewohnen.

»Sie sagten etwas von einem Hausmeister. Ich finde den Sicherungskasten nicht.«

»Da, da ist es. Haben Sie das gesehen?« Er zeigt auf den Bildschirm. Er spult zurück und wieder vorwärts. In der Szene wird eine Hand hinter mir sichtbar, greift ein Video aus dem Regal und steckt es in meine Jackentasche. Es sieht aus, als stehle ich oder als steht da noch jemand, den ich mit meinem Körper verdecke. Er lacht. »Ganz einfach zu machen. Drei Hände. Ganz schön geschickt.«

Er verlässt den Raum. Ich folge ihm.

»Wie machen Sie das?«

»Ist alles echt.«

»Klar.«

An der Tür zieht er sich Schuhe an, greift eine Taschenlampe und einen Schlüsselbund. Er erzählt, dass sich die Stromzähler und Hauptsicherungen vor dem Kellerniedergang befinden. Wir gehen hinunter, es sind neun Kästen. Daneben führt eine Treppe ins Dunkel. Er öffnet den Kasten mit der Aufschrift 2l, was wohl zweiter Stock links heißt.

Ich höre deutlich ein Atmen aus dem Keller. Etwas scharrt, bewegt sich in der Dunkelheit unten am Treppenabsatz. Ein großes Tier.

»Alles in Ordnung«, sagt Bruno Liebe. Vielleicht sagt er es in den Kellerniedergang, vielleicht auch zu mir. Er schließt den Kasten wieder ab. Wir steigen die Treppe hoch. Ich flüstere ihm zu, dass jemand da unten war.

»Gespenster.« Er lacht, biegt wieder in seine Wohnung ein, geht nach hinten, nimmt einen Schluck Bier und verlässt die Wohnung wieder, um ins nächste Stockwerk zu steigen. Ich immer hinter ihm.

»Ich komme mir blöd vor«, sage ich.

»Das war Absicht, sagte die Schnecke, als der Laster ihr über den Schwanz fuhr.«

Oben vor der Wohnungstür öffnet er mit einem Schlüssel eine Klappe in der Wand. Eine Reihe Sicherungen werden sichtbar.

»Da haben wir es ja.« Er drückt die Sicherungsschalter nach oben. Aus der Wohnung dröhnt laut Marschmusik.

»Gespenster«, sagt Bruno. »Gespenster sind wie Maden in Himbeeren. Es sind immer Maden drin. Aber man muss ja nicht hingucken beim Essen.«

Ich schließe die Tür auf, die Musik kommt aus dem Wohnzimmer. Ich suche die Stereoanlage. Sie steht in einem der alten Schränke. Ich finde den Schalter nicht. Bruno kommt mir zuvor, langt an mir vorbei. Die Musik verstummt.

»Dieser Schrank«, sagt Bruno, »gehörte meinen Eltern. Sie sind beide auf einer Kreuzfahrt vor der tunesischen Küste verschwunden. Und wenn Sie mich fragen, war es Absicht. Sie haben gewartet, bis ich volljährig war, um mir dann das Haus und all den Ärger zu hinterlassen.«

»Was wollen Sie damit sagen?«

»Nun, die Gerichte waren anderer Meinung. Sie versuchten, mir die Schuld zu geben, nur weil ich auch an Bord war und meine Eltern ihr Gepäck zurückgelassen hatten.

Übrigens haben schon meine Urgroßeltern, die das Haus gebaut haben, diese Tradition des spurlosen Verschwindens begründet. Als mein Großvater volljährig war, machte er mit seinen Eltern eine Reise in die Schweiz, und eines Tages kehrten seine Eltern von einer Bergtour nicht zurück.«

»Verstehe.«

»Dann meine Großeltern. Sie planten mit meinem Vater eine Reise an die Ostsee. Mein Vater war gerade volljährig geworden. Er fand eines Abends ihre Sachen am Strand. Das war alles. Keine Spur.«

»Und nun? Haben Sie einen Sohn?«

»Nicht so richtig. Ich habe nie geheiratet, wenn Sie verstehen.«

Ich habe Licht. Ich habe Musik. Die Waschmaschine läuft. Im Haus spuken die ermordeten Vorfahren. Aber wo ist Thorsten? Meine Fragen beantwortet Bruno Liebe einfach nicht. Der Wahnsinn des Hauswirts setzt mich in Bewegung. Jetzt hole ich mir ein erfreuliches Bild, das ich mit in den Schlaf nehmen kann. Ich packe die leere Zuckerdose und klingle bei Krystof, meinen Nachbarn. Dukla, komm raus, lass die Mutter zu Haus. Dukla oder Prosa oder Helen. Der vierte Name fällt mir nicht mehr ein. Wenn ihre Mutter öffnet, werde ich so lange mit ihr reden, bis die Tochter neugierig wird und ebenfalls zur Tür kommt.

»Ja? Wer ist da?« Hurra, sie ist es. Sie öffnet zwar die Tür nicht, aber sie steht dahinter.

»Ich bin es, Ihr freundlicher Nachbar.«

»Ja, Sie wünschen?« Sie öffnet die Tür einen Spaltbreit. Ich ahnte es schon, sie trägt das Brillengestell nicht. Ihr Anblick presst mir die Brust zusammen. Vielleicht ist Liebe immer Mitleid. Sie hat den verwirrten Blick eines gezähmten Zebras. Aber die Ohren schauen nicht aus den Haaren hervor. Mir kommt der Gedanke, dass Zebras die Ohren in Gefangenschaft abgeschnitten werden. Meine Liebe oder mein Mitleid wird noch größer. Ihre blasse Gesichtshaut ist fast wie kurzes Fell, weißer Samt. Und zwischen den dunklen Lippen liegt jetzt eine kleine rosafarbene Zungenspitze, mit der sie die Welt wahrnimmt.

»Zucker« ist das einzige Wort, das ich hervorbringe und dann nach einer Weile: »So etwas Süßes.«

»Ich weiß, was Zucker ist«, sagt sie und schließt die Tür wieder ein wenig.

»Bitte«, sage ich.

»Nein«, sagt sie.

»Zucker«, sage ich.

»Nein«, sagt sie. Und dann sagt sie: »Ich kenne Sie.«

»Ich bin Ihr neuer Nachbar.«

»Nein«, sagt sie. »Das geht nicht.«

»Bitte«, sage ich. »Doch«, sage ich.

»Nein«, sie schüttelt den Kopf. Sie schließt die Tür.

»Bitte öffnen Sie.«

Keine Antwort. Ich presse das Ohr gegen die Tür. Sie steht noch dahinter. Ich höre sie atmen.

»Bitte, bitte«, sage ich leise. Ich möchte doch nur, dass sie mir ihren Atem ins Gesicht bläst. Mehr will ich doch gar nicht.

»Nein«, sagt sie, »nein, nein.«

»Doch«, sage ich, »es muss sein.«

»Ich werde darüber nachdenken«, sagt sie.

Die Hormone regnen unter dem dünnen Dach meiner Haut auf meine Organe herab. Ich schüttle mich, springe mehrmals hoch, schleudere die Arme in alle Richtungen. Es nützt nichts. Die Hormone haben die Herrschaft über mich angetreten, füllen meinen Körper. Ich werde die ganze Nacht nicht schlafen können.

Ich laufe den Flur auf und ab, so schnell ich es kann, stoße mich an Wänden ab, um die Richtung zu wechseln. Ich fange an, Liegestütze zu machen. In einer großen Stadt wie Hamburg müsste es Fitnessstudios geben, bei denen man noch nachts Mitglied werden kann und mit schweren Hanteln unter der kalten Dusche üben darf. Ich werde mir sonst zu eng.

Es klingelt. Helens Mutter steht vor der Tür. »Was haben Sie mit ihr gemacht?«

»Oh, ich ...«

»Wie sehen Sie aus!«

Ich wische mir den Schweiß von der Stirn. »Ich wollte nur ...«

»Kommen Sie mit. Los, los. Sie haben fünf Minuten, die Sache wieder in Ordnung zu bringen.«

Ich hole mir ein Handtuch, um mich abzutrocknen, lege es mir um die Schultern. Die Mutter sagt, das ginge alles von meiner Zeit ab. Sie klammert ihre Hand um meinen Oberarm, führt mich in ihre Wohnung, bis vor eine Zimmertür. Es sei Helens Zimmer, erklärt sie, und dass es darin immer dunkel sei. Es sei die Krankheit, sagt sie, und dass es so das Beste wäre.

Ich wage nicht weiter nachzufragen. Ich lausche. Sie schluchzt darin. Ich klopfe an. Keine Antwort. Frau Krystof sagt, sie besitze einen Revolver, von dem sie unverzüglich Gebrauch mache, wenn ich etwas tun würde, das nicht dem Anstand entspreche.

»Sagen Sie ihr, dass Sie sie hassen oder so etwas Ähnliches. Ich bestehe darauf. Das Kind muss wieder normal werden.«

»Das Kind …?«

Sie drückt die Klinke herunter und stößt mich in die Schwärze.

Ich stehe unbeweglich. Hinter mir schließt sich die Tür.

»Helen?« Sie hört auf zu atmen. Ich taste mich vorwärts. Ich greife eine Stuhllehne. Ich sage: »Ich setze mich.«

Sie atmet wieder.

»Ich wollte dir nur sagen …« Es scheint mir das Beste, zum Du zu wechseln, jetzt, wo wir im Dunklen so nahe beieinander sind und ich eine Aufgabe habe. Ich muss ihr auf verschlüsselte Weise mitteilen, dass ich sie liebe, denn ihre Mutter lauscht bestimmt.

»Ja.«

»Als du die Tür öffnetest, erschienst du mir wie ein Zebra, ein gefangenes Zebra.«

»Ich weiß, es ist die Krankheit«, sagt sie. Ich überlege, ob ich aufstehen und versuchen soll, in ihre Richtung zu gehen.

»Bleib sitzen«, sagt sie.

»Ja.«

»Und weiter?«

»Aber deine Ohren, sie erschienen mir, als wären sie in Gefangenschaft abgeschnitten worden.«

»Ja, ich weiß, es ist die Krankheit«, sagt sie.

»Was ist das für eine Krankheit?«

»Etwas mit dem Gehirn. Ich kann immer nur ein Ding zur Zeit machen. Nichts gleichzeitig. Nicht Ton und Bild zusammen, nicht zwei Bilder, nur eins. Aber ich übe es. Es geht immer besser.«

»Es macht dich schön«, sage ich.

»Du musst jetzt gehen«, sagt sie. »Ich bin jetzt ganz ruhig.«

»Deine Mutter sagt, ich soll dich hassen.«

»Es ist wegen der Krankheit.«

»Ich bin auch krank.«

»Ich sehe es.«

»Du kannst es sehen?«

»Ja. Ich kann im Dunklen sehen, sogar durch Mauern hindurch.«

»Dann weißt du, welche Krankheit es ist?«

»Ja. Das ist eine Krankheit, die ich zusätzlich habe.«

Ich stehe auf, tappe in Richtung Tür. Etwas fällt um. Sie kichert. Ich finde die Türklinke. Im Flur steht die Mutter und presst mir einen kalten Revolverlauf gegen die Schläfe.

In Hamburg konzentrieren sich die Kneipen in St. Pauli und in der Schanze. Es herrscht abendlicher Säufertourismus aus allen Stadtteilen bis zur Bewusstlosigkeit. Aber hier im Viertel gibt es noch drei Kneipen, die sich fast gegenüberliegen. Ein Bermuda-Dreieck der Freunde des Alkohols.

Ich sitze in dieser Nacht in einer der Eckkneipen und erzähle den anderen Betrunkenen, was für ein Mädchen ich kennen gelernt habe.

Die drei kennen Helen nicht, auch nicht Dukla oder Prosa oder Lisa. Nun ist mir auch der vierte Name wieder eingefallen. Sie haben die vier Mädchen noch nie gesehen, sagen die drei Betrunkenen. Ich bedaure sie.

»Sie ist wunderschön, so schön, dass man ihre Gegenwart nur erträgt, wenn einem jemand mit einem Stock auf den Hinterkopf schlägt.«

»Ja, wunderschön«, antworten die drei anderen Betrunkenen. Dann kippe ich als Erster von zu viel Alkohol vom Barhocker.

Ich finde mich vor der Kneipe wieder. Ich sitze auf dem Boden an die Wand gelehnt, wie ein Bettler. Ich muss volltrunken gewesen sein. Die kühle Nachtluft ernüchtert. Die Wand hilft mir, mich aufzurichten. In der Kneipe werden die Lichter gelöscht. Ich winke einem Taxi. Der Fahrer sieht mich nicht. Ist auch besser, ich gehe zu Fuß.

Nach einem langen Weg, länger als notwendig, stehe ich vor der Haustür. Es ist das falsche Haus, meine alte Wohnung. Ich hab nicht einmal den Schlüssel dabei. Ich sehe die Fassade hinauf, ob noch jemand wach ist. Mein Badezimmerfenster steht offen. Ich kann die Brühe in meiner Badewanne bis hierher riechen. Ich setze mich auf die Eingangsstufe. Diesmal klappt es mit dem Taxi, obwohl ich mir kaum Mühe gebe zu winken. Der Fahrer hält, steigt sogar aus, um mir in den Wagen zu helfen.

»Ist doch nicht nötig«, sage ich und kippe beim Einsteigen fast nach hinten. Er hält mich.

»Langsam«, sagt er und: »Wie riecht denn das hier?«

Er startet den Wagen. Als ich ihm die Adresse nenne, dreht er sich um und sieht mir ins Gesicht.

»Ach so«, sagt er.

»Was ist?«, frage ich.

»Die Adresse«, sagt er. »Sie sind neu dort.«

»Und, was ist damit?«

Er will nicht antworten, schweigt. Nach einer Weile lacht er.

Er bremst vor dem Haus. Ich will zahlen, was auf der Anzeige steht, aber er verlangt nur die Hälfte des Betrages. Er nimmt auch mein Trinkgeld nicht, hebt die Nase, als ob es stinkt.

Ich rufe nach Thorsten. Er ist nicht da. Ich werfe mich auf sein Bett. Es versucht, mich mit seiner Federung wieder abzustoßen, aber ich halte mich an dem Messinggitter fest. Das Beben der Matratze beruhigt sich.

Die Wohnung knackt, knirscht, raschelt. Nein, es ist das ganze Haus. Es bewegt sich in seinen Gelenken, versucht wahrscheinlich, seinen Platz zu verlassen, richtet sich auf und geht, langsam wie ein Riese, der sorgfältig das Gleichgewicht halten muss, um aus der Stadt herauszukommen, das freie Land zu betreten, den Körper drehend, ohne die eigenen Mauern zum Einsturz zu bringen, Ausschau haltend nach einem Platz für sich ganz allein.

Ein Schraubenschlüssel fällt herab. Das Haus ist am Boden verschraubt, hat Helfer, die es lösen. Das Wasser rauscht, wird weniger, versiegt, tropft noch. Die Verbindungen müssen getrennt werden, vor dem großen Marsch in die Freiheit.

Ich fahre hoch. »Wer ist da?«

Plötzlich ist alles ruhig.

Ich setze mich auf den Bettrand. Lausche.

Das Haus atmet. Die Luft zieht durch die schorfigen Röhren einer Raucherlunge.

Ich stehe auf, mache kein Licht, schleiche über den Flur. Ich gehe ins Bad. Da hockt einer. Er schaltet eine Taschenlampe an. Ihr Lichtstrahl beleuchtet die sternförmig um ihn ausgerichteten Werkzeuge.

»Guten Abend«, brummt er.

Im Widerschein der Lampe erkenne ich ihn. Es ist der Mann, der sich im Supermarkt hinter dem Weinregal versteckt hat.

Ich sehe ihm zu, wie er die Dichtung des Wasserhahns wechselt. Er macht das Licht nicht an. Er benutzt nur seine Taschenlampe. Etwas ist in seinem Gesicht. Vielleicht ein eitriger, verkrusteter Ausschlag, den er im Dunklen zu verbergen sucht. Er heiße Carlos. Es sei nur ein Name, erklärt er, nur irgendein Name. Er sei der Hausmeister. Er arbeitet schweigsam, wechselt die Werkzeuge, hält die Taschenlampe unter der Achselhöhle oder zwischen den Zähnen, weil er beide Hände braucht.

Ich drücke schließlich doch den Lichtschalter.

»Ich arbeite lieber im Schutz der Dunkelheit«, sagt er. Er hebt die Hand, als würde er geblendet. Was ich erst für Ausschlag, dann für Behaarung hielt, ist schwarze Farbe im Gesicht. Er versucht, einen Affen aus sich zu machen. Auch die Oberseiten seiner Hände sind schwarz geschminkt.

»Soll ich wieder ausmachen?«

»Nein, nein.«

»Wie sind Sie hereingekommen?«

»Ich habe einen Schlüssel für alle Wohnungen. Aber keine Sorge, ich komme nur nachts.«

»Warum?«

»Ich hab Schwierigkeiten mit dem Licht.«

»Die Augen.«

»Nein, eher so psychisch.«

»Arbeiten Sie schon lange hier?«

Er nickt. Die neue Dichtung macht Schwierigkeiten. Sie passt nicht. Er schneidet sie zu, feilt an ihr herum. Das Material ist zu weich, zu zäh. Er stöhnt.

»Kennen Sie einen Mieter namens Mond?«

»Sie können du sagen, alle sagen du.«

Ich bin einverstanden und stelle mich vor. Ich bitte ihn, mich auch zu duzen, weiß aber im gleichen Moment, dass er es nicht tun wird. Ich werde ihn auch nicht duzen.

Er probiert erneut, die Dichtung einzusetzen. »Mond soll der heißen?«

»Herbert Mond. Soll früher hier in der Wohnung gewohnt haben.«

Er antwortet nicht, arbeitet am Wasserhahn und dreht mir den Rücken seines schwarzen Overalls zu. Es war einmal ein weißes X darauf gemalt. Kaum noch zu sehen.

»Nö, kenne ich nicht.«

»Und Thorsten Riebach, den kennen Sie auch nicht?«

Er zieht die Nase hoch, dreht mit einem Schraubenschlüssel den Wasserhahn. »Ach, wissen Sie ...«

»Wo wohnt er?«

»Hier im Haus. Aber das geht mich ja alles nichts an. Ich bin nur der Hausmeister.«

»Und wo wohnen Sie? Falls ich Sie mal brauche.«

Er lacht, räuspert sich. »Na, auch hier im Haus.«

»Sie wohnen hier?«

Statt einer Antwort hustet er eine Zeit lang die Reste einiger Zigaretten aus seiner Lunge. Er verreibt die ausgespuckten Lungenbläschen zwischen den Händen. Dann sammelt er sein Werkzeug ein, steckt es in eine Stofftasche und rollt sie zusammen.

»Die Dichtung taugt nichts«, sagt er. Die Stimme bricht. Er klopft sich auf die Brust, hustet noch einmal. »Ich komme demnächst wieder.«

»Klingeln Sie bitte vorher.«

»Das mache ich nie.«

Ich erwache durch ein paar dumpfe Hammerschläge. Ich sehe zur Uhr, es ist schon fast Mittag. Die Sonne scheint durch die vorderen Fenster und schmerzt in den Augen. Ich ziehe die Jalousien halb herunter. Der Schmerz bleibt. Vielleicht eine Strafe.

Drüben aus dem Gemüsegeschäft kommt der Junge mit dem Revolver und dem Cowboyanzug. Diesmal hat er eine Banane erbeutet. Schade, dass die Entfernung zu groß ist, um in den Fensterauslagen eine kleine Videokamera zu erkennen.

Für einen Moment zweifle ich, ob sich die Hammerschläge nur in meinem Gehirn befinden. Ich gehe ins Schlafzimmer zurück. Die Hammerschläge kommen eindeutig aus der Wohnung über mir. Ich gehe in die Küche, nehme zwei Aspirin, gegen den Nachhall in meinem Kopf.

Ich lege mich wieder auf das Bett und warte auf die Wirkung

der Tabletten. Mir fällt ein, dass Helen vielleicht wieder auf ihrem Training zum Supermarkt unterwegs ist. Ich springe hoch, doch dann sinke ich zurück. Ich frage mich, wie ich sie in meiner Geschichte beschreiben soll, ob sie im modischen Sinne eine Schönheit ist. Plötzlich ist mir mein Hormonschub angesichts ihrer Hilflosigkeit nicht mehr angenehm. Ein Pavian auf dem Affenfelsen. Ich muss unbedingt erfahren, wie alt sie ist. Vielleicht ist sie nicht einmal achtzehn. Ich gehe auf die vierzig zu. Je mehr ich sie mir vorstelle, umso mehr Hunger bekomme ich. Warum wirft mir kein Zoobesucher Erdnüsse zu? Mein Magen knurrt. Um mich als Mensch und unabhängig von meinen Trieben zu beweisen, beiße ich in die grüne Gurke aus dem Kühlschrank. Ich muss aufstehen, mich waschen, frühstücken, zivilisiert sein. Ich durchsuche den Kleiderschrank nach etwas, das mir heute gefallen könnte. Ich wähle eine schwarze Hose mit giftgrünem Polohemd.

Den Anzug von gestern muss ich wohl in die Reinigung bringen. Das Hemd hat einen Bierfleck auf der Brust. Über die Knie der Anzughose ziehen sich weiße Streifen. Dunkle Flecken im Schritt. Was ist da passiert? Vielleicht habe ich vor der Kneipe in einer Pfütze gesessen. Ich rieche daran. Urin. Das Jackett dagegen scheint unbeschädigt. Ich drehe es herum. Auf dem Rücken befindet sich ein mit weißer Kreide grob gemaltes Kreuz. Ein X.

Ich löffle ein Müsli. Es rutscht die Speiseröhre hinab und findet keinen Grund. Ich betrachte die Küchenmöbel. Alles beige. Auf den Kacheln über der Spüle kleben ein paar Blumenaufkleber.

Ich bekämpfe eine kurze Übelkeit. Dann denke ich an Helen. In meiner Geschichte würde ich sie bei mir klingeln lassen. »Meine Mutter ist im Kino«, würde ich sie sagen lassen.

Thorstens Wohnung ist zu groß für mich. Wenn ich in der Küche bin, kann ich nicht gleichzeitig von den vorderen Zimmern bis zu den hinteren ein Gefühl der Ganzheit entwickeln. Zu viel Raum. Zu viele Gegenstände darin. Ich brauche eine Landkarte aller Zimmer. Sie müsste nicht den exakten Maßstab wiedergeben, sondern alle Räume und Dinge darin in einer emotionalen Beziehung wiedergeben. Das Schlafzimmer als Mittelpunkt. Kreisförmig um das Schlafzimmer liegen Küche und Bad.

Das Bett ist überhaupt der größte Einrichtungsgegenstand. Jedenfalls im Augenblick. Ich fürchte, eine solche Wohnungskarte müsste ich regelmäßig neu zeichnen.

Wenn ich hier wirklich wohnen bleibe, suche ich mir Untermieter. Japaner vielleicht. Voraussetzung ist, ich ergreife einen ehrlichen Beruf. Einbrecher können Untermieter nicht gebrauchen. Aber im Grunde ist es immer noch Thorstens Wohnung. Ich hoffe, er kommt zurück. Ich halte sie für ihn frei.

Ich gehe nach vorn, das Telefon steht auf der Garderobe. Ich rufe die Auskunft an. Thorsten Riebach? Sie geben mir die bekannte Adresse und Telefonnummer, unter der ich angerufen habe. Ich blättere im Telefonbuch nach den Krankenhäusern. Angenommen, es ist ihm etwas passiert. Aber dann wäre wohl längst jemand hier gewesen und hätte Bescheid gesagt. Vielleicht ist Thorsten nur zu Besuch bei seiner Mutter oder Schwester oder was weiß ich für einem Verwandten.

Es klingelt. Das muss Helen sein.

Ich laufe zur Tür, reiße sie weit auf.

Claudia Kerner streckt mir einen braunen Pudding auf einem Teller entgegen. Sie sagt »Guten Tag« auf die gleiche metallische Weise wie die Frau bei der Auskunft.

»Gut, dass Sie kommen«, erkläre ich meinen Schwung, »wenn Thorsten Riebach heute zur Behandlung kommt, würden Sie ihm bitte ausrichten ...«

»Er war schon da.«

»Wirklich?«

»Ja, ganz früh, als einer der ersten Patienten.«

Sie hält mir den Pudding unter die Nase. »Bitte sehr.«

Ich zucke zurück.

»Oh, Entschuldigung«, sagt sie, »Sie können es ja nicht wissen. Ich verschenke meine Süßspeisen. Ich arbeite an einem Kochbuch. Der Pudding für die Psyche. Der Nachtisch aus der Naturheilpraxis. Sie verstehen? Das kann man ja alles gar nicht selbst essen.«

»Was hat der für eine Wirkung?«

»Mögen Sie etwa keinen Pudding?«

»Doch.«

»Na bitte.«

Ich nehme den Teller. »Und was ist es für einer?«

»Ich nenne ihn schwedischen Königspudding.«

»Ich meine, was macht er?«

»Glücklich.«

Ich halte meine Nase dicht über den Pudding. Er riecht nicht. Sie zieht einen kleinen silbernen Löffel aus ihrem weißen Kittel, reicht ihn mir. Ich lehne ab. Er sieht aus wie ein Löffel, mit dem sie die Zungen ihrer Patienten herunterdrückt, um den grünlichen Belag zu entfernen.

»Wenn Thorsten Riebach morgen kommt, würden Sie dann ...«

»Morgen kommt er nicht.«

»Wissen Sie, wo er jetzt wohnt?«

»Sie machen Witze. Hier natürlich.«

»Ich wollte nur, dass Sie ihm sagen, er möge bei mir vorbeikommen. Ich mache mir Sorgen um ihn.«

»Gern. Und Sie erzählen mir bitte, wie Ihnen der Pudding geschmeckt hat, wie es Ihnen danach gegangen ist, ganz ausführlich. Ja? Es ist ein neues Rezept.«

»Gut.«

Sie wendet sich ab, geht bis zur Treppe. Der Pudding vibriert auf dem Teller in meiner Hand.

Ich sehe ihr nach, wie sie die Treppe hinuntergeht. Sie hebt die Beine höher als normal, als müsste sie Pfützen übersteigen.

Ich trage den Pudding in die Küche, schnuppere daran. Er riecht doch. Bitter.

Eine Katze müsste ich haben, um sie vorkosten zu lassen. Katzen riechen Gift. Ich nehme einen kleinen Löffel davon ab. Unter der Oberfläche ändert der Pudding seine Farbe. Das Braun geht in Gelb über wie bei einem Marmorkuchen. Ich tippe mit der Zungenspitze dagegen. Kein Geschmack. Nur Süße. Ich zerdrücke ein Stück auf der Zunge. Karamell. Etwas steigt mir scharf in die Nase. Ich bekomme einen Niesanfall. Ich schreibe auf einen Zettel: »Letzte Mahlzeit – Pudding von Frau Kerner.« Dann esse ich den Pudding.

In der Reinigung werden zwei Frauen vor mir bedient. Sie reichen violette Seidenblusen und schwarze, glänzende Röcke über die Theke, als wären es Beweisstücke für die Grobheiten ihrer Männer.

Ich lege Thorstens Anzug vor, den ich versaut habe. Die junge Frau hinter dem Tresen der Reinigung hat einen braunen Fleck auf dem Bauch ihres hellblauen Kittels. Ich zeige darauf und sage: »Der muss auch mal in die Reinigung.«

Sie reagiert nicht, breitet die Hose des Anzugs aus. Sie tippt auf die Flecken zwischen den Beinen. Darauf war ich nicht gefasst. Meine Gesichtshaut rötet sich.

»Noch feucht«, sagt sie.

Dann nimmt sie sich das Jackett vor. Mit dem Fingernagel kratzt sie an der Farbe des Kreuzes auf dem Rücken. Sie wiegt den Kopf, schiebt die Lippen vor.

»Auf eigene Gefahr.«

»Wird es gefährlich?«

»Man weiß nie. Manchmal löst sich alles auf, nur der Fleck nicht.«

»Ich gehe das Risiko ein. Ich denke sowieso, dass derjenige, der mich so gekennzeichnet hat, will, dass es bleibt, damit er mich durch sein Zielfernrohr in der Menge wiedererkennen kann.«

Die Frau sieht über mich hinweg, begrüßt schon den nächsten Kunden, der soeben den Laden betreten hat: »Guten Tag, Herr General.«

Ich sehe mich um, es ist der falsche Polizist. Er hat eine grüne Uniformjacke über dem Arm.

»Bin gleich bei Ihnen«, sagt sie und tippt einen Preis für meinen Anzug in die Kasse.

»Keine Bevorzugung«, sagt der zum General gewordene falsche Polizist.

Ich muss im Voraus bezahlen. Es kostet nur die Hälfte der Summe auf der Preisliste. Ich bekomme einen kleinen grünen Zettel. »Wenn Sie ihn verlieren, werden Ihre Sachen drei Monate im Fenster ausgestellt, damit sich ein möglicher anderer Besitzer melden kann.«

Ich drehe mich um. Das Fenster hängt voller Kleidungsstücke mit Preisschildern.

Sie errät meine Gedanken. »Die Preise sind immer die letzten Gebote. Nach drei Monaten bekommt sie der Höchstbietende.«

»Ich muss also meine eigenen Sachen ersteigern?«

»Sieht so aus.«

Der Zettel fällt mir hinunter. Er rutscht vor den Schuhen des angeblichen Generals unter den Tresen und verschwindet. Ich muss auf die Knie, um meine Hand darunter zu stecken.

»Das ist nun wirklich nicht nötig. Stehen Sie auf«, sagt er. Wahrscheinlich ist es ein pensionierter General. Seine Schuhe wirken, als hätte er Holzbeine. Kriegsverletzung.

Ich angle blind unter dem Tresen und komme mit zwei Zetteln wieder. Ich halte sie der Frau hin, die unter den Armen der ausgebreiteten Uniformjacke schnüffelt. »Oh, ja«, sagt sie. Sie lässt die Jacke an zwei Fingern in eine Tonne fallen.

»Sondermüll«, sagt sie. Dann beugt sie sich über meine beiden Zettel. Sie tippt auf den rechten: »Das ist Ihr Anzug.«

Sie blickt auf den anderen Zettel, geht zum Schaufenster und kommt mit einer dunkelblauen Krawatte zurück. »Bitte sehr.«

In der Mitte der Krawatte ist der Polizeistern mit dem Hamburger Wappen eingewebt.

»Die gehört mir«, sagt der General.

»Ja«, sagt die Frau, »aber er hat doch den Zettel. Nach Paragraf 6 darf ich nicht ...«

»Hübsch«, sage ich und lasse die Krawatte durch die Finger gleiten.

»Geben Sie her«, befiehlt der General.

»Sie gehört mir nicht«, sage ich und gebe sie der Frau zurück.

»Geben Sie her«, befiehlt der Polizistengeneral.

»Aber die Vorschriften! Sie sagen doch immer: Keine Sonderbehandlung. Und er hat den Zettel.« Sie deutet auf mich.

»Geben Sie den Zettel her!«, befiehlt der General. Dann schweigt er. Sein Mund öffnet sich langsam, während er mir beim Kauen des kleinen grünen Zettels zusieht. Ich schlucke ihn hinunter.

Mit rotem Kopf und großen Schritten marschiert der General die Straße entlang. Die Leute machen ihm Platz. Einige verdrängt er mit ausholenden Armbewegungen, als wolle er über der Masse schwimmen.

Die Frau tritt hinter mir aus dem Laden. Sie beißt sich auf die Unterlippe. »Das hätten Sie nicht tun dürfen«, sagt sie leise.

Sie presst die Hände an den Bauch und hat immer noch die Krawatte zwischen den Fingern.

»Wieso heißt er der General?«, frage ich.

Sie sieht ihm nach, kneift die Augen zusammen wie jemand, der Bauchschmerzen hat.

»Weil er der Chef von allem ist.«

»Von der Reinigung?«

Sie nickt. An ihren Augenrändern sammelt sich Wasser, fließt aber nicht über.

»Warum haben Sie ihm die Krawatte nicht einfach gegeben?«, frage ich.

»Das darf ich doch nicht. Auch bei ihm nicht. Die Vorschriften.« Ihr Kopf sinkt auf die Brust. »Wie schrecklich.« Sie stolpert rückwärts durch die Ladentür.

Gleich darauf erscheint sie im Schaufenster, schnäuzt sich mit einem Taschentuch die Nase und dekoriert die Krawatte zu einem weißen Hemd, dessen Kragen nicht ganz sauber wirkt. Sorgfältig steckt sie ein kleines Schild mit einer Drei neben das Polizeiwappen.

Ich gehe wieder hinein.

»Ich biete vier. Ich möchte für die Krawatte vier bieten«, sage ich.

»Dann bekommen Sie sie.«

»Ich denke, ich muss warten.«

»Nein, Vorschrift ist, wenn der Zettel offensichtlich vernichtet wurde, und das habe ich ja genau gesehen, dann kann ich sie sofort verkaufen.«

»Daran hat der General wohl nicht gedacht.«

»Hat er vergessen. Paragraf 9.«

»Gut«, sage ich und zähle das Geld ab. Sie rührt sich nicht.

»Was noch?«, frage ich.

»Ich meine, Sie sollten das nicht tun.« Sie atmet tief ein.

»Wird er Sie dafür entlassen?«

»Nein, aber Sie machen sich einen Feind.«

»Habe ich den nicht schon?«

Sie nickt und verkauft mir die Krawatte. Sie rollt sie zusammen und steckt sie in eine kleine Tüte.

»Vielleicht«, sage ich, »schenke ich sie ihm zurück. Haben Sie seine Adresse?«

»Die kennen Sie doch.«

»Nein. Ich weiß nicht einmal seinen richtigen Namen.«

»Nein? Aber ... na gut.«

Sie schreibt den Namen auf einen Zettel, gibt ihn mir aber nicht. »Sie sollten das vielleicht nicht tun, ich meine, ihn besuchen ... wenn Sie gar nicht wissen ...« Sie presst die Lippen zusammen.

»Was?«

»Nichts.«

»Geben Sie her.« Ich nehme ihr den Zettel ab. Der General heißt Lothar Murr und wohnt in Bruno Liebes Haus.

Ich kann nicht still stehen. Wenn ich still stehe, läuft die Zeit aus mir heraus. Ich betrachte das Haus von der anderen Straßenseite. Was reimt sich auf Helen? Ich brauche die Magie des Reims, damit das Wünschen hilft. Alle Hunde bellen und warten auf Helen. Ich wünsche mir, dass Helen ans Fenster geht, hinaussieht, mich entdeckt.

Die gelbe Fassadenfarbe erscheint mir heute dicker, klebriger. Sie ist wahrscheinlich der Leim, und ich bin die Fliege. Immerhin habe ich ein erheblich größeres Gehirn als ein Insekt. Das sollte helfen.

Zuerst brauche ich etwas, das mich ruhig stellt. Eine Zwangsjacke. Ein gefüllter Magen. Ich schaue bei dem Gemüsehändler ins Fenster. Es befindet sich keine Videokamera in den Auslagen. Ich kaufe Tomaten. Sie sind billig. Der Händler sagt, ich bekäme fünfzig Prozent. Bevor ich nach dem Grund fragen kann, sehe ich Helen aus dem Haus kommen. Es hat geklappt.

Sie trägt die Scheuklappenbrille, aber sie geht sicherer als sonst. Sofort beginnt etwas in mir zu vibrieren. Ich schlage mir auf die Brust, aber es geht nicht weg.

Ich rufe sie von der anderen Straßenseite, aber bei dem lauten Autoverkehr hört sie mich nicht. Und wahrscheinlich trägt sie wieder die Ohrstöpsel. Die Ampel an der Kreuzung will mich nicht hinüberlassen. Schon ist Helen um die Ecke. Schneller als letztes Mal. Das Vibrieren wird zum Zittern, breitet sich in mir aus, versucht, meine Glieder zu bewegen, je näher ich ihr komme.

»Helen!« Sie dreht den Kopf nicht. Ich muss mich ihr in den Weg stellen. Sie streckt die Hände vor, versucht, mich beiseite zu schieben. Sie erkennt mich nicht.

»Helen!«

Endlich richtet sie ihre Augen auf mein Gesicht. Sie lächelt.

»Oh, du bist es. Du zitterst – oder sind es meine Augen?«

»Ich bin es.«

Sie umarmt mich, drückt ihren Kopf an meine Brust. Ich halte sie fest.

»Besser«, sage ich. »Danke.«

Sie horcht an mir. Dann sagt sie: »Das dürfen wir nicht.«

»Nein?«

»Du darfst mich nicht berühren.« Sie hält sich weiter an mir fest.

»Doch«, sage ich.

»Du darfst nicht mit mir sprechen.«

»Doch«, sage ich, »ich muss mit dir sprechen.«

»Ich darf nicht hören, was du sagst. Ich glaube, es ist besser, wenn ich dich nicht höre.«

»Verbietet es Mata?«

»Mata ist tot.« Sie befreit sich. »Sie ist ermordet worden.«

»Was erzählst du da?«

»Die, die du als Mata kennst, ist nicht meine Mutter.«

»Wer ist es dann?«

»Ich muss gehen.« Eine ihrer Scheuklappen ist verbogen.

»Deine Brille, Moment.« Ich nehme ihr das Gestell ab. Sie

hebt den Kopf, öffnet ihren Haarvorhang und wartet mit geschlossenen Augen, während ich die Klappe richte. Ich bin längst fertig und betrachte ihr Gesicht. Es ist Haut, aber wirkt wie kurzes Fell. Für einen Augenblick unterliege ich der Versuchung, sie zu küssen.

»Tu es nicht«, bittet sie.

»Warum nicht?«

»Ich muss einkaufen gehen, ich hab keine Zeit.«

Sie hält weiter die Augen geschlossen, trotzdem kommt es mir vor, als könne sie mich sehen.

»Was ist mit deiner Mutter? Ist sie wirklich tot?«

»Ja. Schon lange. Ermordet.«

Ich setze ihr die Brille wieder auf. »Es tut mir Leid«, sage ich.

Sie öffnet die Augen, senkt den Blick. Einen Augenblick stehen wir so voreinander und schweigen.

Dann sagt sie: »Ich darf dir nichts mitbringen.«

»Warum nicht?«

»Du willst, dass ich dir Zucker mitbringe.«

»Stimmt, aber ich hab es noch gar nicht gesagt.«

»Wenn ich es tue, geschieht ein Unglück.«

Sie dreht sich um, geht immer an der Hauswand entlang bis zu dem kleinen Supermarkt, dort bleibt sie stehen, macht nach einer Pause eine fast rechtwinklige Drehung und betritt den Laden. Einer plötzlichen Eingebung folgend, dass da der schwarze Mann auf sie wartet, laufe ich ihr nach. Ich schleiche mich mit klebrigen Sohlen zum Weinregal, aber er ist nicht da. Ich will mich schon abwenden, da sehe ich ihn. Neben der eisernen Tür des Hinterausgangs, dort, wo die leeren Pfandflaschen gesammelt werden. Durch zwei Getränkekästen hindurch fixiert mich der Hausmeister mit seinen gelben Augen im schwarz bemalten Gesicht.

Vor Liebes Haus flirrt der Staub in der Luft. Cadmium. Es knirscht zwischen den Zähnen. Wenn ich ganz tief einatme, ist es ein bisschen wie Essig. Es kommt von der Fassadenfarbe. Sie rieselt herab. Das Haus bringt mich dazu, seine Drogen einzunehmen.

Claudia Kerner kommt aus der Praxis, packt mich am Arm und zieht mich hinein. Ein muskulöser Mann, etwa Mitte vierzig, steht hinter dem Empfangstresen. Sie stellt uns einander vor. Es ist ihr Mann, Dr. Arnold Kerner.

Er kommt mir entgegen, kann die Arme nicht an den Körper anlegen, weil die Bizepse so dick sind. Er reicht mir die Hand. Wie Ärzte im Krankenhaus trägt er eine weiße Hose und hölzerne Sandalen. Unter seinem engen weißen T-Shirt bewegen sich eine Menge Muskeln, die andere nicht besitzen und von denen die meisten nicht einmal wissen, dass man sie besitzen kann. Er sagt, dass er sich freut, mich kennen zu lernen, und dass ich selbstverständlich als Hausbewohner gratis behandelt würde. Sein Händedruck ist eine Katzenpfote. Seine Muskeln sind bewegliche Meerschweinchen unter der Haut.

Seine Frau nickt. »Alle aus dem Haus kommen einmal im Monat«, sagt sie.

»Wir haben eine Reihe eigener Mittel entwickelt.« Ihr Mann übernimmt wieder. »Alles ganz natürliche Mittel, aus der Pflanzenkunde. Scheuen Sie sich nicht, bei schlechter Stimmung, Kopfschmerzen, allgemeinem Unbehagen, Schweißausbrüchen, Halluzinationen, Depressionen, Alltagsproblemen, Verdauungsbeschwerden, Erektionsstörungen oder trockener Haut bei uns vorbeizuschauen. Selbst für solche Belanglosigkeiten wie Angst oder Liebeskummer hat die Apotheke der Natur ein probates Mittel. Und für Sie kostet es nichts.«

»Danke«, sage ich, »das ist sehr freundlich.«

Er fasst nach meinem Kinn, dreht meinen Kopf. Seine Hand ist plötzlich eine Zange. »Sie sollten einen Termin machen, nur für eine allgemeine Analyse. Ich empfehle Ihnen täglich …« Er gibt mich frei, lauscht. Im Hintergrund klingelt es.

»Ich muss leider …« Er hebt die Arm- und Schultermuskeln, stellt auf seinem T-Shirt die Kontur einer Mittelgebirgslandschaft her. Seine Sandalen klappern. Ich sehe seinem Hintern nach, aber unter der weiten Hose ist nicht zu sehen, was für ein Kunstwerk er aus seinem Unterkörper gemacht hat.

»Und der Pudding hat Ihnen geschmeckt?«, fragt seine Frau. Sie hat plötzlich wieder diese mechanische Stimme.

»Ja, prima.«

Sie geht hinter den Tresen und tippt etwas in den Computer.

»Jakob Vogelwart – mit t am Ende?«, fragt sie.

Ich nicke.

»Alter?«

»Fast Siebenunddreißig. Wie alt ist Helen?«

»Achtundzwanzig. Schwerwiegende Krankheiten? Operationen?«

»Ich keine. Und Sie?«

»Wer? Ach so. Keine. Nächtliche Schweißausbrüche?«

»Ich? Nein.«

»FS-Mangel.«

»Aber …«

Sie schüttelt den Kopf. »Ich mache noch keinen Termin.« Sie senkt die Stimme, wird wieder Mensch. »Kommen Sie, wann Sie wollen.«

Sie lässt die Hände von der Computertastatur, verschränkt die Arme, um ihre Brüste zu heben. Aus den hinteren Räumen kommt ein Schrei. Sie lächelt und sagt: »Schrecktherapie.« Sie lehnt sich auf den Tresen, schlängelt ein bisschen mit dem Oberkörper. So viel Beweglichkeit habe ich ihr nicht zugetraut. Sie atmet warme Milch aus.

»Schrecktherapie? Was ist das?«, frage ich.

»Ein Scherz. Der Geschmack des Puddings, übrigens … Wie war Ihre Stimmung nach dem Verzehr?«

»Gut.«

»Eher besser oder eher schlechter als vorher?«

»Besser. Aber, was war denn da drin?«

»Hausfrauengeheimnis.«

Was halten Sie nun von der Bar?«, fragt Bruno Liebe, als ich in der offen stehenden Tür der Videothek auftauche.

»Wer ist dieser Polizist oder General?«, frage ich zurück und falte den Zettel von der Reinigung auseinander.

»Lothar Murr«, sagt Bruno Liebe. Er rollt das R. Er packt eine Kiste mit Videos ein. »Er ist pensioniert.«

»Und warum spielt er den Polizisten?«

»Ach, als Hausbewohner müssen Sie das nicht so ernst nehmen. Manchmal ist es schon hilfreich. Die Gärtner in der Gegend mögen das, wenn jemand jätet, und manche bringen uns Blumen dafür. Machen Sie mal Ihren Antrittsbesuch beim General. In seiner Wohnung ist er ein vollkommen anderer Mensch. Er hat ein interessantes Hobby. Übrigens seine Putzfrau Karin – er tut immer so, als wäre sie nur die Werft und er das Schiff. Die beiden sind verheiratet.«

»Ach, und die anderen Hausbewohner?«

»Sonst alle völlig normal. Ganz normale Menschen. Wie du und Müllers Kuh. Falls es das gibt, normal, meine ich.«

»Auch Thorsten Riebach?«

»Dr. Kerner ist überhaupt das Beste, was dem Haus passieren konnte. Früher war das ein Juweliergeschäft. Ich habe mir mal ein paar schöne Armreifen bei ihm gekauft und mir auch mal einen Ring machen lassen. War aber teuer, ziemlich teuer. Eigentlich zu teuer. Der hat mich über den Tisch gezogen. Der Juwelier starb dann an seinen Kopfverletzungen.«

»Wieso?«

»Denitz hieß der, jetzt weiß ich es wieder. Tja, und da habe ich gedacht, hier muss was anderes rein, was Gesünderes. So eine Art Nagel, der das Bild hält. Und da kam der Doktor aus … äh, Dings zurück, kannte ich ja schon, die Kerners, wenigstens seine Frau. Tolle Frau, haben Sie die gesehen? Und er, haben Sie ihn gesehen? Er mit seinen Muskeln. Es heißt ja, je mehr Muskeln, desto weniger Saft. Gott sei Dank. Tolle Frau, finden Sie nicht auch? Da hechelt der Hund, und die Katze kuschelt. Sie war früher Fotomodell. Sagenhaft. Einfach Wahnsinn. Haben Sie ihre Haut bemerkt? Irrsinnig. Müssen Sie mal anfassen. Das gibt es gar nicht. Lecker.«

»Ihr Pudding.«

»Sagenhaft, möchte man immer wieder reinbeißen.« Der Speichel tropft ihm aus dem Mund. Er schafft es nicht, den Faden aufzufangen. Wischt sich den Mund, kratzt sich zwischen den Beinen und stöhnt. Dann fährt er sich mit beiden Händen durch die Haare. Er schüttelt sich, röchelt, sein Fell richtet sich auf.

»Weiß ihr Mann davon?«, frage ich.

Er öffnet seinen Mund. Schwefelatem fegt die raue Zunge. Regen wäre jetzt gut oder wenigstens Hagel.

Ich öffne die Haustür. Auch das Treppenhaus atmet Bruno Liebes Gasgeruch aus. Im ersten Stock steht Kerners Tür halb offen, zeigt einen blendend weißen Flur. Niemand zu sehen. An der Tür steht ein Karton mit Gläsern mit Resten einer Flüssigkeit. Manche mit einer leichten Schimmelschicht bezogen. Etiketten, einige mit Namen der Hausbewohner.

Ich höre Schritte und ziehe mich schnell zurück. Jemand kommt die Treppe herunter. Eine ältere Frau. Sie drückt ein schwarzes Tuch gegen ihr Gesicht, versteckt sich dahinter. Sie erwidert meinen Gruß nicht.

»Entschuldigen Sie.« Ich versuche, sie aufzuhalten. »Ich suche einen Hausbewohner. Thorsten Riebach.«

Sie bleibt stehen. »Dieses Haus ist ein Fleischwolf, mein Herr. Man kommt nur als Wurst wieder heraus.« Ihre Stimme ist ohne Kraft, so als wäre sie erkältet, ihre Stimmbänder entzündet. Sie nimmt das Tuch nicht vom Gesicht, will wohl nicht erkannt werden.

»Wohnen Sie hier?«

»Leider.«

Sie geht mit einem Seufzer weiter.

Ich steige eine Treppe höher. Mata Krystof erwartet mich. Sie trägt einen dunklen Herrenanzug mit Hemd und Krawatte. Ihr Mund hängt schief im Gesicht.

»Kommen Sie schnell.«

Ich zögere. Sie lächelt und geht vor, führt mich in die vorderen Zimmer ihrer Wohnung. Alle Möbel aus Glas, Chrom und Leder wie in einem Laden. Sie öffnet die Balkontür. Wir sehen über das Balkongitter nach unten.

»Da, da ist sie.«

Die alte Frau steht am Straßenrand. Sie presst sich das Tuch immer noch vor das Gesicht. Plötzlich beugt sie sich nach vorn und übergibt sich in den Rinnstein.

Mata Krystof zieht mich zurück. »Scheußlich, nicht wahr?«, sagt sie.

»Wer ist die Frau?«

»Karin. Sie wohnt bei dem General.«

»Und sie übergibt sich jedes Mal, wenn sie aus dem Haus kommt?«

Sie nickt. »Ziehen Sie aus, schnell«, sagt sie. »Bevor es zu spät ist.«

»Wo ist Thorsten Riebach hin?«

»Das geht mich nichts an.«

»Wer wohnt noch da oben?«

»Über Ihnen? Tamara. Tamara und das Arschloch Hans Zimt.«

»Der baut irgendetwas. Hören Sie es?«

»Ja, ja, der zimmert sich seinen Sarg.«

»Wie meinen Sie das?«

»Er mauert sich ein.«

Ich warte auf eine Erklärung. Sie führt mich zur Wohnungstür zurück.

Ich schaue den Flur entlang. »Was ist mit Helen?«, frage ich. Alles scheint friedlich.

»Ich dachte, das wäre geklärt.« Ihre Zähne zermahlen schwarze Pfefferkörner. Eine Handbewegung schickt mich aus der Wohnung.

Unten klappt die Haustür. Mit schnellen Schritten, mehrere Stufen überspringend, kommt jemand nach oben. Es ist der Student, der den Internetfriedhof »Wolfsruhe« betreibt. Mata lächelt ihm entgegen. »Wölfchen, willst du nicht einen Kaffee mit mir trinken?«

Er stoppt, betrachtet sie von oben bis unten. »Wie du aussiehst.«

»Nun sei nicht so.«

»Gut, aber du musst mir etwas versprechen.«

Sie zeigt auf mich. »Kennst du schon Herrn Vogelwart?«

Er geht, ohne sich nach mir umzudrehen, in Mata Krystofs Wohnung und sagt: »Ich dachte, du hättest ihn umgebracht.«

»Noch nicht.«

»Man stirbt sehr schnell hier«, sage ich.

Sie hebt ihre Schultern und zieht die Mundwinkel herab.

»Nein, es geht viel zu langsam«, sagt sie.

Über mir wird immer noch gehämmert. Der Schädel wird zertrümmert. Jetzt setzt auch noch eine elektrische Säge ein, um die Gliedmaßen abzutrennen. Ich gehe durch alle Räume, um festzustellen, wo der Lärm am lautesten ist. Ein gewaltiger Schlag lässt die Glasscheiben in den Wohnzimmerschränken klirren. Jetzt hat man den Rumpf in zwei Teile gehackt. Ich hebe den Kopf, um zu sehen, ob das Blut durch die Decke tropft. In diesem Moment löst sich ein dünnes Stück Farbe von der rissigen Decke. Ich fange es auf. Im gleichen Augenblick verstummen alle Geräusche. Nur noch ein leichtes Schaben. Sie wischen das Blut auf. Dann klappen Türen. Dunkle Männerstimmen mit schweren Schuhen und knisternder Plastikkleidung im Treppenhaus. Sie haben die Säcke mit den Leichenteilen dabei. Als sie bei mir vor der Tür sind, brechen sie in Lachen aus. Es gilt mir. Ich schleiche zur Tür, öffne langsam. Es ist niemand mehr da. Alles ist still. Ich blicke über das Treppengeländer. Wo sind die hin? Sie müssen zu Kerners in die Wohnung gegangen sein.

Und plötzlich weiß ich, dass jeder im Haus meine Sinne zu verwirren versucht. Man will meinen Geist durcheinander bringen, um mir dann mit Genuss die Ohren abzuschneiden, die Augen auszustechen, die Zunge abzuschneiden, den Mund zu vernähen, die Gliedmaßen abzusägen, mich in zwei Teile zu zerhacken.

Ich räume nach und nach alle Wohnzimmerschränke aus. Ich betrachte jedes Glas, jede Tasse von allen Seiten, jeden Aschenbecher. Gerade die Vielzahl der Formen, Fabrikate, nicht zusammengehöriger Muster macht es mir unmöglich, die Vorstellung eines einzigen Besitzers zu entwickeln. Es muss hier viele Bewohner gegeben haben. Alle ließen ihre Sachen zurück, weil sie umgebracht wurden. Ich klappe jedes Buch auf, um Namenseintragungen zu finden, schüttle die Seiten, damit mögliche individuelle Lesezeichen herausfallen. Nichts. Nichts, was auf einen konkreten Bewohner hindeutet. Ich ziehe die Schubladen heraus, drehe sie herum, taste alles nach versteckten Hohlräumen ab. Ich rücke die geleerten Schränke von der Wand. Nichts. Alle Beweise sorgfältig vernichtet.

Ich wiederhole, was ich schon einmal getan habe: Ich fasse in die Taschen aller Kleidungsstücke. Nichts. Ich greife unter die Handtücher und Wäsche in Schränken und Schubladen. Ich gehe noch einmal die Zeitschriften im Schlafzimmer durch. Von Porno über Wohnungseinrichtungen bis zur populären Wissenschaft ist alles dabei. Keine Zeitschrift ist besonders abgenutzt. Einige enthalten Kreuzworträtsel, aber bei keinem ist etwas eingetragen. Ich bin jetzt vollkommen sicher, ein Künstler war am Werk. Ein Kriminalist oder ein Verbrecher wäre gleichermaßen geeignet, alles zusammenzustellen und zu dekorieren, um die Wohnung eines Menschen herzustellen, der jeder sein kann und zugleich niemand ist. Alterslos, geschlechtslos, ohne besondere Vorlieben und Interessen. Diese Wohnung hat die Aufgabe, die Persönlichkeit des Bewohners zu zerstören. Ich bin in eine Falle gelockt worden. Doch das wusste ich schon vorher.

Noch kann ich gehen. Aber ich kriege euch. Ich kriege euch alle. Jetzt mache ich ein Programm daraus.

Thorsten Riebach hat hier nie gewohnt. Er hat sich vielleicht hier aufgehalten, mehr nicht. Ich inspiziere noch einmal die Küche. Alle Lebensmittel tragen Preisetiketten des kleinen Supermarktes. Dort wird sich niemand erinnern, wer sie gekauft hat. Ich öffne die Kram-Schublade. Der Junge auf dem herausgerissenen Foto der Monatskarte passt auf jeden Fall nicht in diese Wohnung. Das ist eine für mich extra hinterlassene falsche Spur. Es ist dieser Wolf. Oder auch nicht. Egal.

Dann fällt mir die Zeitschrift ein, die Bruno Liebe beim ersten Besuch so schnell an sich genommen hat. Sie war der einzige Fehler im System. Eine sehr alte Zeitschrift mit nackten Frauen. Zum ersten Mal habe ich plötzlich das Bild eines Bewohners vor mir. Ein Mann mit Glatze. Das bin ich in zwanzig Jahren.

Es klingelt an der Tür. Ich öffne. In der Mitte zwischen meiner und Mata Krystofs Wohnung steht ein Zuckerpaket. Mata steht in der Tür und hat ihren Revolver auf den Zucker gerichtet. Ihr Haar ist in Flammen. Messeraugen. Sie kommt aus einem alten Western, der seine Farbe verloren hat.

»Holen Sie sich Ihren Zucker.« Die Worte zischen.

»Ich weiß nicht.« Ich habe das sichere Gefühl, sie schießt, wenn ich mich auch nur einen Schritt dem Zucker nähere.

»Habe ich Ihnen nicht gesagt, Sie sollen Helen in Ruhe lassen?«

»Ja, schon, aber ich habe doch nur ...«

»Sie haben nur?«

»Ich wusste nicht ...«

»Sie wussten sehr genau.« Sie hebt die Waffe, spannt den Hahn. »Na los, holen Sie den Zucker, kommen Sie wenigstens einen Schritt auf mich zu, damit ich einen Grund habe, Sie abzuknallen.«

»Es ist wirklich nicht so, wie Sie denken.«

»Ach? Und was haben Sie da zwischen den Beinen hängen?«

Ich schaue an mir hinunter, aber ich weiß natürlich, was sie meint.

Sie geht rückwärts, schließt langsam ihre Tür, bis zuletzt blicke ich in den Revolverlauf.

Ich warte. Das Treppenhauslicht verlöscht. Der blaue Rest des Tages bringt die Zuckertüte schwach zum Glühen, als wäre sie radioaktiv. Ich weiß genau, wenn ich nur eine Bewegung mache, wird drüben die Tür aufgerissen, und ich bin tot.

Als Alarmanlage staple ich ein paar Töpfe an der Tür. Im Wohnungsflur lasse ich das Licht brennen, dann gehe ich ins Bett. Ich versuche, nicht einzuschlafen, merke aber schnell, dass ich mir keine Mühe zu geben brauche. Ich kann sowieso nicht schlafen. Ich höre Geräusche. Reiben, Zischen, Flüstern und plötzliches Knacken der Dielen wie kleine Explosionen.

Ich lege mich hinten in eines der Japanerbetten. Die gleichen Geräusche. Es kommt ein Schlurfen dazu. Plötzlich spielt jemand auf einer Geige, oder ist es eine Katze im Hinterhof?

Ich öffne die Balkontür. Alle Geräusche verstummen.

Ich bleibe in der geöffneten Tür stehen, bewege mich nicht. Ein leises Brummen unten in den Gärten. Da, wo es herkommt, ist ein runder Schatten von der Größe eines Bären. Froschquaken setzt ein. Etwas, das so groß ist wie ein Hund, aber etwas anderes sein muss, hüpft wie ein Känguru über eine Rasenfläche. Ein Schrei erstickt in einem Gebüsch. Ein heiseres Bellen folgt aus anderer Richtung. Ich trete an das Balkongitter. Auf dem Nachbarbalkon sitzt etwas, sieht mich mit gelben Augen an und flattert davon. Ich sehe ihm nach bis zu einem Dachfirst. Eine Antenne streckt ihren Arm aus. Der Vogel landet darauf. Der Himmel ist eine Blaubeerensuppe mit Wolkenschlieren. Ich will zurück in die Wohnung, da trifft mich etwas am Kopf. Ich stoße einen kleinen Schrei aus. Sofort ist alles wieder still. Ein Seil wird neben mir herabgelassen. Jemand klettert aus der Wohnung über mir daran herab.

»Entschuldigung«, sagt eine Frauenstimme.

»Wer sind Sie?«

»Schon alles in Ordnung.« Die Frau am Seil schwingt sich hinüber zum Nachbarbalkon. Gegen den Himmel sieht sie aus wie Mata Krystof, aber es war nicht ihre Stimme, und sie ist kleiner. Sie schlingt das Seil um das Gitter. Sie drückt die Tür auf und verschwindet in der Wohnung. Ich warte eine Weile, ob Schüsse fallen oder ob sie mit einem Sack voller Wertsachen wieder herauskommt. Nichts geschieht. Dann höre ich gedämpftes Lachen. Die Geräusche unter mir setzen wieder ein, als hätten die Tiere im Dschungel des Hinterhofes auf dieses Zeichen gewartet.

Sorgfältig schließe ich alle Türen. Ich drehe sogar den Schlüssel in der Schlafzimmertür herum. Ich liege im Bett, aber ich kriege die Augen nicht zu. Ich blättere in den Zeitschriften, kann mich auf keinen Artikel konzentrieren. Ich fange an, mir Vorwürfe zu machen.

Eine zweite Nacht in diesen Räumen wäre nicht notwendig gewesen. Thorsten kann ich bei der Polizei als vermisst melden. Ich bin nur noch hier, weil ich gehofft hatte, Helen wieder zu sehen.

Dem steht eine Zuckertüte im Weg.

Meine Topfstapelfalle am Eingang stürzt scheppernd zusammen. Ich springe hoch, schließe die Schlafzimmertür auf. Der Hausmeister steht zitternd vor mir.

»Sind Sie wahnsinnig, wie können Sie mich so erschrecken«, sagt er.

»Da können Sie mal sehen, wie es mir ergangen ist.«

Er schüttelt den Kopf. »Aber Sie haben nicht vor Schreck eine Dichtung verschluckt.«

»Die für den Wasserhahn?«

»Ich habe sie zwischen den Zähnen festgehalten, weil ich beide Hände zum Türöffnen brauchte.«

Er geht an mir vorbei ins Badezimmer, macht das Licht dort an.

»Ich dachte, Sie arbeiten im Dunklen.«

Er rollt seine Werkzeugtasche auseinander. Dann kriecht er unter das Waschbecken und dreht das Wasser ab.

»Ich hab Sie im Supermarkt gesehen«, sage ich, »Sie standen hinter den Getränkekästen.«

Er brummt nur, kommt hoch, sieht mich nicht an und sagt: »Ich muss nicht mit Ihnen reden. Ich muss nur meinen Job machen.«

Er schraubt den Wasserhahn auf, pult die behelfsmäßige Dichtung heraus.

»Die hat dicht gehalten«, sage ich. Ich versuche einen freundlicheren Ton.

Aus seiner Werkzeugtasche holt er eine neue Dichtung und passt sie ein. Ich beuge mich hinab, betrachte seine Werkzeuge, die in einer Reihe in der Stofftasche stecken. Eines der Werkzeuge kenne ich, obwohl ich so etwas noch nie in der Hand gehabt habe. Ich ziehe es heraus. »Was machen Sie damit?«

Er dreht sich herum, und ich halte ihm den ledernen Totschläger vor das Gesicht.

»Wir sollten den untersuchen lassen. Es könnte mein Blut daran sein.«

Er nimmt ihn mir aus der Hand, rollt seine Tasche zusammen und geht.

Ich halte es nicht länger aus. Ich ziehe mich an, verlasse die Wohnung. Im Treppenhaus steht immer noch das Zuckerpaket. Ich steige mit einem großen Schritt darüber hinweg. Ich verlasse das Haus und überquere die Straße. Es ist mitten in der Nacht und kaum Verkehr.

Von der anderen Seite beobachte ich die Fassade. Alle Fenster sind dunkel. Ich könnte versuchen, kleine Steine bis zum zweiten Stock hinaufzuwerfen. Aber Helens Zimmer liegt wie mein Schlafzimmer zu dem Lichtschacht hinaus.

Das Treppenhauslicht verlöscht, doch gleich darauf wird es wieder eingeschaltet. Ich drücke mich eng an einen Mauervorsprung, in der Hoffung, nicht gesehen zu werden. Jemand tritt aus der Haustür. Als er sich der Straßenbeleuchtung nähert, erkenne ich ihn. Es ist Wolf, der Student oder Friedhofswärter von »Wolfsruhe«. »Wolfsruhe« hat einen eigenen Briefkasten. Aber wo wohnt Wolf? Wahrscheinlich in der Dachwohnung. Sie ist von der Straße aus nicht einsehbar. Vielleicht wohnt auch der Hausmeister dort oben.

Ich warte, bis der Student um die Ecke verschwunden ist, dann folge ich ihm. Ich halte großen Abstand, damit er mich nicht bemerkt. Zwei Straßen weiter hält er inne. Hier gibt es eine Reihe kleinerer Geschäfte. Sie sind kaum noch erleuchtet. Im Schein der Straßenlaternen sehe ich deutlich, wie er seine Umhängetasche öffnet, einen Mauerstein herausholt und gegen die Schaufensterscheibe wirft. Sie zerbricht nicht. Er hebt den Stein auf. Er geht wieder einen Schritt zurück, holt aus. Blitzschnell verstecke ich mich in einem Hauseingang. Er wirft ein zweites Mal, diesmal klirrt es.

Ich lege mich als Betrunkener mit ausgestreckten Beinen an eine Hauswand und erwarte ihn.

»He, hilf mir mal hoch«, lalle ich. Wolf sieht kurz zu mir, erkennt mich nicht, steigt über meine Beine. Ich greife sein Hosenbein. Er will mich abschütteln. Ich spiele weiter den Betrunkenen.

»Ich kenne dich doch«, lalle ich.

Er beugt sich herab. Im gleichen Moment greife ich seine Jacke, ziehe ihn herab. Er stolpert, fällt und ich rolle mich über ihn. Er ist vollkommen überrascht, so dass es mir gelingt, seine Arme mit meinen Knien auf den Boden zu drücken und festzuhalten.

»Was war das mit dem Schaufenster? Ich brauche eine Erklärung. Schnell. Wolltest du etwa einbrechen?«

Er versucht, sich zu befreien. »Scheißkerl.« Er spuckt mir ins Gesicht. Gleichzeitig stößt er mir seine Knie in den Rücken, dass ich wanke und zur Seite auf die Hände stürze. Er kommt schneller hoch als ich, gibt mir einen Tritt und rennt davon.

Blut. Ich habe mir die Handflächen aufgeschrammt. Im Licht einer Straßenlaterne reinige ich sie mit Spucke und einem Papiertaschentuch. Das werfe ich in den Rinnstein.

Zwei Männer in Uniform kommen angelaufen. Ihre Stiefel knallen auf dem Pflaster.

»Ich hebe es schon wieder auf«, sage ich und bücke mich nach dem Taschentuch, stecke es ein.

Die Männer tragen Abzeichen eines Wachdienstes. »Warum haben Sie ihn laufen lassen?«

»Erst mal festhalten können.«

»Kannten Sie ihn?«

»Nein.«

»Können Sie ihn beschreiben?«

»Er trug eine Tigermaske.« Einbrecher müssen zusammenhalten.

Ich gehe mit den beiden zurück zu dem Laden. Nicht die Schaufensterscheibe ist zerbrochen, sondern das Glas in der Eingangstür. Über dem Laden steht in goldenen Buchstaben »Katzengold Modeschmuck«. Die Auslagen zeigen Glasperlenketten und Armbänder. Eine einzige Lampe in einer Vitrine erleuchtet den Laden, lässt ihn wie eine Tropfsteinhöhle aussehen, in der Piraten ihre Schätze lagern. Aber hier ist nichts von großem Wert.

»Wem gehört der Laden?«

Die Wachleute zucken mit den Schultern. »Wir sind eigentlich nicht zuständig. Die haben keinen Vertrag mit uns.«

Ein Teil des Glases hängt noch im Rahmen, am unteren Rand klebt ein kleines Kärtchen. Ich gehe in die Knie, um die Handschrift zu lesen.

»Hier ist eine Telefonnummer«, sage ich.

»Wir sind schon dabei, die Polizei zu rufen, sollen die sich kümmern.« Einer tippt eine Nummer in sein Handy.

Ich lese die Karte: Modeschmuck Tamara Zimt und Partner.

Dann folgt eine mir sehr bekannte Adresse.

Richtig. Zimt, kenne ich doch.

Ich laufe durch die Nacht zu meiner sicheren alten Wohnung. Im Bad ist alles sauber. Der Geruch hängt noch in der Luft. Immer noch besser hier als in der Wohnung in Bruno Liebes Haus, wo jeder ein und aus gehen kann.

Ich öffne alle Fenster. Der Anrufbeantworter blinkt. Ich schalte auf Abhören. Nach einem langen Atemzug sagt eine Frauenstimme: »Ich.« Dann folgt nichts mehr. Ich will schon abschalten, da sagt sie: »Du.« Und nach einer Pause: »Ich kann nicht ... das ist alles Unsinn ...« Wieder eine lange Pause, dann sagt sie ganz schnell: »Du hörst das ja gar nicht, du wohnst ja ganz woanders.« Noch ein tiefer Atemzug. »Ich wollte dir wirklich den Zucker bringen.«

Ich schrecke hoch. Ich fühle den Revolverlauf auf meiner Stirn. Mein Bettzeug klebt von Schweiß. Ich gehe ins Bad. Alles ist sauber. Kein Geruch mehr. Ich dusche, bis meine Finger schrumpeln. Dann esse ich statt Frühstück eine Tafel Schokolade.

Ich rufe die Auskunft an. Ich möchte alle Telefonanschlüsse in Bruno Liebes Haus. Die Frau am anderen Ende der Leitung besteht darauf, dass ich die Namen sage. Nach und nach bekomme ich jede Nummer. Tamara Zimt, Lothar Murr, Maria Krystof, Bruno Liebe, Arnold Kerner. Es ist immer dieselbe Telefonnummer. Ich verlange Thorsten Riebachs Nummer. Es ist ebenfalls dieselbe, aber nicht die, die ich von ihm bekommen habe. Bei der unterscheiden sich die beiden letzten Ziffern.

»Es handelt sich offensichtlich um eine Firma mit einer Telefonanlage«, sagt die Frau bei der Auskunft. »Und die Nummer, die Sie bekommen haben, muss eine Durchwahl sein.«

»Wenn das eine Firma ist, warum ist jeder Mitarbeiter mit der gleichen Nummer eingetragen?«

»Das geschieht oft. Zum Beispiel bei Anwälten in einer Bürogemeinschaft. Sie sind eigenständig und deshalb alle eingetragen, sitzen aber in ein und demselben Büro mit einer zentralen Nummer.«

»Verstehe.« Ich frage mich, bei wem die Zentrale steht. Bei Bruno Liebe sah es nicht danach aus. Ich wähle die Nummer, lasse es zehnmal klingen. Keiner da.

Claudia Kerner kommt mir auf halber Treppe mit einem Pudding entgegen. Sie will ihn mir geben.

»Ich habe leider keine Hand frei«, sage ich, obwohl ich beide Hände frei habe. Ich zucke mit dem Zeigefinger mehrmals in Richtung der Wohnung. Sie begreift, dass sie mir schweigend folgen soll. Das Zuckerpaket steht noch im Weg. Wir steigen darüber hinweg. Ich schließe die Tür hinter ihr.

»Sie müssen mir etwas verraten. Ich will etwas über die Hausbewohner wissen.«

»Herr Vogelwart«, sagt sie, neigt den Kopf, sieht mir in die Augen, als wäre da schon wieder eine schwere Mangelerscheinung sichtbar.

»Ja, Frau Kerner?«

»Die ärztliche Schweigepflicht, Herr Vogelwart. Was erwarten Sie?«

Ich nehme ihr den Pudding ab. Er sieht aus wie der erste. Ich bringe ihn in die Küche. Sie folgt mir.

»Es geht um Helen«, sage ich.

»Herr Vogelwart, Sie hatten lange keine Freundin mehr, nicht wahr?« Sie stemmt die Arme in die Hüften. »Können wir also davon ausgehen, dass bei Ihnen so eine Art sexueller Notstand herrscht?«

»Nein, nein, was denken Sie denn? Ich möchte etwas über Helens Krankheit erfahren, nicht über meine.«

»Ist das nicht das Gleiche?«

»Ich meine doch nur, damit ich korrekt mit ihr umgehe, sollte ich ihr begegnen.«

Ich setze mich an den Küchentisch, schiebe den Pudding im Kreis vor mir her. Dann blicke ich zum Mülleimer und von dort wieder zum Pudding. Sie beobachtet mich.

Sie setzt sich mir gegenüber. »Sie müssen mir ein paar Fragen beantworten, Herr Vogelwart. Zum Beispiel Ihre letzte Freundin, können Sie mir die beschreiben?«

»Was soll das?«

»War sie älter oder jünger?«

»Ich dachte, sie wäre wesentlich jünger, aber dann stellte sich heraus, dass sie etwa gleich alt …«

»Könnte man sagen, sie wirkte in gewisser Weise hilflos auf Sie?«

»Ach was, ganz und gar nicht.« Natürlich wirkte sie so, aber ich spüre, worauf Claudia Kerner hinauswill.

»Hatte sie irgendwelche Eigenarten, Missbildungen, Störungen?«

»Nein. Nichts davon.« Muss ich mich selbst belasten?

»Würden Sie sagen, dass sie den Geschlechtsakt auf ganz normale Weise vollzogen haben?«

Sie ist über mich hergefallen, aber das sage ich nicht.

»Was ist mit Helen?«

»Die Schweigepflicht.«

Plötzlich ahne ich, wo die Telefonzentrale sein könnte.

In der Wohnung über mir haben die Geräusche wieder eingesetzt. Diesmal kein Hämmern, sondern ein schneller Rhythmus, wie eine Maschine. Ein Fleischwolf. Ich höre es mir eine Weile an, versuche, eine Melodie dazu zu pfeifen. Es geht nicht.

Ich klingle bei Zimt. Ein Mann im dunkelblauen Anzug öffnet und lässt eine Wolke Holzleim heraus. Riecht ein bisschen wie Marzipan. Der Geruch macht Hunger. Der Mann ist etwa 45 Jahre alt, schätze ich. Noch kein Alter für silbergraue Krawatten. Er scheint mager, aber muskulös.

»Ich wohne unter Ihnen. Das Hämmern«, sage ich. »Gestern ist sogar ein Stück Putz von der Decke gefallen.«

Er lacht mit zusammengebissenen Zähnen. Tadellose Zahnreihen. Mehr Zähne, als ein normaler Mensch besitzt. Möglicherweise eine Doppelreihe, wie bei einem Haifisch.

»Da müssen Sie sich an die Verursacherin dieser Bauarbeiten wenden, mein Herr.«

»Und wer ist das?«

»Meine dämliche Frau. Klingeln Sie bei ihr.« Er zeigt auf einen kleinen Klingelknopf an der anderen Seite des Türrahmens. Dann knallt er die Tür zu.

Als seine Frau öffnet, begreife ich: Was bei mir eine zweiflügelige Eingangstür ist, sind hier zwei Türen. Dazwischen ist eine dünne Wand.

»Ja?«

Ich erkenne sie wieder. Sie hing in der Nacht an dem Seil. Sie trägt einen Trainingsanzug, der ihren muskulösen Körper nicht verbirgt. Muskeln sind hier im Hause wohl üblich. Jetzt bei Tage leuchtet ihre Haarfarbe wie die von Mata Krystof. Auch die Frisur ist ähnlich kurz. Nur bei ihr sieht es organischer aus. Ihr Gesicht ist eine Möhre – mit Querfalten, dabei wird sie kaum älter sein als ich.

»Ach, die Kletterkünstlerin.«

»Es tut mir Leid, wenn ich sie erschreckt habe.« Sie hat die Augen zu scharfen Punkten verkleinert.

»Warum machen Sie das?« Für einen Moment denke ich, es wäre besser, sie hätte grüne Haare, dann wäre die Möhre komplett. Ich komme in Versuchung, es ihr mitzuteilen.

»Ich mach das nur so – weil ich es kann.« Sie streift die Ärmel hoch. Eine Demonstration. Ich lasse mich nicht beeindrucken, nenne meinen Namen und stelle mich als neuer Mieter vor.

»Gut, kommen Sie rein. Aber Vorsicht, der Flur ist ein bisschen eng.«

Der Flur ist tatsächlich so schmal, dass wir nicht aneinander vorbeikönnen. Der Geruch nach dem marzipanhaltigen Lösungsmittel ist hier nicht so stark.

»Sie haben die Wohnung geteilt?«

»Nein. Mein Mann hat die Wohnung geteilt, sogar den Flur.«

Sie führt mich in den hinteren Raum mit dem Balkon. Räucherstäbchen qualmen in einer Schale. »Ich versuche nur, etwas gegen diesen Holzleim zu unternehmen«, sagt sie und bläst ein Räucherstäbchen an. Am Fenster hängen indische Stoffe als Vorhänge. Die große Figur einer vielarmigen Göttin aus Messing steht auf einem Bambusregal. Brennende Kerzen. Ich werde auf einem Lederpuff platziert und bekomme grünen Tee.

»Ihr Mann sagte, ich solle mich bei Ihnen wegen des Lärms beschweren. Bei mir löst sich nämlich die Farbe von der Decke.«

Sie lächelt, betrachtet dabei den Fußboden, setzt sich mir gegenüber auf den Teppich, die Beine gekreuzt.

»Ach ja«, sagt sie zu sich selbst.

Ich sehe mich um. In einer Ecke steht eine Nähmaschine. Ich habe sie wohl gerade beim Nähen gestört. Was da entsteht, sieht aus wie eine Khakiuniform. Sie hat die Arme verschränkt, die Stirn in Falten gezogen. Sie missbilligt, dass ich mich umsehe.

»Mein Mann hat sicher gesagt, dass ich an dem Lärm schuld sei.«

»Ja.«

»Riecht man es unten?«

»Nein, man hört es.«

»Es tut mir Leid, ich kann nichts dagegen unternehmen. Hans, mein Mann, meint, dass ich ihn gezwungen habe, alle diese Zwischenwände einzubauen, weil er es nicht mehr aushält, mich zu sehen.«

»Sie leben getrennt?«

Sie stößt die Luft durch die Nase aus. »Ich stoße überall auf Wände, die er immer raffinierter errichtet. Er hat eines der vorderen Zimmer mit Gängen so unterteilt, dass wir beide das Zimmer nutzen können, ohne uns zu begegnen.«

»Warum ziehen Sie nicht aus?«

»Ich soll nachgeben?«

»Warum zieht Ihr Mann nicht aus?«

»Er fürchtet, er muss meinen Namen zurückgeben. Ich bin es, die Zimt heißt.«

»Können Sie Ihren Namen zurückverlangen?«
»Dieses Haus hat eigene Gesetze.«
»Welche?«
»Zum Beispiel keine dummen Fragen zu stellen.«
Der Tee schmeckt mir nicht. Ich sehe mich nach Zucker um. Sie bemerkt meine Suche. Lächelt mit herabgezogenen Mundwinkeln über einen Witz, der ihr gerade einfällt, oder über meine Schwäche, den Tee nicht pur zu ertragen.
»Ich könnte meinen Mann um Zucker bitten.«
»Oh, nein.«
»Welche Beziehung haben Sie zu den Hausbewohnern?«
Das säuerliche Lächeln taucht wieder auf.
»Da oben wohnt doch einer?« Ich zeige in Richtung Dach.
»Wolf.«
»Was hat der gegen Sie?«
»Er hat nichts gegen mich, sondern gegen meine Beziehung zu Mata.«
Sie nimmt mir den Tee weg. »Bevor Sie sich weiter quälen.«
Ich stehe auf, gehe zur Balkontür. Das Seil hängt zusammengerollt am Gitter. Ich zeige darauf. »Ich dachte mir schon, dass es Ausdruck einer direkten Beziehung ist.«
»Wenn Sie etwas über Wolf wissen wollen, sollten Sie direkt mit ihm sprechen.«
»Sie meinen, ich soll ihn fragen, warum er einen Stein in Ihr Geschäft geworfen hat?«
Sie schnauft, dann sagt sie: »Er will zerstören, weil er glaubt, auch ich hätte etwas zerstört.«
»Was soll das gewesen sein?«
»Ach, kümmern Sie sich nicht darum. Der Schaden bleibt in der Familie.«
Keine weiteren Erklärungen. Sie steht auf, schiebt mich ab.
»Thorsten Riebach ...«, sage ich.
»Auf Wiedersehen.«

Vor der Wohnungstür drücke ich auf die andere Klingel. Tamaras Mann reißt seine Türhälfte auf und brüllt: »Sie nerven.«

»Prima«, sage ich. »Sie auch.«

Er schlägt die Tür wieder zu. Ich untersuche, wo er den Spion hat, denn offensichtlich wusste er, dass ich vor der Tür stehe. Es gibt kein Loch in der Tür. Ich betrachte die Wände, die Decke des Treppenhauses. Dann entdecke ich die Kamera, oberhalb der Tür in einer Wandlampe. Ich winke ihm.

Jetzt verstehe ich auch, dass Tamara Zimt einen Hinterausgang braucht. Wahrscheinlich reicht das Seil bis auf den Erdboden.

Ich kontrolliere alle Etagen nach weiteren Kameras und steige dabei mehrmals über das Zuckerpaket, als Symbol einer bis jetzt verhinderten Beziehung. Ich entdecke keine weitere Kamera. Aber was heißt das schon. Die Dinger werden immer kleiner. Hinter jedem dunklen Punkt an der Decke oder der Wände kann sich ein Objektiv verbergen.

Schließlich gehe ich in die Wohnung, hole die Polizeikrawatte und mache mich auf die Suche nach Geschenkpapier. Ich finde rosa Schleifenbänder und gelbes Papier mit roten Herzen.

Es gefällt mir nicht, trotzdem wickle ich die Krawatte darin ein. Nur das Band lasse ich weg. Auf dem Weg nach oben kommt mir das Muster vollkommen unangemessen vor. Ich reiße das Papier wieder herunter, knülle es zusammen und stecke es in die Hosentasche.

Ich klingle.

»Wer ist denn da?« Eine Frauenstimme.

»Ich habe ein Geschenk für den General.«

Eine Weile ist es still, dann sagt die Stimme: »Ich darf niemanden hereinlassen, wenn niemand da ist.«

»Dann stelle ich meine Bombe einfach vor der Tür ab.«

Ich nehme die Krawatte wieder mit.

Wieder ein großer Schritt über das Zuckerpaket. Ich nehme es nicht. Erst wenn Helen es mir in die Hand gibt. Und dann halte ich sie fest. Ich schleiche das Treppenhaus hinunter und gehe an den Stromzählern vorbei. Der Besuch bei Tamara Zimt hat mir Mut gemacht, mal nach dem Gespenst im Keller zu sehen. Ich finde keinen Lichtschalter für die Treppe. Vorsichtig, mit der Hand an der Wand, taste ich mich in die Tiefe. Ein Absatz, jetzt bin ich etwa im Erdgeschoss. Eigentlich müsste hier der Ausgang zum Hinterhof sein. Ich stoße gegen eine Tür, drücke die Klinke. Ein schwaches Licht beleuchtet eine weitere Treppe in die Tiefe. Steinstufen, von Rissen durchzogen. Ich steige vorsichtig hinab. Ein Gang schließt sich an. Ein rostiges Fahrrad lehnt mit platten Reifen an der Wand. Das Licht kommt aus einem Raum am Ende des Ganges. Es flackert, verändert seine Farbe. Ein weiterer kurzer Gang zweigt ab. An dessen Ende führt eine Treppe nach oben zu einer Tür, deren oberer Teil aus vergittertem und schwarz gestrichenem Glas besteht. An einigen Stellen ist die Farbe porös. Licht dringt hindurch wie ein Sternenhimmel. Das muss der Hinterausgang sein. Ich schleiche den Hauptgang weiter, vorbei an zwei übereinander gestapelten alten und verstaubten Fernsehgeräten. Vorsichtig blicke ich um die Ecke in den letzten Raum. Das Licht kommt von einem laufenden Fernsehgerät. Es steht auf einem mit Stoff umwickelten Gestell neben einem Gasherd und einem Spülstein.

»Hallo«, sage ich und betrete den Raum. Der Hausmeister sitzt dem Fernseher gegenüber auf einem Stuhl an einem alten Küchentisch mit Linoleumbelag. Er stöhnt, als er mich sieht. In dem Raum befindet sich noch ein schmales Bett, ein alter Küchenschrank, eine Stehlampe.

Ich hebe den Daumen. »Die Dichtung hält prima.«

Ich gehe noch einen Schritt auf ihn zu und entdecke den Strick. Er ist an den Stuhl gefesselt.

»Was ist passiert?« Ich gehe um den Stuhl herum. Seine Hände sind hinten zusammengebunden.

»Verschwinden Sie!«

Ich gehe in die Knie, um mir seine Fesseln anzusehen.

»Wehe, Sie binden mich los.«

Er kann sich auf diese Weise nicht selbst gefesselt haben. Andererseits sind die Knoten locker, und seine Beine sind nicht an die Stuhlbeine gebunden. Wenn er wollte, könnte er sich selbst befreien.

»Was ist das hier? Ein Spiel?«

»Hauen Sie ab.« Er schließt die Augen, presst die Lippen zusammen und legt den Kopf zurück.

»Klären Sie mich auf.«

Ich gehe zur Stehlampe, ziehe an ihrer Kordel. Sie funktioniert. Das weitere Licht macht den Raum erst richtig düster. Die Wände bestehen aus teilweise unverputzten Backsteinen. Am Küchenschrank haben heruntergelaufene Flüssigkeiten Spuren hinterlassen. Die Wolldecken auf dem Bett bestehen nur noch aus Fetzen. Das Kissen voller Flecke.

Ich komme zu ihm zurück, zupfe an dem Strick. »Brauchen Sie das? Ist das ein perverses Spiel?«

»Sie verstehen das nicht. Es ist nur, um mich vor mir selbst zu schützen.« Lakritz zwischen den Zähnen.

»Inwiefern?«

»Ich darf das Haus nicht verlassen. Nicht bei Tageslicht.«

»Und wer fesselt Sie?«

»Ist doch egal. Jetzt wissen Sie es, und nun verschwinden Sie.«

»Bindet er Sie auch wieder los?«

»Was wollen Sie noch?«

Ich hebe den Stoff, der das Gestell unter dem Fernseher verbirgt. Darunter sind mehrere Videorekorder. Stapel von Filmen. Ich dachte es mir: Es ist ein Video, das auf dem Bildschirm läuft. Die Filmverpackungen haben Aufkleber mit Nummern und den Aufdruck von Bruno Liebes Videothek.

»Ich brauche keine Hilfe. Gehen Sie«, sagt er.

»Man kann sich fesseln, um ein Unglück zu verhindern, aber man wird auch nicht glücklich dadurch.«

Auf meinem Weg zur Tür betrachte ich ein Foto, das in der oberen Glastür des alten Küchenschranks steckt. Es zeigt eine Familie, Vater und Mutter mit Kleinkind auf dem Arm vor einem Hauseingang. Es ist eine andere Haustür aus Holz, aber ich erkenne die Ranke mit den Herzen.

»Ihre Familie?«

Er grunzt wütend.

»Ich verschwinde schon.«

Die Stunde für Helens Übung. Der Sekundenzeiger bin ich. Ich treibe die großen Zeiger an, bis etwa der Zeitpunkt erreicht ist. Ich gehe schon mal die Straße hinauf und hinunter, nie so weit, dass ich den Supermarkt aus den Augen verliere. Sie kommt nicht. Der General marschiert heran, steht am Straßenrand vor dem Supermarkt, wippt auf den Schuhspitzen. Er trägt eine Uniformjacke, aber kein Polizeiabzeichen.

»Die Krawatte«, sage ich, »ich habe sie für Sie gekauft.«

»Ach.« Er betrachtet weiter den Autoverkehr, der im Schritttempo vor ihm paradiert.

»Ich wollte sie Ihnen bringen, aber Sie waren nicht da.«

»Ach.«

»Ich möchte sie Ihnen schenken.«

Er dreht nur den Kopf, runzelt die Stirn. »Wie meinen Sie das?«

»Als Geschenk. Ein Geschenk. Wie Weihnachten. Sie verstehen?«

»Gut.«

»Ich bringe sie Ihnen nachher.«

»Gut.«

Ich entferne mich langsam. »Ist Helen im Supermarkt?«

»Nein.«

»Wo ist sie?«

»Nicht gekommen.«

»Nicht gekommen?«

»Ungewöhnlich, in der Tat.« Er dreht sich wieder um, wippt, hebt den Kopf und sieht in den Himmel.

»Wo kann sie sein?«

Er bleibt mit dem Blick im Himmel.

»Was kommt da auf uns zu«, murmelt er. Es ist strahlender Sonnenschein.

Es dauert eine Weile, bis ich begreife, was heute Helens Übung ist. Ich laufe, so schnell ich kann, zurück, stürze die Treppe hinauf. Ich bin zu spät. Ich hätte es mir denken können. Das Zuckerpaket steht nicht mehr an seinem alten Platz. Sie hat es jetzt direkt vor meiner Tür auf die Fußmatte gestellt. Sie wollte es mir bringen.

Ich klingle, klopfe an ihrer Tür. Es ist mir egal, ob mich ihre Mutter erschießt. Aber niemand öffnet. Keine Geräusch von drinnen. Ich nehme das Zuckerpaket auf. Ich hätte es wissen sollen, sie wollte mich besuchen. Ich mache mir Vorwürfe, stelle mir vor, wie viel Mut sie sammeln musste, um bei mir zu klingeln. Sie wollte mich besuchen. Und ich war nicht da. Ich drücke mir den Zucker gegen die Wange. Ich hätte sie in die Wohnung gebeten, und ich hätte mit ihr sprechen, sie all das fragen können, was immer mir eingefallen wäre, all den Unsinn sagen können, der sie hätte lachen lassen.

Bestimmt hätte ich nicht mehr getan, als sie anzusehen, mit ihr gesprochen. Ich schwöre, ich hätte sie nicht berührt.

Vielleicht muss ich das Zuckerpaket einfach auf der Matte stehen lassen und warten. Ich stelle es wieder zurück und entdecke, dass darauf etwas mit dünnem Bleistift wie Spinnenfäden geschrieben worden ist:

Bitte, entziffere ich oben, aber die Schrift geht an der Seite weiter: Bitte keine Bestellungen mehr.

Ich komme, weil es mir nicht gut geht«, sage ich.
»Ja«, sagt sie. »Das war zu erwarten.«

Ich beuge mich über den Tresen und betrachte die Telefonanlage. Es sieht nicht so aus, als wäre es eine Schaltanlage für das ganze Haus.

»Ist das eine Telefonzentrale?«

»Wir waren mit der Anamnese noch gar nicht zu Ende.«

Claudia Kerner stellt mir eine Reihe Fragen. Verständliche Fragen, wie zum Beispiel, ob meine Eltern bestimmte Krankheiten hatten. Unverständliche, wie zum Beispiel, wann ich das letzte Mal jemanden richtig geküsst habe. Wie das genau vonstatten gegangen sei. Ob ich wüsste, welche Blutgruppe meine Partnerin gehabt habe.

Dann soll ich mich setzen. Ich muss warten. Es ist noch jemand bei ihrem Mann im Sprechzimmer. Sie erklärt, sie hätte heute die Anwendungen zu überwachen. Sie verschwindet in den hinteren Räumen. Ich setze mich auf die weiße Stuhlreihe. Neben mir sitzt eine alte Frau.

»Sind Sie neu bei dem Doktor?«, fragt sie mich.

»Ja, zum ersten Mal.«

»Sie Glücklicher.«

»Warum?«

»Am Anfang ist es am schönsten.«

Claudia Kerner kommt nach einer Weile wieder zurück mit einem Glas auf einem weißen Kunststofftablett. Sie beugt sich zu der alten Frau. »So, Frau Weber, Ihre Medizin.«

Die Frau greift gierig nach dem Glas. Die Flüssigkeit ist farblos, erscheint mir etwas schlierig. Sie trinkt in kleinen Schlucken, setzt das Glas immer wieder ab, nickt mir zu und lächelt mich an. Schließlich gibt sie es zurück. Sie bedankt sich bei Claudia Kerner, indem sie mit beiden Händen nach deren Arm greift, und verlässt die Praxis. Am Ausgang vollführt sie einen kleinen Sprung.

»Was war das?«, frage ich. »Ich glaube, das will ich auch.«

Nach weiteren zehn Minuten bin ich dran, obwohl kein Patient gegangen ist.

»Ich denke, da war jemand vor mir? Wo ist der hin?«

Claudia Kerner führt mich nach hinten in den Behandlungsraum.

»Hausbewohner können natürlich auch durch die Wohnung die Praxis verlassen«, sagt sie. Ich sehe sie an. Sie zieht die Brauen hoch.

»Es war Helen, nicht wahr? Es war Helen!« Für den Bruchteil einer Sekunde bin ich außer Kontrolle.

»Linksrum«, sagt Claudia Kerner.

Ich weiß nicht, wo links ist.

»Da.« Sie führt mich am Oberarm.

Die Haut ist die Landschaft der Leiden«, sagt Doktor Kerner. Ich soll mich ausziehen.

»War Helen eben bei Ihnen?«

»Viele kommen zu mir, und ich heile sie.«

Die Behandlungsräume sehen aus wie bei jedem Arzt.

»Wie geht es Helen? Geht es ihr gut? Es geht ihr nicht gut, nicht wahr?«, frage ich.

»Beruhigen Sie sich, es tut nicht weh.«

Er zieht eine neue Papierauflage über die Untersuchungsliege.

»Jeder Leberfleck hat etwas zu bedeuten, er weist auf überwundene Leiden, bestehende organische Schwächen, beginnende Krankheiten hin.«

»Und wenn ich den Leberfleck geerbt habe?«

»Dann haben Sie auch seine Bedeutung geerbt.«

Ich fange an, mich zu entkleiden.

»Wie schätzen Sie Helens Zustand ein? Sie war doch eben hier?«

Nackt muss ich auf die Liege klettern. »Jetzt ganz ruhig liegen. Ich mache ein Abbild.«

»Sie fotografieren mich?«

»Es ist mehr eine Art Fotokopie. Eins zu eins.«

Ein Lichtstrahl fährt über meinen Rücken. Ich muss mich umdrehen. Er legt mir eine Maske über die Augen. Meine Bauchseite wird fotokopiert. Er geht nach nebenan. Kurz darauf kommt er mit zwei Papierbahnen zurück und heftet sie unter eine Leiste an der Wand.

Die Fotokopie meines Körpers.

»Halt, noch nicht anziehen«, stoppt er mich. »Es gibt einige Körperbereiche, die unser Kopierer nicht abbildet.«

Ich muss mich vor ihm aufstellen. Er hebt meinen Schwanz mit zwei Fingern in die Höhe. Es scheint ihn Kraft zu kosten. Seine Armmuskeln schwellen. Er neigt den Kopf, guckt darunter und sagt: »Schimmel. Ich dachte es mir schon.«

Als er mein Gesicht sieht, sagt er schnell: »Ein Scherz, ein Scherz.«

»Ein Kalauer.«

»Finden Sie?«

Er geht hinter seinen Schreibtisch zurück und beißt sich auf die Unterlippe. »Dass Sie in diesem Haus sind, haben Sie Thorsten Riebach zu verdanken …«

»Ja, verdammt, wo ist er hin?«

»Wenn jemand fragt, sage ich immer, er ist tot.«

»Was heißt das?«

»Wenn er lebt, ist er in Gefahr zu sterben.«

Er schweigt, und an seiner Mimik erkenne ich, dass er etwas formuliert. Schließlich sagt er: »Dieses Haus ist unsere Sicherheit, unsere Freiheit, aber es funktioniert nur, wenn man nichts anfasst. Sie dürfen hier nichts verändern. Verstehen Sie das? Lassen Sie die Hände von Helen. Rühren Sie, verdammt noch mal, auch sonst nichts an.«

Ich spüre, dass er es gern mit großem Nachdruck gesagt hätte, aber es klingt eher, als könne er dabei in Tränen ausbrechen. Seine Muskeln sind nichts als der Versuch, sich zu tarnen.

Seine Frau kommt herein, und ich habe das Gefühl, sie hat uns belauscht. Gemeinsam betrachten sie die Aufnahmen von der Topografie meines Körpers. Sie zeigen auf Punkte, die ein Kopfschütteln hervorrufen und ab jetzt unter regelmäßiger Beobachtung stehen. Eine Warze am Unterarm, ein Leberfleck am Bauch, einer am Rücken, ein weißer Fleck am Schenkel, eine Falte am Ohr werden vermessen, die Farben verglichen und in eine Tabelle eingetragen. Als Sofortmaßnahme bekomme ich einen ähnlichen Trunk wie die alte Frau, die mit mir gewartet hat. Der Saft hat keinen Eigengeschmack, und er bringt mich nicht dazu, in die Höhe zu springen.

Mit einem Plan aus dem Computer, der mein Leben in einen Zweistundenrhythmus einteilt – zum Beispiel alle zwei Stunden eine Tomate essen –, entlässt er mich. Seine Frau bringt mich hinaus.

Ich möchte die Praxis besichtigen. Sie zögert einen Moment, dann führt sie mich herum. Viele kleine Räume mit Liegen zur Behandlung, die sie nicht näher erläutert, eine Kräuterapotheke, eine Art Labor. Dann ein Raum mit einer Wanne für die Elektrolyse. Elektrolyse?

Sie erklärt: »Wie in einer Batterie. Wir laden Energien auf. Es ist noch Flüssigkeit vom letzten Patienten darin.« Ich darf eine Hand hineinhalten. Es kribbelt, kleine Blasen steigen auf.

Noch eine Wanne im nächsten Raum. »Für zwei«, sagt sie.

»Zwei in einer Wanne?«

»Ja, jeder als eine Elektrode, wenn Sie verstehen.«

»Nein.«

»Macht nichts.«

Ein Raum für die Lichttherapie mit einer Drehscheibe in der Mitte schließt sich an. Man stellt sich nackt darauf und wird in starkem vielfarbigem Licht gedreht. Thorsten Riebach hätte diese Behandlung gegen Depressionen bekommen, erklärt sie. Dann ein Raum, mit einer Pappwand geteilt. Eine Öffnung in der Mitte.

»Was bedeutet das?«

»Für Übertragungen«, sagt sie.

Mir kommen nur Krankheitsübertragungen in den Sinn. Sie kennt meine Gedanken. »Man kann auch Gesundheit übertragen.«

»Wirklich?«

»Das erkläre ich Ihnen ein anderes Mal.«

»Und Helen?«, frage ich. »Was ist mit Helen?«

Sie sieht mich an, runzelt die Stirn. »Wir werden sie immunisieren.« Es klingt, als will sie Helen gegen mich unempfindlich machen oder umgekehrt. Ich traue ihr alles zu. Ihr Mann dagegen ist ein vollkommen harmloser Mensch.

Diese Helen«, sage ich langsam. Ich laufe bei Bruno Liebe in der Videothek auf und ab, versuche, die Telefonzentrale hinter seinem Tresen zu entdecken.

»Was ist mit ihr?« Er sitzt halb auf einer Stuhllehne mit verschränkten Armen.

»Ja, was ist mit ihr?«

Sein Telefon sieht aus wie jedes andere. Vielleicht ist es doch der General, bei dem alle Drähte zusammenlaufen, der alles überwacht.

»Da sollten Sie ihre Mutter fragen.«

»Die erschießt mich.«

»Ach so.«

Ich mache eine weitere Runde durch den Laden.

»Der Hausmeister«, sage ich, »was ist mit dem?«

»Carlos? Was soll schon sein?«

»Mit dem stimmt doch was nicht.«

»Fragen Sie ihn selbst.«

Ich mache eine neue Runde durch den Laden.

»Der General«, sage ich, »was ist mit dem?«

Bruno Liebe schweigt, zieht die Achseln hoch.

Nach Zimt und Zimt wage ich gar nicht zu fragen. Die kommen mir relativ normal vor mit den Zwischenwänden ihrer Beziehung.

»Was ist mit den Zimts?«, fragt er.

Ich hebe die Schultern und die Brauen. »Ja«, sage ich, »was ist mit denen?«

Bruno stößt sich von seinem Stuhl ab, lässt die Arme und den Kopf hängen. Es sieht aus, als würde er gleich vor Erschöpfung umfallen. Aber dann atmet er tief ein. »Und was ist mit Ihnen?«, sagt er. Er wendet sich ab. »Und was ist mit mir?«

Ich stolpere zur Tür. Mit seiner Antwort bringt er mich dazu, dass ich nicht mehr weiß, wie man einen Fuß vor den anderen setzt.

»Ja«, sage ich, »stimmt auch wieder.«

Jetzt geht es wieder mit den Füßen.

»Das ist das größte Problem«, sagt er. »Was ist mit Ihnen?«

Die Scheibe in der Ladentür ist schon repariert. Tamara Zimt trägt ein braunes Kleid statt des Jogging-Anzugs. Durch den dünnen Stoff kann ich hindurchsehen. Sie aber schleppt es durch den Laden, als wäre es aus Blei, die Schultern nach vorn geneigt, um das Gewicht auf den Rücken zu verteilen. Auf dem Kopf lodert das Feuer ihrer Haare.

Eine Kundin probiert dicke blaue Glasperlen zu einem faltigen Hals.

»Ich wollte mich nur mal umsehen«, sage ich.

»Haben Sie einen Durchsuchungsbefehl?«

Ich halte eine paar silberne Armbänder hoch und sage: »Hübsch.«

Die Kundin dreht sich zu mir. »Sie als Mann, was sagen Sie? Die blaue oder die braune?«

Sie hält nacheinander zwei Ketten an den Halsausschnitt. Ich reibe mir das Kinn des Sachverstandes. »Sie können sich nicht entscheiden? Meine Erfahrung ist, dass man dann im Grunde beide Ketten braucht. Je nach Stimmung, heute blau und morgen braun.«

Sie stutzt, probiert wieder beide nacheinander.

»Sie haben Recht.« Sie legt die Ketten ab und zupft ihre Geldbörse hervor. »Ich nehme beide.«

»Danke«, sagt Tamara Zimt, als ihre Kundin gegangen ist.

»Hätte ich ihr die Wahrheit sagen sollen?«

»Modeschmuck ist Ausdruck jener Wahrheit, dass man die Unzulänglichkeiten seines Körpers kennt.«

»Katzengold.«

Sie geht zur Tür und klebt das alte Inhaberschild an die neue Scheibe.

»Sie dürfen den Schmuck nicht als Form der Täuschung sehen, sondern als Ergänzung«, sagt sie.

»Wer ist ihr Kompagnon?«, frage ich und deute auf das Schild.

»Sie wissen es nicht?«

»Nein.«

»Dann soll es so sein.« Sie geht hinter eine kleine Glasvitrine, öffnet die Tür und ordnet eine Reihe von Ketten.

»Seit wann wohnen Sie in Bruno Liebes Haus?«

»Ich weiß nicht. Acht, neun Jahre.«

»Dieser Hausmeister? Der im Keller wohnt.«

»Carlos. Ich weiß.«

»Was ist das für einer?«

Sie hebt die Schultern. »Bruno Liebe ist ein Mensch, der Leuten hilft, wenn sie in Not sind.«

»Welche Not?«

»Ich nehme an, die gleiche, die Sie in das Haus getrieben hat.«

Ich probiere mal was aus: »In dem Haus soll früher ein Mord passiert sein?«

»Ach, wirklich?«

»Sie wissen nichts davon?«

»Muss ich das?«

»Und Herbert Mond? Kennen Sie den?«

»Muss ich das?«

Ich drehe mich um, hebe die Hand zum Abschied. »Ich hasse das, wenn man so mit mir redet.«

In diesem Moment kommt Mata Krystof herein und hält mir die Tür auf. Ich gehe auf die andere Straßenseite und beobachte, wie sie Küsschen austauschen. Dann verlässt Tamara den Laden, und Mata nimmt ihren Platz ein.

Der Mann trägt einen Pappkarton unter dem Arm und studiert die Klingelschilder an Bruno Liebes Haus. »Wohnen Sie hier?«, fragt er. Der Karton sieht aus, als hätte er eine lange Reise hinter sich. Der Karton ist wie der Mann: grau und ausgeblichen, aufgeweicht und wieder hart geworden.

Ich halte den Schlüssel für die Haustür in die Höhe.

»Ich suche einen Thorsten Riebach«, sagt er.

»Wieso?«

»Wir waren verabredet. Ich bin nur ein paar Tage zu spät.«

Seine schwarze Hose ist grau vom vielen Waschen. Bei seinem Sakko zeigt sich an den Ellbogen das Gewebe. Er riecht nach Mottenpulver und Maschinenöl.

»Kommen Sie mit. Ich war auch mit Thorsten verabredet.«

Er stellt sich als Porsche vor, wie das Auto, das er gern hätte. Alle nennen ihn nur Porsche, obwohl es sein Nachname sei. Ich bitte ihn in die Küche, serviere Apfelsaft, erzähle, dass Thorsten sich seit Tagen nicht gemeldet habe.

»Hat er hier gewohnt?«

»Ich nehme es an. Bin mir aber nicht sicher. Ich habe diese Wohnung gerade erst übernommen.«

»Sie wissen es nicht genau?«

»Ich bin mir nicht sicher, ob er tot ist oder sich irgendwo versteckt hält.«

Er erzählt, dass er Thorsten vor ein paar Jahren kennen gelernt habe. Sie hätten einige Zeit gemeinsam erlebt. Wo das denn gewesen sei, frage ich. In einer Institution im Süden wären sie ein Jahr zusammen gewesen. Etwa vor vierzehn Tagen habe er ihn angerufen und sein Kommen angekündigt. Thorsten habe von dem Haus geschwärmt und ihm eine Unterkunft versprochen. Ich bin etwas langsam heute, und es dauert eine Weile, bis ich begreife, dass die beiden sich im Gefängnis kennen gelernt haben.

»Kann auch sein«, sage ich, »dass Thorsten wieder Mist gebaut hat und deshalb schnell verschwinden musste.«

Porsche sinkt auf seinem Stuhl zusammen und hält mit beiden Händen sein Apfelsaftglas. »Ich hätte nicht kommen dürfen.«

»Kein Geld, keine Unterkunft?«

Er nickt.

»Warum haben Sie gesessen?«

»Erst betrogener Betrüger, dann Dieb aus Rache. Und wie so was läuft: Man kriegt keinen Job mehr und muss sich sogar das Fressen klauen.«

»Und was wollen Sie hier?«

»Großstadt. Bietet mehr Möglichkeiten. Thorsten hat einen Job angedeutet, aber ich habe auch zwei Vorstellungstermine. Was Anständiges. Ich bin diplomierter Landwirt.« Er legt seine Hände vor, als solle ich sie begutachten.

Ich zeige ihm das hintere Zimmer. Das ohne Balkon. Den freien Zugang zum Hinterhof muss ich mir bewahren. Und wenn es nur ist, um bei Gelegenheit Tamara das Seil abzuschneiden.

»Ein Monat, dann sehen wir weiter«, sage ich. »Kostet nichts. Alles inklusive.«

Er stellt seinen Karton ab. Wahrscheinlich sind seine gesamten Habseligkeiten darin. Ich führe ihn vor den Kleiderschrank im Schlafzimmer. Er hat meine Größe. Ich wähle für ihn einen grauen Anzug und Unterwäsche aus. Dann öffne ich meinen Hemdenkarton, der immer noch auf der Kommode liegt, und gebe ihm drei von den Leinenhemden. Etwas von mir sollte auch dabei sein.

»Für Bewerbungen«, sage ich. »Kostet nichts.«

»Warum?«, fragt er.

»Weil Thorsten es so gewollt hat.« Ich lasse einen Arm kreisen. »Alles frei«, sage ich.

»Wirklich?«

»Ich bin sicher.«

Ich klingle, alles bleibt stumm. Ihre Mutter müsste noch im Schmuckladen sein.

»Helen, bitte, mach auf.«

»Nein.« Die Stimme ist dünn wie ein trockener Blumenstängel.

»Warum nicht?«

»Weil das nicht gut für mich ist.«

»Aber ich muss mit dir reden.«

»Wer sich für mich interessiert, muss pervers sein.«

»Ich bin es nicht.«

»Du bist ein Verbrecher.«

»Ich bin Schriftsteller. Wenn du willst, zeige ich dir, was ich schreibe.«

Sie antwortet nicht. Ich lehne meinen Kopf an das Holz.

»Helen? Bist du noch da?«

Nach einer Weile öffnet sich die Klappe des Briefkastens. Ihre Fingerspitzen erscheinen. Ich halte sie fest.

»Ich habe Angst«, flüstert sie. »Ich hab doch niemanden außer Mata. Und auch bei Mata kann ich mir nicht sicher sein.«

»Warum nicht?«

»Weil sie nicht meine Mutter ist. Aber du darfst darüber mit niemandem sprechen. Schwörst du?«

»Ja, natürlich.«

»Als ich noch klein war, hat Mata die Stelle meiner Mutter eingenommen, damit niemand herausfindet, dass meine Mutter ermordet wurde.«

»Von wem?«

»Weiß ich nicht.« Es folgt ein langes Schweigen. Sie zieht ihre Finger zurück.

»Helen?«

»Du hältst mich für verrückt, nicht wahr?«

»Möchtest du das?«

»Nein, auf keinen Fall. Bitte glaube das nicht.«

»Was soll ich nicht glauben?«

»Dass ich verrückt bin. Ich bin ganz normal. Fast. Ich erkläre es dir später. Jetzt muss ich nur so tun, als ob.«

Ich stecke den Kopf durch die Tür der Videothek. »Wollte nur schnell sagen, dass ich Besuch habe.«

Bruno Liebe hebt den Kopf aus einer Zeitung.

»Für ein paar Wochen. Porsche heißt er. Nur dass Sie sich nicht wundern.«

Bruno runzelt die Stirn, knüllt die Zeitungsseite zusammen. »Untermieter und Schnecken können den Salat erschrecken.«

»Nein, nein«, sage ich. »Er kommt direkt aus dem Gefängnis und bewirbt sich hier bei einigen Firmen.«

»Alles klar«, sagt Bruno, glättet die Zeitungsseite mit der flachen Hand. »Ein guter Mensch, wunderbar.«

Ich trage den Zettel vor mir her, den Doktor Kerner für mich als Speiseplan ausgedruckt hat. Es klingt nach einem langen gesunden Leben mit wenigen Freuden. Das überzeugt mich von seiner Wirksamkeit. Ich will es gern versuchen. Mit Ausnahmen.

Mit einem »Guten Morgen« gehe ich in den Supermarkt. Ballonkopfmann und Kassiererin ohne Unterleib buckeln mir zu. Brav schiebe ich meinen Einkaufswagen durch den Irrgarten internationaler Qualitätsprodukte.

»Darf ich Ihnen helfen?« Der Besitzer schlittert um eine Regalecke.

»Danke, ich weiß schon, wer mich niedergeschlagen hat.«

Er buckelt, geht rückwärts. »Sie finden alles?«

»Danke. Mit Sicherheit finde ich nach und nach alles heraus.«

Er stellt das Lächeln ein. Ich sehe es ihm an, er wird sich bei einer zuständigen Stelle über mein Verhalten beschweren. Ich würde ihn gern weiter provozieren, aber er geht steif davon. Als hätte er es plötzlich im Rücken.

Ich nehme eine Dose Erbsen aus dem Regal. Konserven stehen nicht auf Doktor Kerners Plan, würden da niemals draufstehen. Ich lege sie in meinen Korb. Ich suche etwas noch viel Schlimmeres. Etwas, das Doktor Kerner dazu bringen würde, meine Behandlung abzubrechen, wüsste er davon. Ich bin in der Stimmung, es mir mit allen zu verderben. Ich entscheide mich für eine Dose Thunfisch. Kleinwüchsigkeit hinter Kassenabsperrungen versöhnt mich. Ich kriege alles billiger. Ich schleppe meine Einkaufstüte bei Kerners vorbei und hoffe, sie kommen zum Kontrollieren heraus und entdecken, dass beim Thunfisch auch noch das Haltbarkeitsdatum abgelaufen ist.

Gibt es Brillen, die den Blickwinkel begrenzen?«

Der Optiker sieht mich an, als würde ich eine fremde Sprache sprechen.

»Ich meine, so als würde man durch eine Röhre gucken.«

»Es gibt eine solche Krankheit.«

»Ich dachte mehr an eine Brille, aber ich nehme auch die Krankheit, wenn Sie die dahaben.«

Er weicht zurück, so weit, bis er hinter einem kleinen Tresen angekommen ist, links und rechts durch hohe Brillenständer geschützt.

»Was genau wollen Sie erreichen?«

»Eine Brille wie eine Scheuklappe. Sie ist für ein Mädchen, das …«

»Für Dukla.«

»Dann wissen Sie ja Bescheid.«

»Ja. Aber es ist noch niemand darauf gekommen, ihr eine Brille machen zu lassen.«

Er zieht eine Schublade mit Sonnenbrillen auf. »Da, so etwas.« Er hebt ein Modell hoch, das an der Seite die Augen abdeckt.

»Im Prinzip ist es richtig, aber es deckt nicht genug ab. Und die Gläser sind überflüssig.«

Er nickt. »Ich weiß.« Er legt die Brille auf den Tisch. »Aber man könnte was machen.« Er verschwindet in einem hinteren Raum, kommt gleich darauf mit einem Kunststoffstreifen wieder. Er ist braun-gelb gemustert, wie manche Brillengestelle. »Ich könnte«, sagt er, »daraus etwa zehn Millimeter breite Streifen schneiden und sie an ein Gestell anschweißen. Das müsste gehen.« Er geht durch den Laden, sucht vier Gestelle heraus, die aus ähnlichem Material sind, hält den Kunststoffstreifen dagegen. Ich tippe auf eine. »Die vielleicht.« Er nickt.

»Und was kostet es?«

Er wiegt den Kopf. »Die Brille liegt schon bei 130, käme noch die Arbeit dazu. Sagen wir 200.«

»Gut«, sage ich, »aber unter einer Bedingung. Ich möchte leicht rosafarbene Gläser darin haben.«

Porsche steht in dem grauen Anzug mit weißem Hemd vor dem Spiegel im Flur.

»Top«, sage ich.

Er wiegt den Kopf. »Weiß nicht. Ich bewerbe mich bei einer Gärtnerei.« Er streckt wieder die Hände vor.

»Willst du das Gemüse sein oder der derjenige, der es isst?« Könnte ein Satz von Bruno Liebe sein.

Ich hole die Polizeikrawatte aus dem Schlafzimmer.

Porsche stöhnt. »Keine Krawatte, und schon gar nicht die.«

Ich wickle den Schlips um die Faust. »Keine Sorge, die gehört einem Hausbewohner. Ich bringe sie zurück.«

»Ein Polizist?«

»Nein, nein. Er wird der General genannt.«

Er zieht das Jackett wieder aus. »Ich bin das nicht in dem Anzug.«

»Warte.« Ich hole ein schwarzes Hemd aus dem Kleiderschrank und gebe es ihm. Es passt besser zu ihm. Die graue Haut wird gelb.

»Ich werde so lange durch die Stadt laufen, bis der Anzug zu mir gehört.«

»Brauchst du Geld?«

»Keine krummen Sachen mehr. Diesmal will ich draußen bleiben.«

Er zieht das Jackett wieder über.

»Ich meine, ob ich dir was leihen soll?«

»Noch nicht.« Ich sehe ihm zu, wie er verschiedene Posen probiert, mal eine Hand in der Hosentasche, mal eine in der Seitentasche, mal das Jackett offen, mal zugeknöpft.

»Das Hemd«, sagt er, »ist wirklich gut. Wenn ich sage, dass ich aus dem Gefängnis komme, passt es total.«

»Was hatte Thorsten angestellt?«

»Im Eifer des Gefechts hatte er einem Strichjungen und kleinen Dieb den Bauch aufgeschlitzt.«

Als wolle er mich umarmen, so weit und mit Schwung öffnet der General die Tür. Ich strecke ihm die Krawatte entgegen.

Er tritt zur Seite. »Herein.«

»Komme ich auch nicht ungelegen?« Ein wenig Unterwürfigkeit in den dunklen Flur gestreut. Holzgetäfelt. Es riecht nach Essig, als würde damit ständig etwas desinfiziert. Ganz hinten huscht Frau Karin von einem Zimmer ins andere, versucht, sich durch gebeugte Haltung unsichtbar zu machen. Seine Hand weist mich ins Wohnzimmer bis zu einem »Halt«.

Er schleicht sich an die Krawatte, will sie erst von den Seiten greifen, besinnt sich dann und nimmt sie oben und unten mit jeweils zwei Fingern ab.

»Das gute Stück.« Er trägt sie hinaus.

Ich allein vor einer Gedenkwand, gehe von Foto zu Foto: Große Soldatengruppe vor Kaserne. Kleine Soldatengruppe im Wald. Mittlere Soldatengruppe auf freiem Feld. Kleine Soldatengruppe vor einer Kanone. Große Soldatengruppe vor einem Denkmal. Lange Reihe von Soldaten bei einer Parade. Drei Soldaten vor einer Hafenkulisse. Eine Reihe einzelner Soldatenfotos in einem großen Rahmen. Ich versuche vergeblich, Lothar Murr auf den Bildern zu finden.

In einer Vitrine liegen Orden in aufgeklappten Schatullen.

Ein viereckiger Metallkasten steht auf einer Kommode, als würde er einen besonderen Schatz enthalten. Vorsichtig klappe ich ihn auf.

Ein dicker roter Druckschalter. Darunter ein graviertes Schild: Auslöser für den Atomkrieg.

Ich setze mich in einen dicken Ledersessel. Essig. Vielleicht ist das Leder mit Essig abgerieben worden? Der General kommt nicht zurück. Einmal höre ich Schritte im Flur. Ich springe auf, aber die Schritte entfernen sich wieder.

Ich gehe ans Fenster. Hier oben sieht man ein Stück vom Fernsehturm. Eines der lächerlichsten Bauwerke Hamburgs. Mit diesem Zeichen so genannten Fortschritts hat sich die Stadt ihre Kirchturmsilhouette kaputt gemacht. Ich gehe zurück zum Auslöser für den Atomkrieg und überlege, ob ich ihn drücke. Dann fällt mir ein, dass Helen direkt unter ihm wohnt. Ich knie nieder und lege mein Ohr auf die Holzdielen. Ich höre Stimmen.

Der General knallt in der Tür die Hacken seiner Stiefel zusammen, und ich springe vor Schreck in die Höhe.

»Es funktioniert nicht«, sage ich. »Ich wollte wie die Indianer auf den Eisenbahnschienen hören, wann Sie sich nähern.«

Er lacht. Das hat er noch nie getan. Er kommt mit harten Schritten in den Raum. Er hat eine grüne Armeeuniform angezogen und hohe Schaftstiefel. »Setzen.«

Wir setzen uns gemeinsam in die schweren Sessel. Seine Uniform hat außer goldenen Knöpfen mit einem Adler keine Abzeichen. Er bemerkt meinen Blick. »Ich habe wenig Gelegenheit, sie zu tragen.«

Er trommelt mit den Fingern auf der Lehne des Sessels. Jetzt verstehe ich das mit dem Geruch: Essig hat seine Gesichtszüge geformt.

»Das ist übrigens ein Geschenk.« Er deutet auf den Atomkriegsauslöser.

»Was geschieht, wenn man ihn drückt?« Er hat mich die ganze Zeit beobachtet. Ich hätte es mir denken sollen. Es war ein Test, als er mich so lange allein ließ.

»Wenn Sie das getan hätten, wäre unter Ihnen eine Falltür aufgegangen. Was sonst?«

Er trommelt wieder mit den Fingern auf der Armlehne. »Und auf den Fotos werden Sie mich nicht finden. Ich stand jeweils hinter der Kamera. Das Leiden des Fotografen, er ist nie zu sehen.«

»Selbstauslöser.«

»Die Kontrolle abgeben?«

Er räuspert sich, senkt die Stimme: »Karin Göring wird gleich einen Begrüßungsschluck servieren. Sie wissen doch, wer Karin Göring ist?«

»Leider nicht.«

»Sie kennen Feldmarschall Göring nicht? Dann hat es keinen Sinn, Ihnen das zu erklären.«

Sie betritt den Raum in einem dunkelblauen Kleid, einer weißen Schürze mit einem Spitzenrand und auf dem Kopf ein passendes Servierhäubchen. Sie verbeugt sich stumm und stellt ein silbernes Tablett mit einer Karaffe und zwei Gläsern vor uns ab.

Der General gießt ein. Sie verlässt im Rückwärtsgang den Raum.

Er reicht mir ein Glas. »Zigarre?«

»Danke, nein. Ich rauche nicht.«

Er holt unter dem Tisch ein Holzkästchen hervor und klappt es auf. Zigarren verschiedener Größe sind darin.

»Sie sollen ja auch gar nicht rauchen, Sie müssen sie nur anzünden.«

»Danke, wirklich nicht.« Ich rieche an meinem Glas. Sauer. Es muss ein hochprozentiger Schnaps sein.

»Herzlich willkommen.« Er hebt sein Glas.

»Auf den Sieg«, sage ich.

Er trinkt in einem Schluck. Ich nehme nur einen kleinen. Essig oder vielleicht eine Art Schwefelsäure mit Alkohol. Er zündet die Zigarre an.

»Machen Sie es sich bequem.« Er öffnet seinen Hosengürtel, rutscht tief in den Sessel und legt seinen Kopf auf die Rückenlehne. Die Zigarre ragt aus seinem Mund in die Höhe, dicke Qualmwolken steigen auf, fast wie nach Zündung einer Atombombe.

»Ah«, sagt er. Dann kommt lange nichts. Auch keine Qualmwolken mehr. Schließlich habe ich das Gefühl, er ist eingeschlafen.

Ich schleiche aus dem Wohnzimmer. Karin Göring öffnet mir leise die Tür zum Treppenhaus. »Sie müssen wiederkommen«, flüstert sie. »Er hat seine Rede noch nicht gehalten.«

Porsche steht immer noch vor dem Spiegel. Er hat wieder seine alten Sachen an. Das Jackett, an dem sich die Zeit abgerieben hat, und die Hose, die zu viele Wege gegangen ist.

»Ich nehme nur das Hemd«, sagt er.

»Wann ist das Vorstellungsgespräch?«

»Morgen.«

»Mein Problem ist, ich habe den Blick für mich verloren.« Er dreht sich zur Seite, streckt den Ellbogen heraus, dann betrachtet er wieder seine Hände, spreizt die Finger. »Wenn man lange keinen großen Spiegel hatte, dann werden die Hände zu den wichtigsten Körperteilen. Ist es dir nicht auch so gegangen?«

»Du kannst alles nehmen, was in den Schränken ist.«

»Ach, da fällt mir ein, es waren zwei Frauen an der Tür.«

»Was?«

»Ich habe ihre Namen nicht behalten, wenn sie sie überhaupt gesagt haben. Ich würde sie mal so beschreiben: Das junge Mädchen handelt mit Petroleum und ihre Mutter ist Aufseherin in der Streichholzfabrik.«

»Helen und Mata.«

»Sie wollten eine Aussprache.«

Ich wende mich zur Tür.

»Halt«, sagt Porsche. »Sie sagte, sie wären nicht zu Hause.«

»Wo sind sie hin?«

Er hebt die Schulter. »Wenn du mich fragst, bilden die beiden eine gefährliche Kombination. Petroleum und Streichhölzer. Was hast du ausgefressen?«

»Noch nichts.«

»Die Mutter schneidet dir die Kehle durch. Und das macht sie nicht zum ersten Mal.«

So viel erkenne ich: Mata lehnt mit dem Rücken zum Tresen und blättert in einer Zeitung. Ich denke, sie wird Helen mit in den Modeschmuckladen genommen haben. Sie will sie nicht allein zu Hause lassen, damit sie mir nicht in die Hände fällt. Mütter bedenken alles bis zur letzten Konsequenz. Und die ist für ihre Töchter immer schädlich.

Ich überquere die Straße, stelle mich vor das Schaufenster von »Katzengold«, betrachte die Auslagen so lange, bis sie mich bemerken muss. Aber sie kommt nicht heraus, bedeutet mir nicht hineinzukommen.

Sie ist ein paar Schritte zum Fenster gegangen, sieht an mir vorbei, als würde sie mich nicht kennen, als wäre ich gar nicht da.

Jetzt bin ich sicher, sie hat Helen dabei, will aber in dieser Situation, im Laden, wo jederzeit ein Kunde hereinkommen kann, nicht mit mir sprechen. Ich umrunde den Häuserblock, suche Torwege in die Höfe. Ich finde einen Eingang, der zu einem flachen Gewerbebau führt. Ein Schild weist es als zahntechnisches Labor aus. Ich gehe an der Seite vorbei, klettere über einen hüfthohen Zaun, durchquere einen Garten mit Teich und Geranienbeeten, springe über einen niedrigen Jägerzaun, doch dann ist vor einer hohen Mauer Schluss. Dahinter müsste die Rückseite des Schmuckladens liegen.

Ich ereiche mit meinen Fingern die Mauerkante, ziehe mich mit aller Kraft hoch, bis meine Augen gerade über die Steine ragen. Was ich durch die in der Mauerkrone eingelassenen Glasscherben sehe, nimmt mir die Kraft. Dort hockt Helen in einer Art Käfig, einem Hundezwinger, und hat ein Buch auf den Knien. Ich falle, stürze auf den Rücken. Ich schaffe es kein zweites Mal, mich an der Mauer hochzuziehen. Ich durchsuche den Hinterhof. Es findet sich nichts, was mir helfen könnte, über die Mauer zu gelangen. Nichts.

Der Modeschmuckladen ist geschlossen. Es klebt ein Schild an der Tür: Bin gleich zurück. Ich sehe mich um, wo könnte sie hingegangen sein? Wenn sie Helen im Käfig gelassen hat, kann sie nicht weit sein. Ein Stück weiter liegt der Hauseingang. Ich drücke gegen die Tür. Sie ist abgeschlossen. Einen Augenblick überlege ich, bei den Bewohnern zu klingeln und sie auf das eingesperrte Mädchen aufmerksam zu machen. So etwas ist doch nicht erlaubt. Ich sollte die Polizei rufen.

Ich setze mich auf die Stufe des Ladens und warte. Nach einer Weile denke ich, die beiden sind wahrscheinlich gemeinsam weggegangen.

»Bin gleich zurück«, das schreibt man immer an die Ladentür, selbst wenn man erst nach Stunden zurückkommt. Eine alte Frau steigt an mir vorbei, rüttelt an der Tür.

»Niemand da.«

»Ach, das ist aber dumm. Ich komme ganz aus Harsewinkel.«

»Wo ist das denn?« Ich stehe auf, klopfe mir die Hose ab.

»Ich hab doch extra mit ihr telefoniert. Verstehe ich gar nicht. Ich kenne Frau Krystof nämlich von früher.«

»Früher?«

»Damals, als ihr Mann plötzlich verschwand, da hab ich sie gerade kennen gelernt. Sonst liest man solche Geschichten nur in der Zeitung, von wegen er ging Zigaretten holen und kam nie wieder.«

»Wann war denn das?«

»Tja, schon lange her. Ihre Tochter war da noch klein. Aber das Schlimme war, sie war wieder schwanger – und dann der Mann weg. Einfach so. Die arme Frau, hat sich sehr verändert. Ist ja auch kein Wunder.«

»Verändert?«

»Was war sie für eine schöne Frau mit langen dunklen Haaren und weichem Gesicht.«

»Ist ihr Mann nie wiedergekommen?«

»Nein, nie. Dann hat sie ihn noch über die Zeitung gesucht. Mit einem Foto. Hat aber nichts genützt.«

»Wie hieß er?«

»Lukas. Schöner Name, nicht wahr, der Sohn meiner Tochter heißt auch so. Der ist aber schon zwölf jetzt. Mein Gott, ist das ein hübscher Junge.« Sie holt ein Lederetui aus ihrer Handtasche, klappt es auf und lässt mich auf ein Kindergesicht gucken.

»Die Tochter ...«, werfe ich ein.

»Helen, die war damals zwei oder drei Jahre alt. Jetzt soll sie ja, na ja, also ich sage mal, Schwierigkeiten haben, sich zurechtzufinden. Mal ehrlich, die ist vielleicht nur deshalb so geworden.«

»Weshalb?«

»Sie hat immer Angst gehabt, dass auch sie wegläuft.«

»Wer?«

»Die Mutter. Die Tochter. Wie sie es eben sehen wollen.«

»Und hat es in dem Haus, in dem die beiden wohnen, nicht einmal einen Mord gegeben?«

»Ein Mord? In diesem Haus? Schon möglich.«

In meiner alten Wohnung schalte ich den Laptop ein. Er war noch in Bereitschaft, und der Bildschirm zeigt mir mein angefangenes Manuskript. Die Geschichte von dem behinderten Mädchen. Es fehlt noch ein guter Anfang. Ich schließe die Datei und gehe ins Internet. Ich besitze mehrere E-Mail-Adressen. Aber ich benutze normalerweise nur die mit meinem Namen. Jetzt kommt mal eine der anderen zum Zuge. Ich wähle den Absender »Böses Blut« und schreibe eine Mail an »Wolfsruhe«, den Internetfriedhof. Ohne Anrede und Grußformel sende ich den Satz: »Wo ist das Grab von Mata Krystof?«

Porsche steht immer noch vor dem Spiegel. Er trägt die Lederhose aus der Abstellkammer und dazu ein kariertes Sakko.

»Sieht doch mehr nach einem aus, der was von Landwirtschaft versteht, oder?« Er streckt die Hände vor.

»Und wie jemand, der keinen Geschmack hat.«

»Schon gut.« Er zieht das Jackett aus.

Ich gehe ins Wohnzimmer, suche einen Platz für meinen Laptop und eine Telefonbuchse. Hinterm Sofa ist eine. Ich stelle den Computer auf den Couchtisch, schließe ihn an. Keine Rückmeldung auf meine E-Mail. Habe ich so schnell auch nicht erwartet. Porsche kommt herein. Er trägt nur eine Unterhose und eine Lederjacke über dem Arm.

»Thorsten hat angerufen.«

»Was? Das sagst du jetzt erst?«

»Er hat noch mal bestätigt, dass ich alles benutzen kann.«

»Wo ist er?«

»Hab ich nicht gefragt. Das heißt, das Gespräch verlief so, dass ich ihn nicht danach fragen konnte. Er sagte, er käme bei Gelegenheit mal vorbei. Es sei ja alles besprochen. Nur, im Augenblick könne er sich nicht unter die Leute wagen und leider auch die Miete nicht zahlen, aber er wolle dem Haus nicht allzu sehr auf der Tasche liegen. Was sollte ich da kommentieren, ich kann ihm ja im Moment auch nicht helfen. Er sagte, ich sollte so lange bleiben, wie ich will, aber alles mit Bruno Liebe besprechen. Wer ist das?«

»Der Hausbesitzer.«

»Ehrlich gesagt habe ich nicht richtig verstanden, was er da geredet hat. Ich sage mal, der war nicht ganz klar im Kopf. Hat wohl Schwierigkeiten.«

»Das fürchte ich auch. Du bist sicher, dass es Thorsten war? Hat er von mir gesprochen?«

»Ja, nein. Es war seltsam. Ich wollte ihm von dir erzählen. Es war gerade so, als wärst du nicht da, als würde es dich nicht geben oder als wüsste er nichts von dir.«

Porsche breitet die Lederjacke aus. »Wie wäre die denn?«

»Auf einem Motorrad ginge sie.«

»Fehlt also nur noch das Motorrad.« Er zieht die Jacke über und geht zum Spiegel in den Flur. »Wirklich, etwas zu gewaltig.«

Ich schalte meinen Laptop ein. Dann schicke ich die nächste Botschaft ins Blaue des Internetfriedhofs: »Wo ist das Grab von Lukas Krystof?«

Was machst du da?«, fragt Porsche. Er streckt den Kopf aus der Küche, zieht die Stirn in Falten.

Ich habe mir einen Stuhl geholt und sitze seit einer Stunde an der Wohnungstür, ein Ohr im Treppenhaus.

»Ich brate Eier für uns«, ruft er und zeigt mir seine Hände, aber diesmal die Handflächen.

»Was willst du dazu trinken? Weißt du, dass ich mal einen Job als Barkeeper hatte?«

»So mit Cocktails und allem?«

»Klar. Ich habe sogar mal eine Cocktail-Meisterschaft gewonnen.«

»Bruno Liebe will aus seiner Videothek eine Bar machen.«

»Eine richtig gute Bar nimmt niemanden, der aus dem Knast kommt. Die denken immer, du bescheißt sie. Ist ja auch leicht.«

Ich schnüffle. »Die Eier«, sage ich.

Er verschwindet in der Küche. »Wie lange willst du da noch sitzen?«, ruft er.

»Bis ich höre, dass sie nach Hause kommen.«

»Wer?«

»Die Frau aus der Streichholzfabrik und ihre Petroleumtochter.«

Die Kerle am Tresen der Kneipe erkennen mich wieder. »Wo sind deine vier Frauen?«, rufen sie.

»Es ist nur eine«, sage ich. »Und sie ist verschwunden.«

Das verhindert ihre Fröhlichkeit nicht. Es ist noch früh.

Wir trinken auf die Frauen, die, die verschwinden, und die, die nicht verschwinden wollen.

»Vielleicht ist sie auch verrückt«, sage ich.

Es ist ihnen willkommener Anlass für eine neue Runde. Wir trinken auf die Frauen, die verrückt sind. Das seien sie alle.

Später, als ich aus dem Bermuda-Dreieck nach Hause komme, sorgt Porsche dafür, dass ich mich ausziehe, es ins Bett schaffe und zugedeckt bin.

Wie ein Automat reagiere ich auf das Klingeln und wanke aus dem Bett. Sie steht im Dienstmädchenkostüm vor der Tür. Ich reibe mir die Augen wund.

»Der General lässt fragen, ob Sie ihn um elf Uhr beehren?«

Ich verneige mich tief, das Bier der Nacht kommt mir hoch. Ich kann es gerade noch stoppen.

»Es wird mir ein Vergnügen sein.«

Ich schließe die Tür, wanke in die Küche. »Porsche?«

Er hat einen Zettel auf dem Küchentisch hinterlassen. »Habe doch den grauen Anzug genommen. Danke.«

Wie spät ist es denn?

Zwanzig vor elf. Wie will ich das schaffen? Ich gehe ins Bad und entdecke, dass ich während der ganzen Zeit keine Hose angehabt habe.

Sehen Sie«, sagt er und geht vor mir auf und ab. Hände auf dem Rücken. »Wir alle machen uns große Sorgen.«

Er bleibt am Fenster stehen, dreht auf dem Absatz um. »Was zu trinken?«

Ich kann mich nicht aufrecht halten, rutsche tiefer in den Ledersessel. »Einen Kaffee, wenn Sie haben.«

Er geht zum Flur und brüllt: »Karin, einen Kaffee für Herrn Vogelwart!«

Ich höre ihre Schritte, gleich darauf kommt sie herein mit einer Tasse auf einem Tablett. Sie scheint es geahnt zu haben. Ich versuche, mich aus dem Sessel hochzustemmen, und danke ihr.

Er wartet, bis sie wieder gegangen ist. »Sie wissen ja, dass ich den Menschen hier einen kleinen Teil ihrer Sorgen abnehme, indem ich sozusagen die vom Haus gewünschte Ordnung freiwillig symbolisiere.«

»Nein.«

»Nun, so wie ein Soldat ein Ordnungsprinzip aufrechterhält, einfach weil es ihn gibt. Er verhindert Krieg durch bloßes Dasein.«

Ich probiere den Kaffee, setze die Tasse sofort wieder ab, um die Bitterkeit mit Zucker und Milch zu bekämpfen. Ich probiere wieder. Jetzt geht es.

»Ja«, sage ich.

»Gut«, sagt er und setzt sich mir gegenüber.

»Welches Ordnungsprinzip?«, frage ich.

Er atmet tief. »Das Haus bietet seinen Bewohnern Schutz, in dem es ihre Geheimnisse bewahrt. In diesem Sinne helfen wir einander.«

»Verstehe. Was habe ich falsch gemacht?«

»Dies ist ein Angebot.«

»Ein Angebot zur Verschwiegenheit?«

»Jeder hat die bestehende Ordnung zu respektieren, an ihrer Aufrechterhaltung mitzuwirken.«

»Was muss ich tun?«

»Vor allem nichts und schweigen. Sie sollten das System eigentlich kennen. Es ist drinnen und draußen so.«

»Was habe ich zu erwarten?«

Er sieht mir in die Augen. »Sicherheit.«

»Habe ich Bedenkzeit, bevor ich den Vertrag eingehe?«

»Nein.«

»Wieso nicht?«

»Durch den Einzug in eine der Wohnungen werden die Bedingungen automatisch anerkannt. Das wissen Sie doch.«

Der Gemüsehändler beobachtet mich aus den Augenwinkeln wie einen Ladendieb. Ich habe schon die dritte Kundin vorgelassen und betrachte alle Auslagen, als wären es Weltwunder. Ich hebe Möhren, Tomaten und Gurken hoch, schnuppere daran, nicht ohne meinen Blick durch das Schaufenster hindurch von dem schräg gegenüberliegenden Hauseingang zu nehmen. Helen, komm raus!

»Sie wünschen?«

Ich bin wieder dran. Es ist kein anderer Kunde mehr im Laden.

»Ich weiß noch nicht.« Ich tippe auf eine Gurke, nehme eine Kiwi in die Hand. »Haben Sie frische Kokosnüsse, also die grünen, meine ich?«

Er grinst und könnte jetzt Bruno Liebes Bruder sein. »Was wollen Sie?«

»Ich beobachte das Haus da drüben.«

Er kommt zu mir ans Schaufenster. »Ist ein guter Platz dafür. Machen andere Verrückte auch.«

»Bruno Liebe mit seiner Kamera.«

»Das wissen Sie?«

Ich nicke. Wir sehen schweigend aus dem Schaufenster.

Nach einer Weile poliert er mit dem Jackenärmel einige der Äpfel, die vor ihm in einer Kiste liegen.

»Sie wohnen auch dort?«

»Doch, ja.«

»Und worauf warten Sie?«

»Kennen Sie die anderen Hausbewohner?«

»Seit über zwanzig Jahren verkaufe ich hier an der Ecke

Obst und Gemüse. Schon deshalb muss ich jeden da drüben kennen, aber im Grunde weiß ich nichts über die.«

»Helen?«

»Lisa. Das arme Ding will immer einen anderen Namen haben. Hat so viele Mütter und Väter wie im Haus wohnen. Ich möchte nicht wissen, was die alles gesehen hat, als sie noch viel zu klein war, um alles zu sehen.«

»Meinen Sie, da sind schreckliche Sachen passiert?«

»Na ja, der Vater von ihr ist ja ermordet worden, wahrscheinlich hinten im Hof vergraben. Ich weiß ja nichts, aber manche Leute behaupten das. Andere sagen, er steht manchmal nachts vorm Haus, will wohl den Bruno umbringen. Wer weiß, wie viele Gräber da im Hof sind?«

Er nimmt sich eine Erbsenschote, öffnet sie und isst die einzelnen Erbsen. »Aber nichts Genaues weiß man nicht.«

»Und sonst?«

»Na, der Juwelier damals. Den zum Beispiel haben sie systematisch umgebracht. So oft überfallen, dass der nur noch mit blutigem Kopf bei mir vorm Tresen stand und Rote Bete kaufte als blutbildende Maßnahme. Ich hab zu ihm gesagt, ich weiß es ja nicht, aber die wollen dich nicht hier, du musst da ausziehen. Aber er wollte nicht auf mich hören. Na ja, und dann ist da der Doktor rein. Doktor, ha, wo er den Titel wohl herhat? Ich hab ja keine Ahnung, und ich will nichts Schlechtes über ihn sagen. Sind gute Kunden.«

Er zieht eine Möhre aus einem Bund und reibt sie an seiner Schürze.

»Und sonst noch?«

»Na ja, der General. Der macht den Polizisten hier und passt auf. Ich will gar nicht wissen, was der ausgefressen hat. General, von wegen. Aber mich dürfen Sie da nicht fragen.« Er tippt mit der Möhre gegen seine Stirn. »Und Bruno sagt, die Hälfte als Rabatt für die Hausbewohner wäre doch in Ordnung für den Service vom General. Machen alle Geschäfte in der Gegend mit. Kennen Sie die Geschichte mit Brunos Eltern,

Großeltern und so weiter? Geht mich ja nichts an, aber ich frage mich, wieso die alle auf die gleiche Weise verschwunden sind. Erzählt er ja jedem. Vielleicht stimmt es ja gar nicht.«

Er beißt in die Möhre, kaut, spuckt aus. Kleine rote Stückchen auf seinem Handteller. Er fährt mit der Zunge durch den Mund, die Zähne entlang, und betrachtet die Stücke, als wär's sein Zahnfleisch. »Bitter.«

»Und Thorsten Riebach?«

»O ja, habe ich lange nicht gesehen. Traurige Sache.« Er wischt die Hände unter der Schürze an der Hose ab.

»Wieso?«

»Haben Sie das damals nicht gelesen, ist noch nicht so lange her, da hat er seinen Freund im Streit fast totgeschlagen, mit einer Vase oder so was, ist aber freigesprochen worden, weil der ihm alles Geld geklaut und im Casino verjubelt hatte. Und Riebach stand da mit den Schulden. Was sollen denn da fünfzig Prozent, ich hab ihm die Tomaten gleich umsonst gegeben. War doch klar.«

Eine Kundin betritt den Laden. Der Gemüsehändler geht hinter seinen Tresen. »Bitte schön«, sagt er zu der Kundin.

»Danke schön«, sage ich. »Ich komme wieder.«

Der Händler winkt mit einem Salatkopf. »Im Grunde weiß ich nichts.«

Ich höre sie atmen. Hinter der Tür.

»Ich hab dich kommen sehen«, sagt sie.

»Machst du auf?«

Keine Antwort.

»Steckst du deine Finger durch den Briefschlitz?«

Sie lacht.

»Ich bin nicht der böse Wolf«, sage ich.

»Und ich habe keine sieben Geschwister, sondern nur einen Bruder.«

»Einen Bruder?«

Sie schweigt.

»Helen?«

Die Tür öffnet sich, erst einen Spalt, dann immer weiter. Sie steht hinter dem Türflügel. Sie trägt keine Scheuklappen. Ich gehe langsam hinein.

Sie schließt die Tür. Wir stehen uns gegenüber.

»Wo ist deine Mutter?«

Sie legt die Hände über die Augen. »Nicht sprechen.«

Sie geht ins Wohnzimmer, setzt sich. Ich nehme gegenüber Platz. Sie sieht mich an. Meine Hände zucken. Wenn ich nicht aufpasse, gehen sie allein hinüber zu ihr, um sie berühren.

Sie sieht mich an, und mir wird für einen Augenblick schwindelig. Wenn ich nicht aufpasse, fließt alles Blut aus meinem Gehirn in die Brust.

»Es tut richtig weh, wenn du mich so ansiehst.«

Sie öffnet den Mund, als könne sie nicht glauben, was ich gesagt habe.

»Du bist eine Krankheit in mir.«

Sie starrt mich weiter an.

»Ich liebe dich«, sage ich. »Mir wird wirklich ganz übel davon.«

Sie bedeckt mit beiden Händen die Augen. »Hast du was gesagt? Ich kann nicht hören, was du sagst, wenn ich dich ansehe. Ich verstehe die Worte nicht. Heute ist es besonders schlimm. An anderen Tagen geht es.«

»Gehen wir in dein Zimmer.«

Sie öffnet die Augen und geht voraus. Es ist dunkel darin, aber beim Türöffnen sehe ich einen Tisch mit zwei Stühlen, ein Bett und einen Schrank. Ich schließe die Tür.

»Wo bist du?«

Sie lacht und sagt: »Setz dich. Und sag mir, was du gesagt hast.«

»Zuerst hab ich gefragt, wo deine Mutter ist.« Ich taste mich zu dem Stuhl und setze mich.

»Im Laden. Sie kommt nicht.« Ihre Stimme ist neben mir.

»Warum hat sie dich in den Käfig hinter dem Laden eingesperrt?«

»Ich wollte es so.« Ihre Stimme kommt von einer anderen Stelle des Raumes.

»Es ist gut im Dunklen«, sage ich. »Es ist auch für mich einfacher.«

»Was hast du noch gesagt?«

»Ich habe gesagt, dass es mir wehtut, wenn du mich ansiehst.«

»Warum?«

»Weil ich dich liebe.«

Sie sagt nichts. Ich höre, wie sich setzt. Ihr Kleid raschelt. Dann ist es wieder still.

»Es ist wahr«, sage ich.

»Ich weiß«, sagt sie leise. Es kommt aus der entferntesten Ecke. »Aber es geht natürlich nicht. Ich bin keine Frau.«

»Was?« Ich denke an Thorsten, der behauptete, eine Frau zu sein.

»Ich meine, ich bin kein normaler Mensch. Ich kann, wenn ich sehe, nicht hören. Ich kann, wenn ich fühle, nicht sehen. Ich kann, wenn ich rede, nicht fühlen. Ich bin nie ganz da.«

»Es macht mir nichts aus.«

Sie schweigt so lange, dass ich glaube, sie ist nicht mehr da. Ich lausche nach ihren Atemzügen. Ich höre nichts.

»Helen?«

»Gib mir einen anderen Namen.«

»Warum?«

»Vielleicht kann ich dann eine andere sein. Für dich.«

»Ich will nicht, dass du eine andere bist.«

Ich kann nicht mehr sitzen. Ich stehe auf. Ich muss sie berühren, wenigstens ihre Hand greifen.

»Helen?« Ich gehe in die Richtung, aus der ihre Stimme kam.

»Bitte, kannst du für eine halbe Stunde weggehen?«

Ich schleiche das Treppenhaus hinunter, aber Claudia Kerner reißt die Wohnungstür auf. Sie hat auf mich gewartet.

»Herr Vogelwart, wir haben den Speicheltest vergessen.«

»Speicheltest?«

»Der Speichel wird im Moment der Abgabe von Ihrem Körper produziert. Er ist eine Momentaufnahme Ihres Zustands.« Sie geht voraus, führt mich in einen der kleinen Behandlungsräume.

»Ich weiß nicht, ob das jetzt der richtige Augenblick ist.«

»Fühlen Sie sich krank, haben Sie gerade gegessen oder etwas getrunken?« Sie hält mir eine Plastikschale hin.

»Nein, aber ...«

»Gut. Setzen.«

Wir sitzen uns gegenüber, sie hebt die Plastikschale in meine Kinnhöhe. »Los.«

»Was?«

»Speichel. So viel wie möglich. Da rein.«

Ich sammle ihn in der Mundhöhle. Es ist nicht besonders viel. Ich lasse ihn vorsichtig in die Schale fließen. Der größte Teil bleibt zurück, klebt am Kinn.

»Mehr.«

»Mehr?«

»Ja, mehr, mehr.«

Sie zupft mit der freien Hand am Ausschnitt ihres Kittels, lässt einen größeren Teil ihres Brustansatzes sehen. Ein zweites Mal fließt mein Speichel in die Schale.

»Mehr, mehr«, fordert sie. Sie streckt mir ihren Oberkörper entgegen. Der Stoff knistert, reibt sich an ihrer Haut. Es kommt mir vor, als würde ich gemolken.

Bruno steht in der Tür der Videothek.

»Gibt es den Plan mit der Bar noch?«

Er nickt. »Nun doch Interesse?«

»Kommt darauf an.«

»Mit der Flut kommen die Quallen in den Hafen«, sagt er. Er winkt, ich soll ihm in den Laden folgen.

»Innerhalb der nächsten zwei Wochen fängt der Umbau an.« Er holt unter dem Tresen einen Plan hervor, faltet ihn auseinander und streicht ihn glatt.

»Noch kann ich entscheiden zwischen der großen und der kleinen Lösung.«

»Wie soll sie den heißen?«

»Liebes Bar.«

»Und suchen Sie einen Partner?«

»Für die große Lösung, ja. Aber eigentlich waren Sie als möglicher Barkeeper angekündigt.«

»Dachte ich mir schon.«

»Und?«

»Ich muss mich noch entscheiden, ob es die große oder die kleine Lösung wird.«

Ich stehe neben dem Hauseingang. Karin Göring kommt heraus. Seit hundert Jahren kommen täglich Frauen wie sie aus dem Haus. Sie tragen eine Einkaufstasche in der Hand und einen weiten hellbraunen Mantel mit dunkelbraunem Pelzkragen. Sie stellen sich an den Rand des Fußweges, lassen die Arme sinken. Haus und Wohnung bestimmen nicht nur das Verhalten der Bewohner, sie haben auch, von Stockwerk zu Stockwerk, wachsenden Einfluss auf ihren Charakter, auf ihre Kleidung. Karin Göring steht am Straßenrand und spreizt die Arme etwas ab. Sie weiß das alles. Sie hat sich ergeben. Aber was sie jetzt tut, haben die anderen Frauen nicht getan. Sie protestiert auf ihre Weise.

Ich warte, bis sie sich übergeben und den Mund abgetupft hat, dann stelle ich mich ihr in den Weg.

Sie presst immer noch ein Tuch vor das Gesicht und nickt zur Begrüßung.

»Sie sollen noch mal abends kommen«, sagt sie. »Er will Ihnen seine Erfindung zeigen.«

Sie geht einen Schritt, dann wankt sie zur Seite, fast so, als wolle sie sich ein zweites Mal in den Rinnstein übergeben. Sie fängt sich. Der braune Mantel, die Glocke mit dem Pelzkragen, hält ihren Kopf aufrecht. Ihre Beine gehören einer Tänzerin auf einer Spieldose.

Hallo? Ich bin zurück.« Die Wohnungstür ist angelehnt. »Helen, ich bin's.« Ich gehe hinein. »Hallo.«

»Komm rein.«

Die Tür zu ihrem dunklen Zimmer ist angelehnt.

»Bist du da drin?«

»Ja. Komm rein, mach die Tür zu.«

Ich tue, was sie will, tappe wieder zu dem Stuhl. »Helen, ich ...«

»Psst.«

Ich warte.

»Jakob, ich will dir etwas sagen. Es ist wichtig. Ich denke, du musst es wissen. Ich habe mich entschieden. Es weiß niemand. Wenn ich hier im Dunklen sitze, bin ich in Wirklichkeit oft nicht da. Ich gehe dann durch das Haus spazieren. Ich besuche dich, wenn du mit Porsche am Küchentisch gebratene Eier isst. Ich bin oben beim General, sehe seine entsetzliche Maschine, stehe in der Wohnzimmertür, wenn du ihm gegenübersitzt und er mit seiner Zigarre eingeschlafen ist. Ich klebe an der Decke, wenn Bruno dir seinen Plan für die Bar zeigt und du ihn fragst, ob er einen Partner sucht. Verstehst du?«

»Du bist mir gefolgt?«

»Nein.«

»Verstehe, neulich, als ich oben bei Tamara Zimt war, habe ich schon gedacht, dass es überall Kameras gibt. Und dann die vielen Bildschirme bei Bruno im Zimmer. Er ist ja Spezialist. Stimmt, er hat gesagt, er hat von allen Bewohnern

Filme. Klar. Ich weiß auch, dass es eine Art Telefonzentrale geben muss.«

»Hör auf.« Sie schreit es fast. »Begreifst du denn nicht, es gibt keine Kameras!«

Ein langes Schweigen. Die Luft ist mit Sackleinen verhängt. Ein primitiver Irrgarten.

Ich will ihr nicht glauben. Ich fühle Spinnweben auf meinem Arm. Die Mauern sind aus dicken Quadern. Der Turm hat keine Fenster.

Es ist Unsinn, was ich denke. Ich zwinge mich, an ein großes Stück poliertes Aluminiumblech zu denken. Das hilft immer.

Jetzt verstehe ich. Sie kennt alle Gewohnheiten der Hausbewohner, sie weiß von ihren Plänen, und wenn in der Nachbarwohnung Eier gebraten werden, kann sie es riechen und sich die dazugehörigen Szenen vorstellen. Es geschieht immer das Gleiche in allen Wohnungen. Sie geht in ihren Gedanken durch das Haus spazieren und denkt, sie würde es tatsächlich tun.

Wenn sich Fantasie und Wirklichkeit untrennbar mischen, ist es eine Krankheit. Es ist nicht die Psyche, sondern ein Defekt im Gehirn. Das will sie mir sagen. Jetzt verstehe ich.

»Verstehst du«, sagt sie, »ich war die ganze Zeit bei dir.«

Sie will mich trösten.

»Ja«, sage ich, »aber ich will mich nicht damit abfinden.«

»Ich kann nicht anders.«

»Komm raus aus diesem Zimmer, raus aus der Dunkelheit, mir genügt die Fantasie nicht.«

Plötzlich spüre ich ihre Hand, ihren Atem in meinem Gesicht. Ihre Lippen berühren mich. Ist es Wirklichkeit? Bin ich pervers? Ist sie verrückt? Ich will keine Antworten.

Hallo«, sage ich und mache einen Schwenk in den Supermarkt. Ein bisschen Alltagsballett. Die Dame ohne Unterleib hat an der Kasse Dienst.

»Geben Sie zu, dass Sie früher in einem Zirkus gearbeitet haben«, sage ich und nehme mir eine Packung mit Pfefferminz.

»Und als was soll ich denn da gewesen sein?«

»Ich stelle mir vor, Sie haben auf einem weißen Pferd gesessen und hatten eine goldene Krone auf.«

»Danke«, sagt sie, »ich weiß, dass Sie nur nett sein wollen.«

»Ich bin nett. Wenigstens ab jetzt.«

Haben Sie es hingekriegt?«, fragt die Frau von der Reinigung. Sie putzt die Scheibe der Ladentür.

»Kein Problem«, sage ich. »Im Grunde ist der General ein netter Mensch.«

»Das meinen Sie nicht wirklich?«

»Doch, ich finde, eigentlich sind alle Menschen nett.«

Sie zieht die Brauen hoch und widmet sich wieder ihrer Scheibe. Ihr Gesicht wird rund, kriegt rote Wangen, als hätte sie gerade einen Apfel gegessen.

»Sie auch«, sage ich.

»Ich habe Vorschriften«, sagt sie.

Ich nehme ihr den Lappen ab und reibe einen Fleck weg, der gar nicht da ist. Dann drücke ich ihr das Putztuch wieder in die Hand. Ich sehe es an ihren Augen: Jetzt bin ich ein Wesen aus dem All.

Der Schriftzug »Katzengold« glänzt wie echt. Ich schirme mein Gesicht mit beiden Händen ab und blicke durch die spiegelnde Schaufensterscheibe. Im Laden ist Tamara mit ihrem Mann.

Vor Schreck nimmt mein Körper die Form eines Sackes an. Alles fließt nach unten, Kopf und Schultern werden immer dünner. War Mata zu Hause, während ich bei Helen war? Hat sie in einem der hinteren Zimmer gesessen und gelauscht? Geschah etwa alles mit ihrem Einverständnis?

»Ist Mata hier? Mata Krystof?«, frage ich von der Tür aus.

Tamara Zimt schüttelt den Kopf. Ihr Mann sieht nicht auf, er schreibt etwas auf einen Stapel Papiere, schiebt sie ihr hin. »Du wirst sehen, es ist alles geregelt.«

»Wo ist sie?«, frage ich.

Ihr Mann schiebt sich grußlos an mir vorbei. Ich betrete den Laden. Ein Vertrag liegt auf dem Tisch. Ich lege den Kopf schräg, um den Text zu lesen.

»Ich weiß nicht, wo sie ist.« Sie zupft an ihrer Unterlippe und sieht nach draußen. Ihr Blick fliegt einmal um die Erde und kommt zurück. »Wussten Sie eigentlich, dass Helen im Gefängnis geboren wurde?«

Sie nimmt den Vertrag auf, steckt ihn in eine Tasche.

»Was wollen Sie damit sagen?«

Sie geht zu einer Vitrine. »Wollen Sie was kaufen?«

»Nein.«

»Was wollen Sie dann noch hier?«

Zwei Straßen weiter habe ich Hans Zimt eingeholt. Ich folge ihm mit Abstand. Wahrscheinlich waren die Papiere, die er Tamara hingeschoben hat, eine Art Auseinandersetzungsvertrag. Die Übergabe im Laden war ein notwendiger Kontakt. Es wäre einfacher, er zöge aus der Wohnung aus, statt sie so kompliziert zu unterteilen. Aber vielleicht sind alle Wände nur Symbole seiner Verzweiflung. Jede neue Wand ist der Versuch, Tamara zurückzugewinnen. Viele tun das Falsche und wollen damit das Richtige erreichen. Krieg, um Frieden zu erzwingen.

Hans Zimt ist inzwischen der einzige Fußgänger vor mir, aber er sieht sich nicht um. Er führt mich zu einem Bürogebäude, betritt aber nicht den Vordereingang. Es gibt einen schmalen Durchgang nach hinten. Ein altes, mehrstöckiges Handwerkerhaus steht im Hof, renoviert und umgebaut für Büros. Ich warte einen Augenblick, bis er verschwunden ist, dann überquere ich den Hof. Der Eingang und das Treppenhaus glänzen in matter Edelstahlverkleidung. Die Schilder mehrerer Firmen befinden sich im Eingang. Eine heißt Zucker & Zimt, Partner. Darunter lese ich Agentur für Wirtschaftskommunikation.

»Suchen Sie was?« Ein Mann mit Latzhose und Besen steht neben mir.

»Zucker und Zimt«, sage ich.

»Zweiter Stock.«

»Was machen die?«

Er sieht nach oben, geht dann einen Schritt näher an die Hauswand. »Sie haben Glück, dass ich nicht gut auf den zu sprechen bin. Wissen Sie, was der macht?«

»Nein, das frage ich gerade.«

»Wenn der einen Hundehaufen sieht, tritt er rein und geht damit die Treppe hoch.«

»Und sonst?«

»Den Herrn Zucker gibt es gar nicht«, sagt er. »Nur den Herrn Zimt.«

»Dachte ich mir schon.«

»Und der Zimt hieß früher Komoriwski.« Er senkt die Stimme. »Der hat den Namen seiner Frau angenommen. Hans Komoriwski, verstehen Sie?«

Ich schüttle den Kopf. »Sagt mir nichts.«

»Das Komoriwski-Prinzip.«

»Was ist denn das?«

»Das war eine Goldgrube.«

»Komoriwski?«

»Ja, das war eine Art Horoskop für Aktien. Und er ist

dann verurteilt worden. War alles Betrug. Hat gesessen der Kerl, nicht nur deswegen, und jetzt tritt er in Hundescheiße. Schöne Karriere.«

Er nimmt seinen Besen, fegt vor meinen Füßen.

»Und was macht diese Firma?«

»Ich bin bloß der Hausmeister.«

»Was liegt denn so in deren Papierkörben?« Ich deute nach oben.

Der Hausmeister fegt ein Häufchen zusammen. »Dreck«, sagt er, »alle machen nichts als Dreck.«

Ich habe Lust auf einen Cappuccino. Liegt vielleicht an Zucker & Zimt. Ich spaziere zu dem Café, in dem ich zuletzt mit Thorsten saß. Dieselbe Kellnerin. Sie steht bei dem mageren Mann hinterm Tresen. Es geht beiden nicht besser. Ihre Wohnungen sind ein einziges Chaos. In den Küchen stapelt sich die schmutzige Wäsche, stinkt schon.

»Kennen Sie Thorsten Riebach?«, sage ich. »Ich war vor ein paar Tagen mit ihm hier.«

»Ich weiß, wen Sie meinen«, sagt die Kellnerin. Der Alkohol tröstet sie. Sie zeigt auf den Mann hinter der Theke. »Du, dieser Thorsten, du weißt doch, aus Liebes Haus?«

»Klar«, sagt er, »war heute Morgen hier, mit dem Dings. Kommt auch oft. Du weißt doch, er sitzt oft mit dem Dings zusammen. Wie heißt der noch?« Er nickt in Richtung Fenster. Der Alkohol bringt ihn um. »Da hat er gesessen.«

Ich drehe mich um. An einem der Fenstertische sitzt Mata Krystof. Mit einer kurzen Handbewegung befiehlt sie mir zu kommen.

Ich gehe zu ihr. Die Kellnerin folgt mir mit dem Cappuccino. Ich setze mich, löffle ein wenig von dem Schaum ab. Als die braune Flüssigkeit darunter erscheint, hebe ich die Tasse und probiere einen winzigen Schluck. Zu heiß. Der Dampf steigt auf. Wenn die Luft jetzt abkühlt, gibt es ein Gewitter.

Mata beobachtet mich stumm. Kein Wort bisher. Wäre auch alles falsch. Eine Fliege stürzt auf die Fensterscheibe zu, rammt sich den Kopf. Am Tresen lässt der Kellner einen Löffel fallen.

Ich finde einen Anfang: »Warum ist Helen im Gefängnis geboren worden?«

Sie lacht einmal kurz. »Woher wissen Sie das?«

»Tamara hat es beiläufig erwähnt. Es klang wie eine Drohung.«

»Sogar meine Hochzeit fand im Gefängnis statt, wenn Sie es schon wissen wollen. Drei Fliegen mit einer Klappe. Der Rumäne bekam dadurch seinen Pass, das Kind einen Vater und die Mutter ihre zweifelhafte Freiheit. Im Grunde hat es mir im Gefängnis gut gefallen.«

»Die Ehe war nur ...«

»So ist es.« Einmal mit der flachen Hand die Luft zerschnitten. Sie beginnt, an den Nägeln zu kauen.

»Der Rumäne ...«

»Lukas Krystof. Wollte tatsächlich den Ehemann spielen.«

»Wo kam der her?«

»Hatte Bruno vermittelt.«

»Warum waren Sie im Gefängnis? Darf ich das fragen?«

»Jeder macht mal Fehler. Meiner war, einen Mann zu lieben. Er musste mich nicht lange bitten, die Drogen zu transportieren. Ich war 19 Jahre alt und schwanger. Ich dachte damals, Frauen müssten so sein und für ihre Männer auch ins Gefängnis gehen. Und wissen Sie, was der gemacht hat? Nichts. Er war froh, dass er mich los war.«

Ich trinke meinen Kaffee. Sie verschweigt etwas. Sie redet so viel, um etwas anderes nicht sagen zu müssen. Ihr Blick wandert zwischen meinen Händen und meinem Gesicht. Sie wartet auf einen Fehler, darauf, dass Worte und Gestik nicht zusammenpassen.

»Helen ...«, sage ich, und sie unterbricht mich sofort. Die flache Hand wie eine Schneide.

»Es gibt keine Möglichkeit einer Beziehung zwischen Ihnen und ihr.«

»Nein?«

»Sie ist geistig behindert.«

»Ist sie das?«

»Das müssen Sie doch erkennen. Helen kann kein normales Leben führen.«

»Ich bin mir da nicht sicher.«

»Helen hat es Ihnen doch wohl gesagt. Ich hab es ihr überlassen. Sie sollte selbst den Schlussstrich ziehen. Jedenfalls habe ich alles mit ihr lange besprochen. Und sie hat es eingesehen, dass so etwas nicht geht. So vernünftig ist sie. Sie weiß um ihren Zustand. Sie werden sie nicht mehr sehen. Ist das klar? Unter gar keinen Umständen.«

Mir ist übel. Ich sitze auf der Toilette des Cafés, bin wieder 17 Jahre alt, und mir ist übel wie damals, als meine Freundin mir sagte, ich ekle sie an. Dabei hatte ich sie nur zwei Jahre aus der Ferne geliebt. Ihr keinen Grund des Ekels gegeben. Aber diesmal übergebe ich mich nicht. Jetzt brauche ich auch keinen Alkohol mehr, um mich wegzuschwemmen. Ich gehe auf die vierzig zu und weiß, dass nur Zeit vergehen muss. Ich sitze da und warte, aber mir wird nicht besser. So krank war ich noch nie. Gleich verliere ich den Halt auf diesem tiefgefrorenen Klobecken.

Alles, was Helen getan hat, war ein Abschiedsgeschenk. Ich versuche, mich zu erinnern, was sie gesagt hat. Jedes Wort, das mir wieder einfällt, ist plötzlich dunkel gefärbt, hat eine andere Bedeutung. Jedes Wort ist wie giftiger Sirup. Mein Körper nimmt die Form einer Birne an.

Ich werde mich in der Kloschüssel ertränken müssen. Es ist immer noch alles wie damals.

Die Senkrechtjalousien stehen auf hab Acht. Aus den Augenwinkeln sehe ich Claudia Kerner am Empfangstresen. Eine weiße Säule mit rosa Armen. Sie winkt mir, aber ich will sie nicht bemerken. Ich gehe ins Haus, die Treppe hinauf. Claudia Kerner entkomme ich nicht. Sie steht schon oben an ihrer Wohnungstür mit zwei Puddingtellern.

»Einen auch für Herrn Porsche.«

»Sie kennen ihn schon?«

»Habe ihn schon aufgenommen in die Datei.«

Ich nehme ihr die Puddingteller ab.

»Haben Sie nicht auch welche, die schöne Träume oder wenigstens eine Zeit lang bewusstlos machen? Könnte ich in meinem Zustand gut gebrauchen.«

Ich betrachte die beiden zitternden grüngelben Berge. Als ich mit meinem Blick wieder hochkomme, ist ihr Gesicht zerfurcht.

»Wie meinen Sie das?«

»Es wäre doch schön, wenn ein Pudding nicht nur mit seiner Süße tröstet, sondern gleich eine Droge enthielte.«

Ihr Gesicht glättet sich nicht mehr.

»Sie ... Was wollen Sie damit sagen?«

Ich habe sie offensichtlich in Verwirrung gestürzt. Sie tritt einen Schritt zurück in die Wohnung hinein.

»Kommen Sie«, sagt sie. Sie schließt die Tür hinter mir. Und ich denke, sie weiß von meinem Elend. Sie wird mir jetzt eine Droge geben. Einen Augenblick stehen wir uns in dem weißen Flur gegenüber. Sie betrachtet mich, dann sagt sie: »Lieber Herr Vogelwart.« Sie öffnet die Tür zu einem der vorderen Räume. Das Weiß endet hier, und alles wird rosa: Die Wände, die Ledercouch, der Teppich, sogar die Rosen auf dem rosafarbenen Tisch sind rosa. Ich stellte die Puddings darauf ab.

»Lieber Herr Vogelwart«, wiederholt sie. Ich soll mich auf das Sofa setzen. Das Leder quietscht unter meinem Hosenstoff.

Zum dritten Mal höre ich: »Lieber Herr Vogelwart.« Diesmal mit viel heißer Luft.

Sie setzt sich mir gegenüber und zieht an ihrem weißen Kittelsaum. Er wird nicht länger. Ich hab das Gefühl, wenn ich den Kopf etwas neige oder tiefer in die Polster rutsche, kann ich ziemlich weit gucken, was ich aber auf keinen Fall will. Neben mir liegt eine rosafarbene Decke. Ich reiche sie ihr. Aber sie weiß gar nicht, was sie damit machen soll. Sie legt sie weg. Dann leitet sie einen langen Vortrag erneut mit »Lieber Herr Vogelwart« ein.

Es geht um die Herstellung ihres Desserts. Sie nimmt keinerlei vorgefertigtes industrielles Material. Alle Bestandteile seien natürlicher Herkunft. Das sei ja gerade das Besondere an ihrem geplanten Buch. Außerdem probiere sie alles zuerst an sich selbst aus. Von Drogen könne überhaupt nicht gesprochen werden. Sie nennt eine Reihe mir unbekannter Substanzen.

»Interessant«, sage ich in einem Tonfall, als wenn es mich nicht besonders interessiert. »Und das Ergebnis?«

»Wundervoll«, sagt sie. »Sehen Sie selbst, was für eine angenehme, friedliche Hausgemeinschaft wir sind. Jeder ist für den anderen da. Nicht einmal Depressionen kommen vor, wenn man einmal von Karin absieht, die sich weigert, meinen Pudding zu essen.« Sie lacht laut. »Sie isst ihn aus Stolz nicht. Sie glaubt, sie könne bessere Nachspeisen machen.«

»Depressionen, aha«, sage ich. Ich nehme die beiden Puddings vom Tisch und gehe zur Tür. »Prima«, sage ich. »Wirklich prima.«

Sie lässt mich hinaus. Was ich nicht sage, ist, dass ich vorhabe, beide Puddings zu essen. Überdosis.

Ich stelle die Puddingteller auf der Fußmatte vor meiner Tür ab, dann gehe ich zu Krystofs Wohnungstür. Ich klingle. Ich will es einfach noch einmal hören. Ich muss. Nur einmal. Helen soll es mir ganz direkt sagen.

Niemand öffnet. Ich klopfe mit der Faust, lege mein Ohr an das Holz. Nichts. Kein Atmen dahinter, keine Schritte.

»Helen, mach auf.« Ich klingle noch einmal lang.

Porsche öffnet auf der anderen Seite. Er sieht die Puddings, beugt sich begeistert herab.

»Warte«, sage ich. »Vielleicht solltest du keinen davon essen.«

Ich folge ihm in die Küche. Er holt zwei Löffel aus der Schublade.

»Der kommt mir gerade recht«, sagt er und leckt sich die Lippen.

»Der Job?«

»Nicht gekriegt.«

Wir machen uns über den Pudding her. Ich suche die Droge darin. Aber erst auf den letzten Löffeln finde ich etwas Bitteres. Ein bisschen wie Metall. Porsche sagt: »Mehr davon.«

Ich gehe ins Bett.

»Jetzt schon?« Porsche sieht auf die Uhr.

»Ja«, sage ich. »Für immer.« Und: »Es geht um einen bestimmten verlorenen Traum.«

Ich träume nichts. Ich kriege die Tür nicht auf. Es ist nicht so, dass die Tür verschlossen wäre, sie ist einfach nicht aufzuschieben. Vielleicht ist sie zu schwer oder hängt fest. Oben oder unten öffnet sie sich einen Spalt, aber sie geht nicht auf. Bei den anderen Türen ist es genauso. Doch dann geht eine Tür auf, die ich gar nicht öffnen wollte, jemand kommt herein, macht Licht. Porsche und Claudia Kerner stehen vor meinem Bett. Claudias Hand besucht meine Brust unter der Decke, dann sagt sie: »Akuter FS-Mangel. Das war zu erwarten. Ein Zusammenbruch. Gut, dass Sie mich geholt haben.«

»Du hast immer gestöhnt«, sagt Porsche.

»Ich hab die Tür nicht aufgekriegt.«

Claudia Kerner füllt eine Flüssigkeit aus einer Flasche in ein Glas.

»Hochkonzentriert«, sagt sie.

Ich muss es trinken.

»Das hilft«, sagt sie.

Ich bin wach. Es ist dunkel. Ich kann nicht mehr schlafen. Ich fange an, mir Szenen mit Helen auszudenken. Ich höre mich mit ihr reden. Sie glaubt mir, dass ich ein guter Mensch werden will. Ich will sie auf eine Insel mitnehmen. Ja, sagt sie, eine Insel ist genau das Richtige. Inseln sind wie Uhren, jede misst ihre Zeit für sich.

Es ist kurz vor Mitternacht.

Ich stehe auf. Porsche ist vorn auf dem Sofa eingeschlafen. Er schnarcht. Ich ziehe mich an und gehe das Treppenhaus hinunter. Auf jedem Absatz bleibe ich stehen und lausche. Es ist absolut ruhig. Auf den Straßen versiegt der Verkehr. Nur noch eine einzige schwarze Limousine mit verdunkelten Fenstern flüstert mit dem Asphalt. Niemand begegnet mir. In den Läden schaltet die Automatik die Beleuchtung aus. Auch die Straßenlaternen werden dunkler. Für einen Moment stellt die Stadt sogar ihr Rauschen ein. Kein Motorengeräusch.

Ich öffne die Kneipentür. Mit voller Wucht trifft mich der Qualm, der bittere Bierdunst, das Paarungslachen und babylonische Wortfetzen. Die lebenden Toten feiern ihr nächtliches Fest. Ich bin willkommen. Wo sind deine vier Frauen? »So gut wie tot«, sage ich. Nun gehöre ich dazu.

Ich trinke hastig. Das Bier macht mir meinen Nachbarn am Tresen zum Freund. Der Morgen graut uns. Wir stützen uns gegenseitig. Bloß weg. Wenn das Licht erst einmal über die Häuser kommt, beißt es.

»Wo wohnst du denn?«, frage ich und kann meine Zunge dabei nicht bewegen.

»Um die Ecke. Und wo wohnst du?«, antwortet er.

»Hier.«

Er lässt mich los, ich falle fast, stütze mich mit beiden Händen auf die Stufen vor dem Hauseingang.

»Hier?«, sagt er. »In dem Mörderhaus.«

»Was?«

»Weißt du es nicht? Die Hausbewohner haben damals gemeinsam einen Mann umgebracht. Einen Polen oder Rumänen. Und dann haben die sich alle über seine Frau hergemacht. Und es hat gebrannt.«

»Ehrlich? Wann war denn das?«

»Schon länger her. Aber es ist wahr.«

»Wirklich?«

»Sagt man jedenfalls.«

Der Schreck im Spiegel jagt mich immer wieder in die Dunkelheit des Schlafzimmers. Ich liege den ganzen Tag im Bett, schlafe, wache, zerfließe, verliere meine Form, sammle meine Teile zusammen, nur um sie wieder zu verlieren. Dann liege ich reglos, lasse meine Augen austrocknen und warte, dass mich jemand bedauert.

Ich muss tiefer geschlafen haben, denn plötzlich steht neben meinem Bett ein Glas mit Flüssigkeit. Darunter ein Zettel: »Gegen den Kummer – Kerner«, lese ich und trinke. Leicht süßlich. Im Grunde sind die beiden Kerners doch nett, denke ich. Wenigstens machen sie sich Sorgen um mich.

Als es dämmert, stehe ich auf, esse eine Tafel Schokolade und bin gesund. Ich habe alles überstanden. Morgen ziehe ich aus. Porsche kann die Wohnung haben. Er sollte sie sowieso bekommen, denn inzwischen müsste allen klar sein, dass ich eine Verwechslung bin. Wie Porsche stand ich mit meinem Karton vor der Tür und war auf der Suche nach Thorsten. Und genau so hatte Thorsten mich bei Bruno angekündigt, ein Mann mit einem Karton, kommt direkt aus dem Gefängnis. Nur hatte Thorsten Porsche gemeint.

Ich nehme das Glas und denke, ich bringe es den Kerners mit Dank zurück. Ich öffne die Wohnungstür und stoße fast mit Karin Göring zusammen.

»Wollten Sie zu mir?«

»Nein – doch ja, natürlich.« Sie bleibt so nah an meiner Türöffnung stehen, dass ich nicht hinauskann. »Ich soll Sie schon nach oben bringen. Der General, er möchte Ihnen doch etwas zeigen. Etwas Wichtiges.« Sie rührt sich nicht von meiner Fußmatte.

»Heißen Sie wirklich Göring?«, frage ich.

»Was?« Sie scheint mich nicht zu verstehen.

»Göring.«

»Oh«, sie lacht, als würde ich sie quälen. »Nein, natürlich nicht, es ist nur ein Scherz des Generals.«

»Gut, ich komme«, sage ich. »Ich bringe nur schnell das Glas zurück.

»Nein. Nicht.«

»Ich bin sofort wieder oben.«

»Sie müssen unbedingt sofort mitkommen.«

»Was ist passiert?«

»Bitte, es ist sehr wichtig.«

»Gut. Mach ich.«

Sie macht mir Platz, die Wohnung zu verlassen. Ich gehe zur Treppe, hebe das Glas. »Bin gleich wieder da.«

»Bitte nicht. Bitte.«

»Ich soll auf keinen Fall ...«

Sie nickt.

Ich springe die Treppen hinunter, rüttle an Kerners Tür. Verschlossen. Ich verlasse das Haus. Der Praxiseingang ist offen. Als ich eintrete, verstummt das Gespräch. Die Wartestühle sind alle besetzt. Bruno Liebe sitzt da, der General, Tamara Zimt, Mata Krystof, die beiden Kerners und Wolf. Alle haben sie ein Blatt Papier in der Hand. Ich stelle das Glas vorsichtig auf den Tresen, schiebe es langsam ein Stück nach hinten. Alles, um die Stille noch ein wenig zu genießen.

»Danke«, sage ich, drehe mich um und zähle stumm an den Fingern ab. Laut sage ich: »Es fehlen drei.«

Karin steigt mir voraus die Treppe hoch. Ihre Strümpfe haben eine Farbe, dass ich mir vorstelle, ihre Beine sind aus Holz und mit langen Bolzen und Flügelschrauben unter ihrem Rock an einen Block geschraubt. Vielleicht wird ihre Nase länger, wenn sie lügt.

»Tut mir Leid«, sage ich. »Jetzt haben Sie Ihren Posten nicht richtig ausgefüllt. Sie sollten doch verhindern, dass ich die Versammlung störe.«

»Wie kommen Sie denn auf so etwas?«

Sie führt mich in die Essig-Wohnung, in das Zimmer mit den dicken Sesseln, das ich bereits kenne. »Nehmen Sie Platz, der General kommt gleich.«

Sie verlässt das Zimmer. Ich beobachte Sie durch den Türspalt. Sie geht in eines der hinteren Zimmer. Ich schleiche ihr den halben Flur nach, höre, wie sie ein Telefon bedient. Dann sagt sie: »Er ist da.«

Nach kurzer Pause sagt sie: »Er ist wirklich hier. Er wartet.« Dann legt sie auf. Ich husche zurück, nehme den Platz ein, den letztes Mal der General hatte.

»Kaffee«, rufe ich laut, »wäre ganz nett, Frau Göring!«

Ich sinke in den Sessel, bis ich meinen Kopf wie der General auf den Rand legen kann. In dieser Haltung sieht man durch die Fenster keine Dächer mehr, nur noch den Abendhimmel. Zwischen den Pulverdampfwolken leuchtet es rot wie über einem Schlachtfeld.

Ich gebe nicht auf. Ich werde das Haus nicht verlassen, ich will gewinnen. Irgendetwas muss ich gewinnen.

Karin Göring kommt mit Häubchen, Schürze und Silbertablett. Ihre Hände zittern beim Servieren der Tasse, als wüsste sie um meine Entschlossenheit.

Der General hat sich das steinerne Gesicht von einem Soldatendenkmal geliehen. Er gießt mir Rum in den Kaffee und sich selbst etwas davon in ein Cognacglas. Er bleibt stehen, nimmt sein Glas, hält es hoch, so dass ich einen Augenblick überlege, ob ich auch aufstehen muss. Aber dann geht er zum Fenster, räuspert sich und beginnt, eine Rede zu halten:

»Ich danke Ihnen und freue mich, Herr Vogelwart, dass Sie zu mir gekommen sind. Eines der großen Probleme unserer Armee sind die menschlichen Schwächen und Leidenschaften. Als Schriftsteller wissen Sie ja ein Lied davon zu singen. In jedem Land der Welt stellen die Militärs immer wieder fest, dass Opferbereitschaft und Disziplin die niederen menschlichen Triebe nie vollständig unterdrücken können. In so genannten Friedenszeiten, die es, wie wir alle wissen, nicht wirklich gibt, ist das alles weitgehend steuer- und beherrschbar und nur Stoff für Romane. Aber, lieber Herr Vogelwart, was, wenn die heiße Phase des Konfliktes ausbricht? Wohin mit den Triebkräften des einfachen Soldaten, auf dessen Zuverlässigkeit jetzt besonders gebaut werden muss?« Er macht eine Pause. Worauf läuft seine Ansprache hinaus? Heißt es, ich soll meine Finger von Helen lassen? Wenn das stimmt, dann bedeutet es, dass sich Helen keineswegs von mir verabschiedet hat.

»Stellen Sie sich einen Soldaten vor, lieber Herr Vogelwart, der bei einem wichtigen und eiligen Kampfauftrag durch ein Dorf kommt, und am Straßenrand steht ein hübsches Mädchen und winkt ihm freundlich zu. Sein Hormonspiegel steigt und so weiter und so weiter. Eine Katastrophe. Während er nach wochenlanger Entbehrung seinen Triebkräften folgt, was sage ich, folgen muss, erobert der Feind die Heimat, vergewaltigt die Frauen, vielleicht sogar die Geliebte dieses Soldaten, der sich seinen Trieben zum falschen Zeitpunkt hingegeben hat.«

Er schlägt mit der Faust auf die Fensterbank, dreht sich auf dem Absatz um und sieht mich an. »Verstehen Sie, Herr von Vogelwart?«

Dass er mich adelt, ehrt mich. Aber im Grunde verstehe ich noch nicht ganz, was er meint. Bin ich der Vergewaltiger, während sich Helens Geliebter bei den Soldaten befindet? Heißt das, Helen hat einen Freund, und der ist weit weg?

Der General geht zu einem Sessel, stützt sich von hinten mit beiden Händen darauf ab. Ich stehe auf, gehe zum Fenster. Es ist an der Zeit, dass ich ebenfalls eine kleine Rede halte. Ich räuspere mich:

»Lieber General, ich danke Ihnen für Ihre Worte, ich begreife, was Sie sagen wollen. Und doch gibt es einen Punkt, den Sie nicht erwähnt haben, aus welchem Grund auch immer. Es ist die Frage nach der Position der Frau. Ist nicht ihre Entscheidung, möge sie am Wegesrand stehen und winken oder zu Hause geblieben sein, bei allem auch einer Würdigung zu unterziehen? Die Frau als selbständiges Wesen ...«

Er bemerkt meine Ironie, unterbricht mich mit einer Handbewegung.

»Die Frau, die Frau, die Frau! Reden wir doch Klartext. Im Augenblick der entfesselten Triebkraft geht es doch gar nicht um ihre Persönlichkeit, ihre Individualität. Ich bitte Sie, seien Sie ehrlich. Sie sind ein Mann!«

»Sie darf nichts dazu sagen?«

»Sie kann, lieber Herr Vogelwart, froh sein, dass sie entlastet und geschont wird. Kommen Sie!«

Er marschiert den Flur entlang. Eine Tür mit doppeltem Schloss. Er zieht die Schlüssel an einer Kette aus der Hosentasche. Und plötzlich hab ich das Gefühl, wir haben aneinander vorbeigeredet.

»Sie sehen jetzt meine Erfindung«, sagt er, legt mir die Hand auf die Schulter. »Ich rechne mit Ihrer Verschwiegenheit, noch habe ich kein Patent dafür.« Er öffnet die doppelte Tür, lässt mich in der sauren Luft vorgehen. Er schaltet ein rotes

Licht an. Vor mir liegt in einem Bett eine Art Puppe, menschengroß, eine künstliche Frau mit einer Haut in Tarnfarben.

Nach einer kurzen schweigenden Andacht erklärt er mir die Funktion der unförmigen Puppe. Alles ohne Strom. Stolz in der Stimme. Ich sehe mich um. Der Raum ist mit dicken Vorhängen verhängt, die Wände scheinen gepolstert. Er redet. Ich versuche, mich der Tür zu nähern. Wenn man hier drückt, führt er vor, schließen sich die Arme über dem Benutzer. Ich erreiche die Tür, kann notfalls fliehen. Wenn man dort drückt, demonstriert er, schließen sich die Beine. Ich verstehe nicht mehr, wie ich auf den Gedanken kommen konnte, er rede von Helen. Wenn man das Kinn hochdrückt, er lacht, öffnet sich die Mechanik.

»Fühlen Sie mal, besser als all diese Dinger zum Aufblasen.« Er klopft ihr auf die Schenkel.

»Danke, glaube ich gern.«

»Ich habe im Konfliktfall einen Bedarf von über 5000 Stück bei unserer Armee errechnet.«

»Toll.«

»Ich überlasse Ihnen meine Simone gern für fünf Minuten.«

»Simone?«

»Die Frau muss einen Namen haben. Ich lasse Sie gern allein mit ihr.«

»Lieber nicht.«

»Nun drücken Sie sich nicht wie ein Pennäler an der Wand lang. Keine falsche Scham. Kommen Sie, fassen Sie wenigstens mal an. Man hat das Gefühl, der Körper wäre warm. Das ist der Trick meiner neuen Kunststoffmischung.«

»Glaube ich gern.«

»Los, schätzen Sie mal die gefühlte Temperatur. Damit ich Ihre Einschätzung in meine Tabelle eintragen kann.«

Er nimmt einen Ordner von einem kleinen Tisch. »Los!«

Ich nähere mich, berühre den Schenkel.

»Am Bauch natürlich! Machen Sie schon.«

Ich strecke meine Hand. »Ich würde sagen zwanzig ...«

Im gleichen Moment bekomme ich einen Stoß, falle über die Puppe, ihre Arme und Beine schließen sich über mir.

Der General lacht. »Ich lasse Sie mal allein. Machen Sie keinen Unsinn.«

Ich kann mich nicht befreien. Die Mechanik funktioniert nicht. Die Puppe hat mich fest im Griff.

Der General verschließt die Tür hinter sich. Mein Protest erstickt im künstlichen Busen.

Je mehr ich zapple, je mehr ich mich bewege, umso fester hält mich die Puppe. Der Schweiß schießt mir aus den Poren. Ich schreie. Niemand wird mich hören. Der Raum ist isoliert. Ich rutsche auf den Kunststoffwölbungen im eigenen Schweiß hoch und runter, schaffe es nicht, aus den Umarmungen und Umbeinungen herauszukommen. Die zerfließenden Körperformen der Monsterfrau geben auch noch stöhnende Geräusche von sich.

Endlich gelingt es mir, meine Hände aus der Umklammerung zu lösen. Ich drücke gegen ihr Kinn, aber die Mechanik löst sich nicht. Es scheint mir eher, dass die Klammern sich enger schließen und den Raum einnehmen, den meine Arme freigaben. Ich taste in alle Richtungen, so weit ich komme. Ich drücke gegen den Bettkasten, versuche, die Puppe davon zu lösen und in ihrer Umklammerung aufzustehen. Aber das ganze Bett ist Bestandteil der Puppenmechanik. Beides ist fest verbunden. Ich komme nicht los. Für einen Moment reiße und drücke ich wütend, ohne Rücksicht darauf, ob ich mich verletze, an meinem Gefängnis. Das Ergebnis ist ein heftigeres Stöhnen des Apparates, ein noch stärkerer Druck der Stahlarme auf meinen Brustkorb.

Erschöpft kommt mir der Gedanke, dass diese Erfindung des Generals wohl zugleich als Gefängnis und Folter gedacht ist. Er hat mir seine Simone nicht als Frauenersatz angeboten, sondern sie ist die Wärterin meines Kerkers. Jetzt sitzen die Hausbewohner wahrscheinlich wieder alle zusammen und überlegen, wie sie mich bestrafen und aus ihrem Organismus entfernen, denn zweifellos bin ich ein Schädling im Haus.

Mein Atem beruhigt sich. Ich beginne, systematisch den Körper zu untersuchen. Mit den Händen greife ich in Simones Mundhöhle, bohre Finger in ihre Nase und Ohren, ziehe daran, drehe den Kopf in alle Richtungen. Nichts, kein Klicken, das die Verriegelung löst. Ihre glatte Haut quietscht unter meinen feuchten Händen. Ich taste abwärts, so weit ich es kann, drücke Schultern, in den Achselhöhlen, die Hüften, greife unter mich. Die Brüste erreiche ich nicht, aber den Bauch. Ich untersuche das Kunstfleisch, komme bis zwischen ihre Beine. Keine verborgene Mechanik ist fühlbar. Nichts geschieht.

»Fertig?«

Ich zucke zusammen, drehe den Kopf. Karin Göring steht mit Schürze und Häubchen neben dem Bett. Ich hab nicht bemerkt, wie sie hereingekommen ist.

»Wie war's?«, fragt sie.

Ich versuche ihr zu erklären, wie ich in diese Lage gekommen bin. Nicht aus freiem Willen. Sie sagt nichts, sieht auf mich herab. Ich bin ein misslungenes Experiment.

Ich schildere ein zweites Mal den Hergang. Sie sieht nur auf mich herab und hebt dabei den Kopf. Ich kann von meinem Gefängnis aus nur vermuten, dass ihre Mundwinkel sich nach unten biegen. Möglicherweise sammelt sich bereits der Speichel in ihrem Mund, und ihr Magen bereitet sich darauf vor, seinen Inhalt zu übergeben.

»Verdammt«, sage ich. »Ich komme nicht los.«

Sie gluckst, schluckt.

»Nun befreien Sie mich schon.«

»Ich weiß nicht«, sagt sie, »wenn der General es so wollte.«

»Dann holen Sie ihn.«

»Er ist in seinem Sessel eingeschlafen.«

»Dann wecken Sie ihn.«

Sie schüttelt den Kopf. »Niemals.«

»Ich schreie das Haus zusammen.«

Sie lacht nach innen. Dann geht sie in die Knie. »Hören Sie, ich bin der Überzeugung, der General weiß genau, was er tut. Es besteht die Möglichkeit, dass wir sein Handeln nicht begreifen, aber dass es durchaus richtig und angemessen ist. Verstehen Sie, wir sind einfache Soldaten, das Denken ist nicht unsere Sache. Ich kann Sie nicht einfach gehen lassen.«

»Aber ich bin gefangen. Ich werde gefoltert. Ich berufe mich auf die Menschenrechte. Die Vereinten Nationen. Selbst die Genfer Konvention erlaubt das nicht. Haben Sie kein Herz?«

»Wenn Sie mir versprechen, mit mir in die Küche zu kommen und hier in der Wohnung zu bleiben.«

»Sicher.«

»Sie sind schon einmal weggelaufen, als ich den Befehl hatte, Sie mitzunehmen.«

»Ich verspreche, ich bleibe hier.«

Sie greift unter das Bett, zieht einen Hebel. Mit einem Seufzer lässt mich die Puppe los.

Die Küche ist ein Museum. Alles, was darin steht, installiert ist, stammt aus der Zeit, als das Haus gebaut wurde, muss über hundert Jahre alt sein. Ich gehe durch den Raum, betrachte und betaste die Einrichtung, Geräte, deren Funktionen mir zum Teil unbekannt sind.

»Was ist das?«, frage ich mehrmals. Karin Göring lächelt nur, will ihr geheimes Reich für sich behalten.

Ich entdecke die Quelle der sauren Luft. Auf dem Küchenschrank eine Batterie von Essigflaschen. Karin Göring macht Kaffee auf einem kleinen runden Kocher, in dem Heizschlangen leuchten wie glühende Würmer von einem fremden Planeten. Er steht auf einem alten Kohleofen, der noch Wärme ausstrahlt.

»Wie alt ist das Gerät?«

»Etwa von 1912. Es war einer der ersten elektrischen Kocher.« Sie lächelt über mein Erstaunen. »Die Küche ist mein Hobby.«

»Haben Sie keinen Kühlschrank?«

Sie öffnet einen Holzschrank, der innen mit Zinkblech ausgekleidet ist. Oben lagern richtige Eisbarren. »Dieser Kühlschrank«, sagt sie, »ist leider nur von 1938. Aber noch ohne Strom.«

Ich setze mich an einen kleinen Tisch mit einer grünen Linoleumeinlage. Sie holt ein Spitzendeckchen aus dem Küchenschrank, legt es vor mich. »Weil Sie es sind.«

Diesmal bekomme ich zum Kaffee ein Stück Marmorkuchen.

»Sie glauben ja gar nicht, wie schön es ist, Kuchen zu backen, wenn man dazu erst einmal einen Ofen mit Holz und Kohle anheizen muss. Richtiges Feuer. Ich bin nicht gegen die modernen Dinge. Aber bei meiner Tätigkeit steht am Ende das Gefühl einer tiefen Befriedigung, wie es eine so genannte moderne Hausfrau niemals erlangen kann.«

»Apropos Befriedigung.« Ich nehme einen Schluck Kaffee. »Diese Maschine nebenan ...«

»Ach, lassen Sie doch ...« Sie zuckt mit den Schultern und gluckst.

»Ich kann das verstehen. Es kann für Sie nicht einfach sein, das auszuhalten. Ich habe Sie beobachtet; wenn Sie das Haus verlassen, übergeben Sie sich regelmäßig.«

»Ach«, sie winkt ab, »das tue ich doch nur, um schlank zu bleiben.«

»Wie?«

»Mein Gott, ich esse so viel. Ich bin ja immer am Kochen und Zubereiten. Gucken Sie sich meine Hüften an. Deshalb.

Und bevor ich gehe, nehme ich etwas ein. Ein Hausmittel. Nicht von diesen Kerners. Keine von deren Arzneien.«

»Aber ich verstehe nicht, wieso übergeben sie sich draußen in den Rinnstein?«

»Aus hygienischen Gründen natürlich.«

Sie bereitet Gemüse zu, wäscht Möhren, bürstet sie, als wären es kleine Puppen und sie die Puppenmutter. Dann zerschneidet sie Paprikaschoten, nimmt sie mit Chirurgenfingern aus und teilt sie mit einen Skalpell in schmale Streifen. »Kennen Sie die Paprikasuppe von General Rommel?«

»Was? Nein.« Ich überlege, wie es mir gelingen könnte zu verschwinden.

»Man tut Sand hinein, Sand ist ja sowieso gut für die Verdauung.«

»Ehrlich?«

»In einem Hühnermagen finden Sie immer Sand.«

»Ach so.«

Sie füllt einen Topf mit Wasser.

»Warum waren Sie nicht bei der Besprechung der Hausbewohner?«, frage ich.

»Ach.« Sie packt große Zwiebeln aus.

»Worum ging es bei der Besprechung bei Kerners?«

»Zwiebeln bringen Licht in den Körper. Da ist es ja sonst ganz dunkel drin.«

»Hatten Sie den Auftrag, mich fern zu halten?«

»Was wollen Sie?« Sie schält die Zwiebeln. »Ich muss mich jetzt auf meine Arbeit konzentrieren.«

Von oben kommt laute Musik. Eine paar dumpfe Takte biegen die Decke durch.

»Diese Idioten. Immer, wenn der General schläft.« Sie droht mit einer Zwiebel in der Faust in die Höhe.

»Wer ist das?«

»Wolf Liebe.«

»Wolf Liebe? Liebes Sohn? Matas und Brunos Sohn?«

Sie hält sich die Hand vor den Mund. »Das wussten Sie nicht?«

»Und wer wohnt da noch?«

Sie schneidet die Zwiebeln halb durch und schüttelt den Kopf.

»Sie sagten, diese Idioten. Plural.«

»Sein Freund. Er hat einen Freund. Mehr nicht.«

»Hab ich noch nie gesehen.«

»Dann hat das wohl seine Richtigkeit.«

»Und wann ist denn dieser Wolf geboren worden? War da der Mann von der Mata noch da?«

»Bruno hat den Wolf adoptiert.«

»Und Mata? Ist Mata wirklich Helens Mutter?«

Sie zieht die Nase hoch. »Sie haben wohl mit dem da unten gesprochen?« Sie zupft ein Taschentuch aus ihrer Schürzentasche.

»Wer da unten? Ganz unten?«

»Was Sie alles wissen wollen, das ist doch nicht normal.«

Sie kann nicht weitersprechen, wischt sich die Augen, schnäuzt sich.

»Zwiebeln«, sage ich, »schneidet man unter Wasser.«

»Schlauberger«, sagt sie mit verstopfter Nase. »Und wo bleibt der Geschmack, wenn man alles dabei abwäscht?«

Das Wasser stürzt ihr aus den Augen. Ich bin noch ganz Fragezeichen. Den Punkt muss ich noch machen.

»Und was ist dran, dass Mata tot ...«

»Gehen Sie schon! Ich werde sagen, Sie hätten sich befreit.«

Ich stehe auf. »Ist es wahr?«

»Gehen Sie!«

Ich sehe ihr in die Augen, und für einen Moment denke ich, das Wasser kommt nicht von den Zwiebeln, es kommt von etwas anderem Ähnlichen, mir Unbekanntem.

Ich betrachte die Kinderzeichnung an der Tür im Dachgeschoss.

Das Tier in der Mitte kann ich trotz der Unbeständigkeit der Formen als Wolf deuten. Wolf Liebe steht da zwischen einem Mann und einer Frau. Er streckt seine Hände aus, erreicht aber weder den Vater noch die Mutter. Sie wollen ihn nicht. Vielleicht bedeutet es auch, dass er zwischen ihnen steht, dass sie seinetwegen nicht zusammenkommen können. Dieses schwarze Tier, das Ungeheuer, seine zerrissene Gestalt ist Ausdruck seines Zustands. Die Kinderzeichung ein Dokument, eine Mahnung.

Ich lege mein Ohr an die Tür. Die Musik ist leise. Alte Schlager. Zwei Männerstimmen. Eine kommt näher. Schritte. Ich schleiche hastig zur Treppe, gehe am Rand, da, wo es nicht knarrt, hinunter. Wolfs Tür wird geöffnet. Ich gehe rasch hinunter, ganz nach unten, und kann dann so tun, als ob ich gerade hochkomme. Ich höre seine Schritte und will ihm doch lieber nicht begegnen. Ich drücke mich in die Dunkelheit des Kellerabgangs, und plötzlich weiß ich, nein, ich höre es an der Schwere und dem Tempo seiner Schritte, dass er in den Keller will. Er hat angefangen zu pfeifen.

Ich taste rückwärts tiefer in die Dunkelheit. Da unten kann ich mich vielleicht verstecken. Und dann stoße ich auf einen weichen, warmen Körper, der dort auf mich gewartet hat. Er stoppt meinen Schrei mit seiner großen schwarzen Hand.

Wenn man sich an das wenige gelbe Licht gewöhnt hat, sieht man sogar die Holzwürmer an seinen Möbeln nagen. Carlos hat mich in seinen Raum gebracht. Ich sitze ihm gegenüber. Er lauscht ins Haus. Ich warte, dass die Holzwürmer ihr Werk vollenden.

Wolf ist uns nicht gefolgt.

»Was macht er da?«

Wolf muss noch oben im Treppenhaus stehen, das typische

Geräusch der zufallenden Haustür ist noch nicht gekommen.

Carlos legt den Finger an die Lippen und fixiert die Tischplatte. Nach einer Weile sieht er mich an.

»Wo ist er hingegangen?«, frage ich.

»In Liebes Wohnung. Hört man doch.«

»Was macht er da?«

»Er hat noch ein Zimmer da.«

»Seinen Freund, oben unterm Dach, den habe ich noch nie gesehen.«

»Was?« Er glaubt mir nicht.

»Ja. Wer ist das?«

Er antwortet nicht, sein Kopf sinkt nach unten. Ich weiß nicht, ob er lauscht oder dabei ist einzuschlafen. Plötzlich kommt er wieder hoch und sagt: »Bruno ist schon in Ordnung, halbwegs.«

»Und Mata?«

Er legt den Finger an den Mund und dreht die Augen nach oben.

»Jetzt geht Wolf in die Küche.«

»Das hören Sie?«

»Sicher.«

»Und weiter oben?«

»Höre ich alles.«

»Was ist mit Mata?«

»Nicht zu Hause. Dort ist alles ruhig.«

»Ich meine, sie ist nicht Helens Mutter?«

»Nein, ist sie nicht.«

»Wieso nicht?«

»Ausgetauscht.«

»Warum?«

»Damit Helen eine Mutter hat. Die neue Mata sah der alten Mata verdammt ähnlich. Jetzt ist aber genug.« Er steht auf. »Kommen Sie. Wolf ist durch den Laden und hat das Haus verlassen.«

»Woher wissen Sie das?«

»Wenn man im Dunklen wohnt, hört man besser.«

Er begleitet mich den Kellergang entlang bis zum Fuß der Treppe.

»Wo ist dann Helens Mutter?«

»Der Weg ist frei«, sagt er. »Sie können Ihren Freund jetzt besuchen.«

»Meinen Freund?«

»Ach.« Er winkt ab und kehrt um.

Es ist dunkel in mir. Wolf ist vor dem Haus nicht mehr zu sehen. Möglicherweise ist er wieder zu Tamaras und Matas Laden unterwegs. Scheiben einwerfen.

Ich setze mich auf die Treppe vor den Hauseingang. Ich schrumpfe. In Kerners Praxis wird das Licht ausgemacht. Die Tür öffnet sich. Claudia kommt heraus und trägt einen Karton.

»Guten Abend«, sage ich. Sie nickt.

»Es tut mir Leid, wenn ich vorhin in die Besprechung geplatzt bin. Es ging um mich, nicht wahr?«

Sie lächelt, stellt ihren Karton ab. Gläser klirren darin. »Welche Besprechung?«

»Ach, schon gut.«

Sie zieht ein Schlüsselbund aus der Tasche. »Sie glauben, alles dreht sich um Sie?«

»Na ja.«

Sie schließt die Praxistür ab. Jetzt erst entdecke ich ihren Mann. Er steigt aus einem großen Wagen, der am Straßenrand geparkt ist, und öffnet den Kofferraum. Ich hebe die Hand zum Gruß.

»Fahren Sie weg?«, frage ich.

»Ja, wir sind für einen Tag in unserem Landhaus.«

»Und was ist, wenn ein Notfall ist?«

»Übermorgen früh wieder.« Sie nimmt den Karton auf.

»Wenn es Ihnen wirklich schlecht geht«, sie kommt einen Schritt auf mich zu. Ich stehe auf, um in den Karton zu sehen, der sich oben geöffnet hat. Einmachgläser und eine Reihe Thermoskannen.

»Wenn es Ihnen wirklich schlecht geht, dann haben Sie es auch verdient.«

»Sie sind sehr streng mit mir.«

Sie dreht sich um. Ihr Mann ist näher gekommen. Er trägt eine weiße Hose und ein weißes T-Shirt. Vielleicht sind die beiden immer im Dienst. Er nimmt ihr den Karton ab, wiegt ihn in beiden Händen, als wäre es ein Gewicht zum Trainieren. Ich gehe ein paar Schritte mit zum Auto. Sie steigt ein. Ich sehe Doktor Kerner zu. Licht und Schatten der Straßenlaterne modellieren seinen Körper. Er versenkt den Karton langsam im Kofferraum und lässt dabei die Muskeln spielen. Ich gehe einen Schritt näher. Der Karton landet in einer eingebauten Kühltruhe.

»Nachschub an Rohstoffen holen?«

Er lächelt mit schiefem Mund – oder ist es das Licht? –, auf jeden Fall will er nicht darauf eingehen.

»Ich stelle mir vor, Sie haben dort einen Garten mit speziellen Pflanzen«, sage ich.

»Das Beste kommt immer vom Lande.«

Er schließt den Kofferraum, ein Aufkleber in Form eines Kussmundes wird sichtbar: »Liebe ist die beste Medizin!«

Ich steige langsam die Treppe hinauf, teste jedes Stufenknarren auf Rhythmus und Musikalität. Bruno Liebe wischt an seiner Wohnungstür. Mir macht er nichts vor, er wollte mich abfangen.

»Ach«, sagt er, »da Sie gerade vorbeikommen ...«

»Und Sie gerade einen Fleck an der Tür entfernen müssen.«

Er grinst. »Gut, wie wär's mit einem Bier?«

Ich hebe einen Finger, tippe an die Stirn als Zeichen meines Einverständnisses und folge ihm in seine hintere Elektronikhöhle. Jetzt weiß ich, was ich schon das letzte Mal wahrgenommen habe: Die Möbel scheinen aus Keksen gebacken und riechen wie Weihnachten. Die Monitore, eingefasst in Lebkuchen, zeigen stumm einige Fernsehprogramme wie bunten Tannenbaumschmuck. Es macht mich friedlich.

»Kein individuelles Programm heute?«

»Was wollen Sie sehen?«

»Helen, als sie klein war, mit ihrer Mutter.« Ein Weihnachtswunsch.

Er schüttelt den Kopf. »Geht gerade nicht.« Er zeigt auf den Arbeitstisch. Dort steht ein alter auseinander gebauter Videorekorder.

»Bier?«

»Ja.«

Als er in die Küche geht, schleiche ich zu dem Wandregal über dem Arbeitstisch. Hier stehen Videobänder. Die Kassetten sind mit Jahreszahlen beschriftet und den Vornamen der Hausbewohner. Von jedem was dabei.

Bruno räuspert sich hinter mir. Er hat zwei Bierdosen in der Hand.

»Die Familie«, sage ich und deute auf die Bänder.

»Wenn sie da ist, stört sie, und wenn sie weg ist, vermisst man sie.« Er zeigt auf einen der Drehstühle. Ich setze mich. Wir knacken die Dosen und stoßen damit an.

»Fröhliche Weihnachten.«

»Prost Neujahr.«

»Wie war das denn gemeint mit der Partnerschaft?«, fragt er.

»Was hat denn die Besprechung vorhin ergeben? Bin ich als Partner noch gefragt, oder beschweren sich die Hausbewohner über mich?«

»Ich denke, das eine Problem ist Helen. Wir machen uns

Sorgen um sie, wir wollen sie beschützen. Frosch und Storch passen nicht zusammen.«

»Sie wollen sie einsperren.«

»Manchmal muss man den Ball vor sich selbst schützen, bevor er eine Scheibe einschlägt.«

»Muss man das?«

»Ach, kommen Sie. Mata möchte nicht, dass Sie Kontakt zu Helen haben. Das müssen Sie respektieren. Sie bringen das Mädchen durcheinander und das Haus aus dem Gleichgewicht.«

»Ich respektiere Helen, ich respektiere ihre Krankheit, aber ich respektiere keine Art von Gefängnis für sie. Ich habe eher das Gefühl, ihre … also Mata möchte sie vor etwas bewahren, wovon sie gar nicht bedroht ist.«

»Sie sind es doch, der dafür sorgt, dass Helen eingesperrt werden muss.« Er lacht. »Wenn die jungen Dinger in den Wald gehen, wissen sie oft nicht, dass man Fliegenpilze nicht essen darf.«

»Sie wird meinetwegen eingesperrt?«

Er nickt, trinkt aus seiner Bierdose.

»Das will ich nicht.«

»Sehen Sie.«

»Was muss ich tun?«

»Eben nichts.«

Wir trinken schweigend. Ich stehe langsam auf und hebe die Bierdose hoch. »Ich nehme sie mit. Vielen Dank.«

Er begleitet mich den Flur entlang.

»Damals, als Ihre Eltern verschwanden«, sage ich, »da sind Sie ins Gefängnis gekommen?«

»Stimmt, aber im Wiederaufnahmeverfahren wurde ich freigesprochen.«

Ich öffne die Tür und gehe ins Treppenhaus.

»Und Sie sind kein Barkeeper«, sagt er.

»Stimmt, aber ich bemühe mich um einen Freispruch.«

Ich öffne die Augen. Es ist dunkel. Langsam bekommen die Gegenstände im Schlafzimmer Formen und Bedeutung. Und das, was auf meinem Bettrand sitzt, ist Helen.

Das allerdings ist unmöglich. Ich drehe mich deshalb auf die andere Seite, um wieder einzuschlafen. Auf so einen Traum habe ich gewartet. Ich will, dass er eine Fortsetzung hat. Etwa so: Helen berührt mich an der Schulter und sagt: »Ich musste zu dir kommen.«

»Ich musste zu dir kommen«, sagt Helen und berührt mich an der Schulter.

Mit einem Ruck komme ich hoch. »Was? Was ist?«

Ihre Hand ist in meinem Gesicht.

»Wo bin ich?«

»Sie hat versucht, mich wieder einzusperren. Das hat sie schon mehrmals getan. Aber ich habe mir längst einen eigenen Schlüssel machen lassen.«

»Helen.« Ich halte ihren Arm fest. Sie ist wirklich da. »Wie bist du hier hereingekommen?«

»Ich weiß, wo die Schlüssel für alle Wohnungen sind.«

Ich will nach meiner Nachttischlampe greifen. Helen legt ihre Hand auf meine. »Nicht. Lass sie aus.«

Ich richte mich auf, lehne mich an das Messinggitter des Bettes. Helen zieht die Beine auf das Bett, nimmt meinen Kopf in beide Hände. Sie küsst mich vorsichtig. Ich bin ganz dünn, aus durchsichtigem Material.

»Ich kann nicht lange bleiben. Mata kann aufwachen.«

Sie trägt nur ein Nachthemd, das ihre Wärme kaum bedeckt und am Hals wie ein Sack zugeschnürt ist.

»Bist du wirklich da?«

»Sie wollen alle, dass ich dich nicht mehr sehe.«

Sie drängt sich an mich, legt ihre Hände flach auf meine Brust.

»Und was willst du?«, frage ich.

»Das, was du willst.«

»Sie sagen, man muss dich vor dir selbst schützen.«

»Ich weiß. Sie haben Angst.«

»Wovor?«

»Früher habe ich gedacht, sie haben Angst um mich. Jetzt hab ich das Gefühl, sie haben Angst vor mir.«

»Aber warum?«

»Ich weiß es nicht. Weil alles so bleiben muss.«

Ich küsse sie. Sie schiebt mich weg. »Du riechst nach Raubtier«, sagt sie.

»Ich bin eins.«

Sie legt mir beide Hände auf das Gesicht. »Willst du wirklich einen Film von mir sehen, als ich noch klein war?«

»Ja. Woher weiß du das?«

»Als du da oben warst, beim General, da habe ich einen Augenblick gedacht, du machst das.«

»Was?«

»Mit seiner Erfindung, seiner Puppe.«

»Woher weißt du davon?«

»Hab ich dir doch gesagt, ich kann durch das Haus spazieren, ohne mich aus meinem Zimmer zu entfernen.«

»Ich kann es nicht glauben. Kein Wunder, dass alle im Haus vor dir Angst haben.«

»Sie wissen es nicht.«

Sie greift nach meinen Händen, legt sie auf ihre Hüften. »Wo bleibt das Raubtier?«

Ich küsse sie.

»Du musst mir die Augen verbinden.«

Sie hat einen ausgefransten Stoffstreifen dabei.

»Muss das sein?«

»Ja.«

Ich lege den Stoff, der aussieht, als wäre er aus einem Sofabezug herausgetrennt, über ihre Augen. Opfer eines Erschießungskommandos. Ich mache einen Knoten in Höhe eines Ohres.

»Bin ich pervers?«, frage ich und ziehe ihr das Nachthemd über den Kopf.

»Schnell, gib mir einen neuen Namen.« Sie hält den Atem an, um nicht auf mir zu zerfließen.

»Aber Helen gefällt mir.«

»Nein, ich will einen neuen. Einen, der nur zwischen uns gilt, einen, den niemand kennt. Er ist Zeichen für das, was uns jetzt verbindet.« Sie rollt von mir herunter, legt sich mit eng anliegenden Armen neben mich.

»Eine Art Losungswort?«

»Wie du willst.«

Sie liegt starr, die Gelenke verschweißt, den Bauch etwas gehoben wie eine Insel. Sie atmet flach. Ein falscher Name, und sie zerbricht in viele kleine Stücke.

»Ich kann nicht mehr denken. Bitte, mir fällt nichts ein.«

»Doch, bitte. Du musst!«

»Welche Namen hast du schon?«

»Helen, Dukla, Lisa, Prosa.«

»Prosa gefällt mir am besten.«

»Schon vergeben.«

»Gut, ich schreibe ihn auf deine Haut.«

»Nur nicht auf den Bauch.« Mit einem Mal sind ihre nackten Glieder lebendige Fische. Sie dreht sich um. Ich schreibe auf ihren Rücken. Buchstaben für Buchstaben. Sie lacht leise.

»Vista?«, fragt sie. »Heißt es Vista?«

»Ja.«

»Vista. Ich verstehe. Das ist gut. Danke.«

Ich warte eine Weile, dann frage ich: »Vista?«

»Ja.« Sie dreht sich mir zu und strahlt Wärme aus.

Es funktioniert.

Ich taste ins Leere. Nur den Stoffstreifen auf dem Kissen hat sie zurückgelassen. Er ist feucht.

»Helen?« Ich hebe den Kopf. Ich rieche sie noch. Sie wird im Bad sein. Sie kann nicht gegangen sein, kann nicht gehen ohne eine neue Verabredung.

»Vista?« Die Tür ist angelehnt. Ich setze mich auf.

Die anderen Namen. Plötzlich ahne ich, dass sie so viele Namen hat wie Liebhaber. Jeder musste ihr einen neuen Namen geben. Sie ist auf dem Weg zu einem der anderen. So macht sie es. So schafft sie es, immer eine andere zu sein, nur nicht Helen. Sie ist bei einem anderen. Sie dreht Nacht für Nacht ihre Runde. Ich war eine weitere Station.

Ich springe hoch, gehe durch die Wohnung. Im Spiegel im Bad ist mein Gesicht ganz gelb. Sie ist nirgendwo. Ich fange an zu zittern. Porsches Tür ist geschlossen. Ich lege mein Ohr an das Holz. Heiße Luft kommt aus den Ritzen. Die beiden flüstern miteinander. Ich werde ihn mit ihrer Augenbinde erwürgen. Und dann alle anderen auch. Vorsichtig drücke ich die Klinke, schiebe die Tür auf. Mein Herzschlag weckt ihn auf.

»Was ist?« Er liegt allein im Bett, ist Kopf ohne Glieder.

»Ich dachte, du hättest einen Namen gerufen.«

»Welchen Namen?«

Am nächsten Morgen gebe ich Porsche Geld für Brötchen. Er kommt zurück, schwenkt die Tüte. »Die waren billig, oder der Bäcker hat sich verrechnet.«

»Das wird dir hier noch oft passieren.«

»Wieso?«

»Wenn du es nicht weißt, sollst du es auch nicht wissen.«

»Du kriegst kein Brötchen ab.«

»Die Hausbewohner haben eine Abmachung mit den Läden in der Umgebung.«

»Wirklich?«

»Sag mal, Porsche, angenommen, du liebst ein Mädchen, aber sie hinkt, nein, sie hat einen Buckel. Nein, auch nicht gut.«

»Schreibst du eine Geschichte?«

»Ja. Warte. Jetzt weiß ich es: Du liebst ein Mädchen, und sie ist blind – fast blind. So geht es.«

»Ja und?«

»Na ja, die Eltern sind gegen dich. Die Mutter setzt dich unter Druck, alle sind dagegen, halten dich für pervers.«

»Blind, sagst du?«

»Ich will damit sagen, sie findet sich nicht so einfach zurecht in dieser Welt. Sie ist immer überfordert.«

»Geht es uns nicht allen so?« Er steigt auf eine Kanzel. »Sind wir nicht alle auf der Suche? In diesen modernen Zeiten. Wo finden wir Halt? Vielleicht bei ihm.« Seine Stimme hat einen leichten Hall. Er breitet die Hände aus.

»Quatschkopf! Ich meine, was würdest du tun?«

»Lass dein Herz entscheiden, mein Sohn. Und fürchte dich nicht.« Er runzelt die Stirn, verschränkt die Arme hinter dem Rücken und wandert den Kreuzgang entlang.

Dann hebt er den Kopf. »Du willst doch nicht etwa sagen, es ist das Mädchen von ...?« Er zeigt mit dem Daumen in Richtung Nachbarwohnung.

Ich nicke. »Du kennst sie?«

»Bist du wahnsinnig?«

»Wahrscheinlich.«

Ich weiß endlich, wie mein neuer Roman laufen muss. Der Anfang fehlt mir immer noch. Ein guter erster Satz. Aber die Idee für das Ende ist da: Das behinderte Mädchen hat übersinnliche Kräfte. Während ich schreibe, kündigt der Computer mit einem Glockenton das Eintreffen einer neuen E-Mail an. Es ist eine lange Nachricht von »Wolfsruhe«. Als tausendster Besucher des virtuellen Friedhofs habe ich tausend Euro gewonnen und erhalte zusätzlich als Geschenk eine ägyptische Öllampe. Originalnachbildung aus den Gräbern der Pharaonen. Außerdem kann ich zwei Memory-Seiten gestalten lassen, die dann sechs Monate auf dem Friedhof »Wolfsruhe« platziert werden. Alles kostenlos. Zum Versand des Schecks und der Öllampe bittet man mich um Namen und Anschrift.

Ich rieche den Fliegenpilz, selbst wenn er keinen Geruch hat. Ich bin doch nicht blöd.

Kann ich mal an deinen Computer?« Porsche stellt mit kaffeebraunen Zähnen eine Tasse vor mich hin. Er hat sich ein Brötchen geschmiert mit einem Marmeladengebirge wie Granatkristalle.

»Um was geht's?«

»Kommst du übers Internet in ein Zeitungsarchiv rein?«

»Klar.«

»Ich suche eine Ärztin, die die Leute mit Kot eingerieben hat. Das ging vor Jahren durch die Presse.«

Er beißt in sein Brötchen.

Die Marmelade läuft ihm über die Finger. Er leckt sie ab.

Ich gebe verschiedene Suchbegriffe ein. Meine Finger kleben an den Tasten. »Und mit welchem Erfolg?«

»Die Leute mussten sich die arthritischen Gelenke damit einreiben.«

Die Marmelade tropft herab, läuft über den Bildschirm.

»'tschuldigung.« Er will es mit der Hand abwischen. Ich stoppe ihn und reinige den Laptop mit einem Papiertaschentuch und Spucke. »Vielleicht sollte man Computer mit Marmelade einreiben, dann laufen sie besser.«

»Tut mir Leid.«

Ich gebe zusätzlich das Suchwort Arthrose ein. Es kommen unzählige Meldungen. »Können wir es eingrenzen?«

»Vielleicht wenn du nach einem Prozessbericht suchst?«

»Mal sehen. Wie lange ist es etwa her?«

»Ziemlich lange.«

»Ich hab es.«

Wir beugen uns beide über den Bildschirm. Es ist ein kurzer Bericht über die Heilpraktikerin Claudia D. Sie wurde zu einer Gefängnisstrafe auf Bewährung und Schadenersatz verurteilt. Das Gericht wertete die Behandlung der Arthrose mit Eigenkot und der anschließenden schweren Hautentzündung bei dem Kläger als Körperverletzung. Vergeblich hatte die Heilpraktikerin ihre Erfolge vorgeführt und Zeugen präsentiert, die erst durch diese Behandlung wieder schmerzfrei laufen konnten.

»Kein Foto dabei?«

»Ist da nie.«

Porsches Marmelade rutscht endgültig von seinem Brötchen und landet auf dem Teppich. Er bückt sich, um sie mit den Fingern aufzunehmen, schmiert dabei alles breit. Ich gehe in die Küche und komme mit einem nassen Lappen zurück. Porsche sieht mir beim Entfernen der Marmelade zu.

»Und verstehst du?«, fragt er. »Claudia D.! Ich wusste, als ich sie sah, dass ich sie kenne. Ich erinnerte mich an ihr Foto. Es hat noch einen anderen Prozess gegeben. So was Ähnliches.«

»Mit Urin?«

»Nein, nein. Sie hat dann doch noch einige Zeit im Gefängnis gesessen. Ihr ist ein Patient bei einer anderen Behandlung gestorben.«

Porsche schiebt sich den Rest des Brötchens in den Mund, setzt sich und verreibt die Marmeladenreste auf seinen Fingern.

»Claudia D. ist Claudia K.?«, frage ich.

»Genau. Geborene D. verheiratete K.«

»Wir sollten ihren Pudding nicht mehr essen.«

Beim ersten Ton im Treppenhaus reiße ich die Wohnungstür auf. Es soll nach Zufall aussehen, dass sich beide Türen im selben Moment öffnen. Ich bin sogar schneller. Mata und Helen kommen heraus. Ich grüße mit mehreren freundlichen Hallos und atme Kohlgeruch. Er schwelt von oben die Treppe herab.

Helen sieht mich nicht an. Fast verliere ich bei ihrem Anblick meinen Schwung. Mata schießt ein lautes »Tag« mit Hall und Rauchwölkchen durchs Treppenhaus.

Ich springe vor ihnen hinunter und bin schon auf der anderen Straßenseite, als sie aus dem Haus herauskommen. Mata sucht die Straße ab, bis sie mich sieht. Ich winke ihr zu und gehe weiter zum Gemüsehändler. Er wächst in der Tür, die Arme vor der Brust verwurzelt, und sagt: »Grüne Kokosnüsse habe ich bestellt. Die kommen in den nächsten Tagen.« Ein Signal für Freundschaft. Er lacht mit einer Rettichwolke. Sie hält mich davon ab, ihn zu umarmen

Ich stelle mich neben ihn und warte, bis Helen mit ihrer Mutter um die Häuserecke verschwunden ist.

»Wolf«, sage ich, »über den hatten wir gar nicht gesprochen.«

»Lohnt auch nicht. Ich wage mir gar nicht vorzustellen, was der mit meinen grünen Gurken macht.«

»Pervers?«

»Meine Gurken? Niemals!« Er geht einen Schritt rückwärts in den Ladeneingang. »Ich bekomme Schwierigkeiten«, sagt er, »wenn wir hier so stehen.«

»Wir werden beobachtet?«

Er nickt. Ich springe über die Straße, gehe den Frauen hinterher. Helens Kleid wird wie Papier vom Wind erfasst, sie schwankt, greift nach Matas Hand. Das ist eine andere Helen als jene, die mich in meinem Bett besucht hat.

Sie bleiben vor dem Supermarkt stehen. Es sieht so aus, als wollte Helen draußen warten. Mata geht hinein, doch dann folgt Helen.

Ich schleiche mich hinterher, wie erwartet treffe ich Helen allein bei den Zahnbürsten. Sie hat den Finger auf den Lippen, presst sich dicht an mich.

»Sie hat einen Revolver.«

»Ich weiß.«

»Sie will dich erschießen. Wirklich!«

»Soll sie es doch tun.«

»Tot nützt du mir nichts.«

»Wann kann ich dich sehen?«

»Sie weiß alles.«

»Woher?«

»Schnell, geh.«

Worte wie Windstöße. Matas Ruf nach ihr unterbricht das Rauschen der dichten Blätter zweier sich zuneigender Birkenbäume. Sie stößt mich mit beiden Händen von sich.

»Liebst du mich?«

»Ich liebe dich.«

»Helen!« Matas Ruf und ihre Schritte werden lauter.

Helen flieht in den nächsten Gang. Sie geht ganz normal, ohne jede Unsicherheit. Ich vergesse fast, ebenfalls zu verschwinden.

Doch dann springe ich zur eisernen Hintertür. Sie ist offen. Fast falle ich die metallenen Stufen in den Hof. Carlos steht am Ende der Treppe, fängt mich, hält mich an den Armen fest, hebt mich ein wenig in die Höhe und stellt mich wie eine Kiste ab. Er dreht sich um, will gehen.

»Warten Sie. Wenn Sie schon auf Helen aufpassen, sie beschützen wollen, befreien Sie sie von ihrer Mutter. Sehen Sie zu, dass Helen dieses Haus verlassen kann.«

Ich sehe das Sonnenlicht als Schmerz in seinen Augen.

An Wolfs Tür im dritten Stock gibt es keine Klingel. Ich lausche. In der Wohnung ist alles ruhig. Etwas oberhalb der Kinderzeichnung klopfe ich mehrmals an die Tür. Kurz darauf noch einmal, etwas heftiger. Ich will ungeduldig erscheinen.

»Hallo«, kommt es dünn und gesungen von innen.

»Mach auf, ich habe meinen Schlüssel vergessen«, sage ich, ohne meine Stimme allzu sehr zu verstellen.

Die Tür öffnet sich einen Spalt. Ich schiebe sie auf und sehe am Ende des rosafarbenen Flurs, am Ende des Flokatiläufers, noch weiße Beine und einen Tüllrock in ein Zimmer flüchten. Es riecht nach Nagellack.

Ich gehe an einer geöffneten Tür vorbei. Eine Mischung aus Büro und Wohnzimmer. Zwei Computermonitore und ein Schreibtisch in einer Ecke. An der Wand hängen Poster von Muskelmännern. Unter einem schrägen Dachfenster stehen Antiquitäten: ein rotes Sofa, Sessel und Tisch im Jugendstil.

Der Schafsfellläufer im Flur dämpft meine Schritte. Silberne Sterne kleben an der Decke. Ich sehe in das nächste Zimmer. Die Frau liegt mit rotem Haar in einem weißen Gymnastikanzug und rosafarbenen Ballettröckchen auf dem Bett. Wattebällchen spielen halb unterm Bett Versteck. Die Frau ist Thorsten.

»Ich dachte mir schon, dass du es bist«, sage ich und trete ein. Es riecht noch stärker nach Nagellack.

Er stützt sich erschrocken auf. »Wo ist Wolf?«

»Ich bin es. Allein.« Thorsten liegt auf einem großen Himmelbett mit dunklen Gitterstäben, ehemalige Gefängnisfenster. Die hellblauen transparenten Vorhänge sind zur Wand zurückgezogen. Das Zimmer ist hellblau gestrichen und hat schräge Dachfenster. Ein Schminktisch in Nierenform. Ein Hocker mit weißem Pelz bezogen. Monets »Seerosen« und »Das Frühstück im Freien« hängen an der Wand. Ich lege meine Hände auf das Gitter des Bettes. Thorsten lässt sich erschöpft in die Kissen fallen. »Ach du Scheiße«, sagt er. Unter dem Trikot zeichnen sich seine Knochen ab.

»Du bist dünn«, sage ich.

»Ich bin nicht dünn. Ich bin eine Frau.« Er breitet sein Röckchen aus.

»Klar, eine Frau.«

»Auf jeden Fall bin ich auf dem Weg, das zu werden, was ich schon immer war.«

Ich gewöhne mich an den Anblick dieser alten Frau, die zum Sterben noch einmal die Ballettkleidung ihrer Jugend angezogen hat. Frisch lackierte Fingernägel für die Begegnung mit Gott, als Zeichen, den Menschen gefälligst perfekter zu machen. Ich setze mich auf den Hocker, während Thorsten flach auf dem Bett liegen bleibt, das Gesicht starr an die Decke gerichtet, und den Tod erwartet. Ich schiebe die Flaschen auf dem Schminktisch in eine Reihe, sortiere sie nach Farben und rieche an den Parfüms. Dann rutsche ich mit meinem Hocker ans Bett heran, wie bei einem Krankenbesuch.

»Ist es ansteckend?«, frage ich.

Er sieht mich nicht an. Ein Lächeln zerknittert seinen roten Mund.

»Warum bist du aus deiner Wohnung raus? Ich schätze, es ist nicht nur die Liebe.«

Er hält sich die Ohren zu.

»Was ist los in diesem Haus?«

Neben dem Bett steht eine Nagellackflasche, Nagellackentferner und Watte. Ich reiße die Watte in kleine Stückchen, forme Kugeln daraus und werfe sie nach ihm. Nach mehreren Versuchen trifft ihn eine im Gesicht. Er grinst und schnauft. Ich sehe zur Uhr und frage mich, was passiert, wenn Wolf zurückkehrt.

Thorsten streckt sich, breitet die Beine auseinander und hebt seinen Unterkörper. »Komm schon, du Hengst, nimm mich.« Er stöhnt und schließt die Augen.

Ich lasse die verrückte Alte in ihrem Bett zurück und gehe in die Küche. Einbauschränke und eine Sitzecke im Bauernstil. Fehlt nur noch das Fenster mit einem Reh davor und dem Blick auf bewaldete Berge. Aber auch hier sieht man durch das schräge Dachfenster nur in den Himmel.

»Ich komme gleich«, rufe ich.

Ich öffne den Kühlschrank. Kleine Tomaten, wie mit Blut voll gesogene Zecken. Und für einen Moment bin ich eingehüllt in den Geruch von saurer Milch und Käse. Ein Salatblatt gibt mir seine grüne Hand. Mit einer eisigen Flasche Mineralwasser kehre ich zurück. Thorsten liegt mit geschlossenen Augen immer noch auf dem Bett. Ich öffne die Flasche und beginne, sie über ihm auszugießen.

»Spinnst du?« Er springt hoch, hockt sich in die entfernteste Ecke des Bettes und zupft an dem nassen Trikot.

»Ich dachte, so wirst du wieder normal.«

»Normal, normal, normal. Was ist das?« Er macht sich klein, verschränkt die Arme um die Knie. »Was machst du überhaupt hier?«

»Du warst verschwunden. Also habe ich dich gesucht.«

»Und warum?«

»Na, ich wollte deinen Rat.«

»Und ich glaubte, ich hätte dich genug abgeschreckt, indem ich dir den Irren vorspiele.«

»Das machte mich erst richtig neugierig.«

»Geh jetzt.«

»Nein.«

»Wolf kommt gleich zurück.« Er steht auf. »Ich muss das ausziehen.«

»Soll ich rausgehen?«

»Ja. Wenn Wolf dich mit mir nackt erwischt, sind wir beide erledigt.«

»Und jetzt?«

»Jetzt nur du.«

Du kannst kommen.«

Ich gehe zurück in das Schlafzimmer. Thorsten steht vor einem Spiegel in der geöffneten Schranktür. Er trägt eine rote, weite Bluse und einen schwarzen, engen Rock, der fast bis zu den Knöcheln reicht, und rote Pumps.

»Wie findest du mich?« Er fährt mit den Fingern in die Locken der roten Perücke, schwenkt seinen Unterkörper.

»Warum versteckst du dich hier oben?« Ich setze mich wieder auf einen der mit Pelz bezogenen Hocker.

»Diese Schuhe bringen mich allerdings um.« Er schüttelt sich die Pumps von den Füßen. »In meiner Wohnung muss noch ein Paar sein. Holst du mir die?«

Er dreht sich zum Schrank, schiebt die Kleider auf der Stange hin und her, holt eines heraus. Ein schwarzes Samtkleid, an der Brust mit Perlen besetzt. »Oder doch dieses?«

»Jeder im Haus schien zu wissen, dass du hier oben bist. Nur mir wollte das keiner sagen. Erst jetzt fällt mir ein, wie eilig Bruno Liebe es hatte, dein Namensschild an der Haustür zu entfernen. Du musstest verschwinden. Warum? Die Schulden? Der Gerichtsvollzieher?«

Thorsten trippelt zum Bett, der Rock lässt ihm nur wenig Bewegungsfreiheit. Er setzt sich an den Rand. »Du musst mir versprechen, niemandem zu erzählen, dass ich hier oben bin.«

»Aha.«

»Es ist wegen Hansi, Hans-Christian Mitter. Mein Expartner, er kommt in diesen Tagen aus dem Gefängnis, ist wahrscheinlich schon draußen. Er wird sich an mir rächen wollen.«

»Ist das der, der dir dein Geld geklaut hat? Ich dachte, der ist damit über alle Berge.«

»Dachte ich damals auch, doch dann traf ich ihn in einem chinesischen Restaurant. Neben dem Tresen standen so große Vasen.«

»Ming-Dynastie, nehme ich an.« Ich schmecke Glutamat auf der Zunge.

Er lacht. »Ich hab ihm eine davon über den Kopf geschlagen. Ich dachte, er wäre tot. Na ja, war er aber nicht.«

»Und wieso sitzt er im Gefängnis? Du wolltest ihn doch nicht anzeigen.«

»Wegen der Vase und seinem Gesicht hatte ich eine Klage am Hals.«

»Körperverletzung? Da war doch schon mal was?«

»Hat Porsche dir …«

Ich nicke.

»Und deshalb musste ich ihn doch auch wegen der Unterschlagung anzeigen, damit die Richter das mit der Vase begriffen. Ich bin übrigens freigesprochen worden.« Thorsten legt den Kopf schräg und sieht mich unter halb geschlossenen Lidern an. »Und er nicht. Bäh!«

»Aber?«

»Na ja, und jetzt ist er aus dem Gefängnis entlassen worden.«

»Verstehe. Wie erkenne ich ihn, falls ich ihm begegne?«

»Er hat jetzt nur noch ein Auge.«

»Durch die Vase?«

Thorsten nickt.

»Und du bist trotzdem freigesprochen worden?«

»Wolf hat bezeugt, dass Hansi, als er mich sah, mit dem Steakmesser auf mich los ist.«

»Mit einem Steakmesser im Chinarestaurant?«

»Mein Gott, du bist ja präziser als der Richter.«

»Ich verrate dich nicht. Keine Sorge.«

Er zieht sich schon wieder um. Diesmal warte ich in dem kombinierten Wohnzimmer und Büro. Ich wage nicht, den PC anzustellen. Ich durchsuche den Papierkorb, versuche, die zerknüllten Blätter möglichst ohne Geräusch zu glätten. Sie weigern sich, knistern, als würden sie brennen. Ich finde, was ich suche, gleich in drei Kopien: meine beiden E-Mails mit der Anfrage nach dem Grab von Lukas und Mata Krystof.

»Du kannst kommen«, ruft Thorsten. Er jodelt, versucht es jedenfalls.

Ich knülle die Papierseiten wieder zusammen und huste dabei, damit Thorsten nicht hört, was ich gerade tue.

Diesmal trägt er ein Dirndl mit Kniestrümpfen, grüner Schürze und ausgestopftem Busen. Die weiße Bluse geht bis zum Hals und endet dort in einem Spitzenkragen.

»Sieht brav aus. Gibt es das nicht auch mit tiefem Ausschnitt?«

»Alles zu seiner Zeit.« Er hebt die künstlichen Brüste. »Dazu müssen die Dinger ja erst mal wachsen.«

»Kriegst du Hormone? Doch nicht etwa von den Kerners?«

Thorsten antwortet nicht. Er dreht sich auf Zehenspitzen vor dem Spiegel um sich selbst, um den Rock schwingen zu lassen.

Ich applaudiere.

»Es gibt Männer, die stehen auf Dirndl«, sagt Thorsten.

»Klar. Passt auch zu eurer Küche.«

Ich folge Thorsten in die Küche. Er stellt sich mit dem Rücken zum Herd und posiert in verschiedenen Stellungen, als würde er fotografiert.

»Du könntest mir etwas über die Hausbewohner erzählen.«

»Bist du verrückt?« Er lässt die Posen, steht nur noch als magerer Bauer in der Küche, der zum billigen Vergnügen seiner Freunde die Kleider seiner Frau angezogen hat. »Du solltest so schnell wie möglich aus der Wohnung verschwinden. Warum bist du da überhaupt eingezogen?«

»War spottbillig ...«

»Bruno, dieser Idiot, hat dich verwechselt. Porsche sollte da einziehen, nicht du.«

»Ich weiß.«

»Dann verschwinde!«

»Ich bleibe wegen Helen.«

»Helen. Wieso?«

»Ich dachte, das wäre schon rum im Haus.«

»Du hast doch nicht etwa eine irgendwie geartete Beziehung ...?« Er hebt die Schultern, spricht jedes Wort aus, aus wäre es eine schmutzige Unterhose, die er in die Hand nehmen muss.

»Doch, genau das versuche ich.«

»Du bist vollkommen verrückt. Das Mädchen lebt in einer eigenen Welt. Die ist nicht ganz echt. Sie glaubt, Zeugin eines Mordes gewesen zu sein.«

»Welcher Mord?«

»Ach, ich habe keine Ahnung. Es interessiert mich auch nicht. Das ist doch alles gar nicht wahr. Hirngespinste. Nicht einmal die interessieren mich. Es ist mir alles vollkommen egal.«

Er reißt sich die Perücke vom Kopf und geht zurück ins Schlafzimmer. »Und wenn du nicht verschwindest, werden sie mich auch noch rausschmeißen.«

»Ist ja gut.« Ich folge ihm.

Sein weniges echtes Haar ist nass von Schweiß und klebt an einem roten Schädel. Er tut mir Leid. Im Schlafzimmer geht er zum Kleiderschrank, öffnet ihn, holt einen Baseballschläger heraus.

»Ich muss das jetzt machen.« Er schwingt den Knüppel, kommt auf mich zu. Ich ducke mich. Der Türpfosten splittert. Ich flüchte. Er trifft die Flurlampe. Scherben fallen herab. Ein Kranz von Schweißperlen hängt an seinem Kinn, wie ein umgedrehter Heiligenschein. Ich weiche dem nächsten Schlag aus. Ich springe hinaus ins Treppenhaus und werfe die Tür hinter mir zu. Auf der ersten Stufe der Treppe verharre ich. Er folgt mir nicht.

Ich komme von oben, schließe die Wohnung auf.

»Psst.«

Ich drehe mich um. Helen steht in ihrer Tür. Ich erkenne sie fast nicht. Sie ist kein Kind mehr.

»Wie findest du das?«, fragt sie leise.

Sie trägt den Hosenanzug im englischen Kolonialstil, den ich bei Tamara unter der Nähmaschine gesehen hatte.

»Wunderbar. Viel besser als dein Kleid.«

»Tamara hat ihn für mich genäht. Aber ich fühle mich darin so schutzlos.«

»Schutzlos?«

»Es ist schön, aber es macht mir Angst. Etwas verändert sich. Veränderungen sind schlecht. Dann kann man die Menschen nicht mehr einschätzen. Verstehst du, ich weiß nicht, was Mata und Tamara mit mir vorhaben.«

Ich gehe zu ihr, will sie umarmen. Sie zuckt zurück. »Nicht.«

»Ich hab die richtige Brille zu deinen neuen Kleidern für dich machen lassen. Wir sollten sie zusammen beim Optiker abholen.«

Sie senkt den Blick, schüttelt den Kopf und zieht sich in die Wohnung zurück.

»Bitte, lass uns zusammen weggehen. Ich hab noch eine andere Wohnung.«

»Nein. Ich kann noch nicht.«

Ich greife nach ihren Händen, halte sie fest. »Ich will dir helfen.«

Sie weigert sich, mich anzusehen.

»Was ist es, was du als Kind so Furchtbares gesehen hast?«

Sie befreit ihre Hände aus meinen. Ich will ihr über das Haar streichen. Sie nimmt den Kopf zurück.

»War es der Tod deines Vaters?«

»Nein, nein.« Helen hebt die Hände vor ihr Gesicht. Sie ballt die Fäuste. »Matas war es.« Ihre Arme verkrampfen, die Muskeln zittern vor Anstrengung, die Wörter herauszupressen. »Mata war tot. Ich hab sie gesehen. Ihre Leiche.«

Unten wird die Haustür geöffnet. Ich sehe über das Treppengeländer. Mata kommt herauf. Ich winke Helen, sie soll zurückgehen. Ich schleiche in meine Wohnung, versuche, die Tür geräuschlos zu schließen.

Es ist dringend. Der Kühlschrank ist leer.

»Du bezahlst«, sagt Porsche. »Und ich trage.« Er hat sich die Einkaufstasche über die Schulter gehängt, als wäre sie eine Maschinenpistole.

Im Vorbeigehen salutieren wir vor dem General. Er steht am Straßenrand und tut so, als ob er uns nicht sieht.

»Lass dir niemals seine Erfindung zeigen.«

»Habe schon gehört, dass er gar kein General gewesen ist, sondern nur Küchenbulle. Es soll einen Unfall gegeben haben. Er ist mit dem Fleischmesser in der Hand ausgerutscht, während sein Vorgesetzter gerade vor ihm stand. Dabei hat er ihm dummerweise in den Bauch gestochen.«

»Was? Woher hast du das?«

»Von Bruno.« Aus Porsche entweicht die Luft.

»Hat er dir über die anderen Bewohner auch was erzählt?«

»Nein. Er hat mir einen Job in seiner Bar angeboten. Er baut die Videothek um.«

Wir betreten den Supermarkt. Der Besitzer kommt von hinten auf glatten Sohlen. Der Händler sucht Lebensmittel aus. Porsche lässt sich darauf ein, schiebt den Einkaufswagen wie eine Gehhilfe. Hinter mir wird ausführlich geräuspert. Der General. Er reibt sich das Kinn. Aus der Nähe riecht er wie eine Wolldecke im Krieg nach feuchter Erde.

»Das hätten Sie nicht tun sollen«, sagt er.

»Was habe ich getan?«

»Sie haben Karin niedergeschlagen.«

»Was? Hat sie das behauptet? Sie hat mich befreit und gehen lassen.«

»Und woher kommt die blutige Wunde auf ihrer Stirn?« Er dreht sich auf den Absätzen um.

Ich folge ihm einen Schritt. »Ich habe sie nicht verletzt.«

Er verlässt den Supermarkt. Im Vorbeigehen nimmt er eine Dose Pfirsiche aus einem Regal.

Porsche steht an der Kasse. Die Kassiererin ohne Unterleib muss für den Chef Platz machen. Sie steht auf, wird aber gar nicht größer. Sie wartet neben mir, stößt mich in die Seite und grinst. Dann packt sie unsere Einkäufe in die Tasche. Der Besitzer des Supermarktes ist nicht besonders schnell beim Kassieren.

Die Endsumme erscheint auf einem Display, doch gleich darauf hat sie sich erheblich reduziert. Porsche nimmt unsere Korbtasche. Ich zahle, nehme den Kassenbon in Empfang. Wir haben auf alles 30 Prozent Rabatt bekommen.

Am Ausgang des Supermarktes versperrt uns der General mit ausgebreiteten Armen den Weg.

»Dieser Herr«, sagt der General und zeigt auf mich, »ist ein Dieb.«

Er greift in die Korbtasche und kommt mit der Pfirsichdose hoch.

»Ich glaube nicht, dass sie auf dem Kassenbon steht.«

Besitzer und Kassiererin sehen den General mit geöffneten Mündern an.

»Oh, das ist meine Schuld«, sagt die Kassiererin. »Ich hatte die Dose eingepackt. Ich dachte, sie wäre schon in die Kasse eingegeben.«

Die Brauen des Generals senken sich tief in sein Gesicht. Er feuert einen Schuss aus seinen Augen auf die Kassiererin ab und marschiert davon. Die Dame ohne Unterleib fächelt die Rauchwolke weg.

»Wenn wir den nicht hätten«, sagt der Supermarktbesitzer; er wirkt erleichtert, schraubt seinen Oberkörper hoch und winkt uns hinaus.

»Hätten wir keinen Teilhaber«, ergänzt die Kassiererin.

Es klingelt. Porsche öffnet und geht rückwärts. Mata steht vor der Tür. Sie hat den Revolver auf Porsche gerichtet. Ich stehe in der Unterhose im Flur, will ins Bett gehen. Mata kommt herein und zielt auf mich. Ich hebe die Hände und hoffe, sie sehen aus wie Hasenohren.

»Nur damit wir uns richtig verstehen«, sagt Mata. Sie kommt mit ausholenden Schritten auf mich zu. Sie drückt den Lauf des Revolvers auf meine nackte Brust. »Ich fürchte mich nicht davor, wieder ins Gefängnis zu gehen.«

»Und wer kümmert sich dann um Helen?« Ich gehe einen halben Schritt zurück, um den Druck des Revolverlaufs zu verringern. Sie stößt sofort nach.

»Dieses Haus beschützt uns. Jeder kann und wird meine Stelle übernehmen und für sie sorgen.«

»Gut, dann schießen Sie!«

»Wenn Sie noch ein Wort mit Helen sprechen, ist es Ihr Ende. Sie werden diese Wohnung verlassen. Haben Sie das verstanden?«

Ich denke, es ist besser, nichts zu sagen. Ein falsches Wort, und ich bin wirklich tot. Im Augenblick versteht sie meine Scherze nicht.

Ich nicke, versuche einen Hundeblick.

Sie geht rückwärts wieder zur Tür. Porsche antwortet für mich: »Haben Sie das Mädchen auch mit dem Revolver erzogen?«

Ich gehe ins Bad, betrachte den kreisrunden Abdruck auf meiner Brust. Es fühlt sich an, als hätte sie mir eine Rippe gebrochen.

Es klingelt schon wieder. Ich stecke den Kopf aus der Badezimmertür. »Nicht aufmachen. Diesmal schießt sie sofort.«

Porsche öffnet. Ich höre Carlos' Stimme. Es gebe einen Wasserrohrbruch und er müsse mal im Bad nachsehen, erklärt er.

Carlos kommt zu mir, schiebt mich zurück ins Badezimmer.

»Bleiben Sie«, sagt er. Sein Gesicht ist schwärzer als sonst.

»Seit wann klingeln Sie?«

Carlos zieht hinter uns die Tür zu. Er hockt sich unter das Waschbecken und klopft mit einer Zange gegen das Abflussrohr. Dann zieht er aus seinem Monteuranzug ein zusammengefaltetes Blatt. Er reicht es mir hoch. »Was ist das?«

Ich falte es auseinander. Es sind meine beiden E-Mails an »Wolfsruhe«.

»Eine Nachricht, die über den Computer verschickt wird.«

»Was mich interessiert, ist, woher kommt so was? Ich meine, wer ist der Absender?«

»Solche Nachrichten sind anonym. Der Absender nennt sich ›Böses Blut‹. An die Adresse kommt man nicht so leicht.«

»Sie haben doch einen Computer und können da nachschauen?«

»Nein, das kann ich nicht. Woher haben Sie das denn?«

»Die Kerners sind ja nicht da. Und das lag bei denen am Empfang.«

»Bei Kerners ...?«

»Kann man also nicht herausfinden, wer das geschrieben hat?«, fragt Carlos.

»Nein.«

»Verstehe. Jetzt verstehe ich.«

»Was?«

»Die Aufregung im Haus.«

Er klopft noch einmal an das Rohr. »Alles in Ordnung«, sagt er laut. Er kommt hoch, nimmt mir das Blatt ab. »Muss ich ja zurückbringen.«

»Sie können in die Praxis? Einfach so rein und raus?«

Er nickt. »Schicke Unterhose haben Sie.«

In der Dunkelheit ertaste ich neben mir unter der Bettdecke einen fremden Bauch. Er ist aus warmem Lehm.

»Helen?«

»Ja.«

»Wie lange bist du schon da?«

»Psst.« Sie küsst mich. Ich bin ein Fisch, hänge an ihren Lippen. Sie wirft mich ins Wasser zurück. Ich bin zu klein.

»Ich dachte, du könntest nicht mehr kommen. Mata war hier. Sie will mich erschießen.«

»Ich weiß. Ich hab gewartet, bis Tamara zu ihr kam.«

»Über den Balkon?«

»Das macht sie immer.«

»Warum?«

»Vielleicht wollen sie nicht, dass ich weiß, dass Tamara da ist. Wenn sie zusammen schlafen, kontrollieren sie mich nicht.«

»Und du bist sicher, dass sie da ist?«

Sie stößt mich in die Seite. »Ich kann das doch sehen.«

»Wir könnten jetzt sofort dieses Haus verlassen.«

»Pst.« Ihre Hände streichen meine Brust und meinen Bauch entlang. »Ich lese gerade, was auf deinem Körper geschrieben steht. Sag meinen neuen Namen.«

»Vista.« Ich habe keine Fragen mehr.

Sie hebt den Kopf aus dem Kissen, als lausche sie. Aus ihren Haarspitzen fallen kleine elektrische Blitze auf meine Brust.

»Was ist?«

»Ich sehe Wolf.«

»Deinen Bruder?«

»Vielleicht ist er das. Er steht vor dem Haus mit einem anderen. Den kenne ich nicht.«

»Um diese Zeit? Mitten in der Nacht?«

»Er kommt hoch.« Sie legt ihren Kopf zurück auf meine Brust.

»Woher weißt du, dass Mata nicht deine Mutter ist?«

Sie stöhnt, legt eine Hand auf meinen Mund. »Ich weiß es. Außerdem habe ich einen Brief von meinem Vater bekommen.«

Ich küsse ihre Handfläche. Sie schmeckt nach Backpulver. »Dein Vater? Der ist doch verschwunden.«

»Er bittet um Verzeihung, dass er meine Mutter umgebracht hat. Er schreibt, ich muss vorsichtig sein mit dieser Mata. Sie ist falsch, die falsche Mata.«

»Woher kam der Brief?«

»Warte.« Sie hebt wieder den Kopf. »Ich sehe Wolf. Er ist mit dem anderen oben. Sie sitzen vor einem Computer.«

»Das ist Thorsten. Ich weiß, dass er da oben wohnt.«

»Nein, es ist jemand anderes. Sie wollen etwas herausfinden. Thorsten ist auch da. Er sitzt im dunklen Schlafzimmer.«

»Der Brief?«

»Ich hatte meine Übung gemacht. Einkaufen gehen. Als ich zurückkam, steckte er in meiner Tasche.«

»Warst du im Supermarkt? Wann war das?«

»Schon etwas her.«

»Und du glaubst, der Brief ist echt?«

Sie lässt mich los, richtet sich auf. »Eine Fälschung? Nein. Das ist Unsinn. Was mich beunruhigt, ist, dass er nach so langer Zeit einen Brief schreibt. Was hat er vor?«

»Du glaubst, es stimmt, was er schreibt?«

»Natürlich. Seit vielen Jahren habe ich immer wieder einen Alptraum. Immer denselben. Alles ist voller Blut. Die Bettlaken, die Kissen, das Bett und mitten darin liegt meine Mutter. Ich habe diesen Alptraum, weil ich es wirklich gesehen habe. Es war genau so. Ich muss etwa drei Jahre alt gewesen sein.«

Sie nimmt mir die Decke weg und kriecht darunter.

»Helen, was ist los?«

Sie hockt unter der Bettdecke wie in einem Zelt und flüstert: »Ich kann nicht hier bleiben.«

»Aber warum nicht?«

»Ich weiß nicht. Ich glaube, jemand steht vor der Zimmertür.«

Ich will aus dem Bett springen. Sie hält mich fest. »Warte. Da ist noch jemand.«

»Was? Wo? Helen, was ist?« Ich stecke den Kopf zu ihr unter die Decke.

»Ich weiß nicht. Hinten im Zimmer ist jemand. Ich muss weg.«

»Das ist Porsche.«

»Nein, es ist eine Frau.«

Ich stehe auf und gehe auf Zehenspitzen zur Tür. Helen drückt sich eng in die Zimmerecke daneben. Ich lausche. Es ist nichts zu hören, es fällt kein Lichtstrahl unter der Tür durch. Ich greife zur Klinke und öffne mit einem Ruck. Porsche steht vor mir. »Was willst du?«

»Hast du mir einen Schreck eingejagt.« Er greift sich an die Brust. »Ich dachte, ich hätte merkwürdige Geräusche gehört.« Er versucht, über mich hinweg in mein Zimmer zu sehen. Ich gebe den Blick auf mein Bett frei.

»Komisch«, sage ich, »ich dachte auch, ich hätte etwas gehört, aber es kam von dahinten.« Ich gehe an ihm vorbei.

»Warte«, sagt er.

»Warum?« Ich öffne das Zimmer. Eine Gestalt steht in der geöffneten Balkontür. Ich schalte das Licht ein. Sie lehnt am Türrahmen, als wolle jemand ein Foto von ihr machen.

»Sieh an, Tamara. Haben Sie den Balkon verwechselt?«

Ich drehe mich zu Porsche um. Er steht hinter mir. Der Lichtschein fällt auf seine roten Wangen.

»Gut, ich erzähle es nicht weiter. Geht mich ja auch nichts an.«

Tamara grinst, greift nach ihrem Seil am Balkongitter und

klettert ein Stück daran hoch, bis nur noch ihre Beine zu sehen sind, und schwingt sich dann zum Nachbarbalkon.

»Es ist nicht so, wie es aussieht«, sagt Porsche.

»Doch«, sage ich. »Genau so ist es.«

Ich gehe zurück in mein Schlafzimmer. Helen ist verschwunden.

Porsche klopft.

»Nein«, sage ich. »Lass mich schlafen.«

Er kommt trotzdem herein. »Lass mich erst mal was erklären.«

»Dass du an meiner Tür lauschst? Was gibt es da zu erklären?«

»Ich hab doch Stimmen gehört.«

»Und wenn schon. Ich rede oft im Bett mit mir selbst.«

»Es war so: Diese Tamara klopfte an die Balkontür. Sie sagte, es wäre etwas nicht in Ordnung. Helen wäre verschwunden.«

»Und selbstverständlich hält sich Helen in meinem Schlafzimmer versteckt. Willst du nicht noch die Schränke durchsuchen?«

»Sie ist nicht hier?«

»Nein.«

»Na ja, gut.« Er reibt sich die Hände, betrachtet den Kleiderschrank.

»Nun mach ihn schon auf.«

Er öffnet ihn tatsächlich, greift zwischen die Kleidungsstücke, schiebt sie zur Seite.

Ich setze mich im Bett auf. »Nun sage mir eins, was hättest du getan, wenn Helen da drinnen gesteckt hätte?«

»Sie ist behindert. Du kommst ins Gefängnis, wenn du was mit ihr anfängst.«

»Wer sagt das?«

»Bruno.«

»Sie ist 27 Jahre alt und geistig vollkommen klar. Sie hat hier im Haus nur ein traumatisches Erlebnis gehabt. Und was das war, werde ich noch herausfinden.«

Es heißt Ramses.«

Claudia Kerner hält die beiden Teller dicht an ihren stramm in den weißen Kittel gewickelten Körper. Der Stoff knirscht. Porsche und ich zögern. Auf den Tellern erhebt sich jeweils eine gelbe Pyramide, an der ein blauer Fluss vorbeifließt. Dünne grüne Zuckerstäbe stellen Schilf am Rande des Nils dar.

»Wie machen Sie das mit dem Blau?«, frage ich.

»Blausäure«, lächelt sie.

»Prima«, sagt Porsche und streckt beide Hände aus, nimmt die Teller in Empfang. Claudia Kerner entspannt sich. Der Bauch wölbt sich unterm Kittel. Sie sieht meinen Blick.

»Die Süßspeisen«, sagt sie entschuldigend und zieht den Bauch wieder ein. »Das kommt dabei raus, wenn man ein Kochbuch für Desserts entwickelt.«

»Was ist diesmal drin?«, frage ich. »Engelstrompete, Stechapfel, Einbeere?«

»Schlangenkraut.«

Porsche runzelt die Stirn, wirkt hilflos mit den beiden Tellern. Claudia Kerner lacht, boxt mich auf die Brust. Es sei nur ein Spaß zwischen ihr und mir, erklärt sie. Sie geht ins Treppenhaus zurück.

»Vanille, Marzipan und ein wenig Curaçao«, ruft sie. »Mehr nicht.«

Porsche trägt die Teller in die Küche. »Was meinst du?«

»Ich traue ihr nicht.«

»Ich auch nicht.« Er reibt sich lange mit der Hand über den Mund, dann sagt er: »Los, wir essen das Zeug!«

Wir tauchen unsere Löffel in die gelbe Masse. Wir probieren vorsichtig mit der Zungenspitze.

»Ich weiß nicht, ich weiß nicht«, murmelt Porsche zwischen zwei vollen Löffeln.

Ich entdecke keinerlei Nebengeschmack. »Im Grunde kann sie es nicht wagen«, sage ich.

»Sie würde viel riskieren«, sagt Porsche.

»Stimmt.«

Die Pyramide schmeckt vorzüglich. In der Mitte stoßen wir auf eine Art Marzipankugel.

»Das muss ein Stück der Mumie von Ramses sein«, sagt Porsche.

»Bringt ewiges Leben«, sage ich.

»Oder den Tod.«

Wir warten eine halbe Stunde.

»Wie fühlst du dich?«

Porsche sieht aus der Zeitung auf. »Blutleer und ausgestopft. Und du?«

»Ich glaube, ich mache heute einen ruhigen Tag«, sage ich.

»Ha, es wirkt«, sagt er. »Ich zum Beispiel gehe noch ein Stündchen ins Bett.«

»Der Fluch des Pharaos.«

Ich komme vom Sofa wieder hoch. Mit letzter Kraft schleppe ich mich in die Küche und koche einen starken Kaffee. Ich wecke Porsche.

»Mein Gott, sie hat es gewagt«, sagt er. Ich muss die Worte raten, denn er kriegt die Zunge nicht in Bewegung. Als wäre er betrunken.

»Wir legen sie rein«, sage ich und merke, dass diesen Satz niemand außer mir versteht. Zungenlähmung.

Ich schiebe Porsche die Tasse hin. Uns beiden fallen fast die Augen zu. Die Kaffeetassen sind schwer wie Blei.

»Ich muss zurück ins Bett«, sagt Porsche.

»Die will uns umbringen«, versuche ich zu formulieren. Porsche versteht meine Sprache, weil es ihm genauso geht.

Mit Mühe schüttelt er den Kopf. »Wir müssen schlafen«, sagt er. »Die kommen gleich und untersuchen alles.«

Er hat Recht, so wird es sein.

»Wir müssen überlegen, was wir verstecken.«

»Du«, sagt Porsche. »Ich nicht.«

»Der Computer, mein Laptop.« Ich wanke ins Wohnzimmer, nehme den Akku aus dem Gerät und stecke ihn unter die Zeitschriften im Schlafzimmer. Meine Kraft verlässt mich. Ich habe keine Knochen mehr. Porsche ist inzwischen am Küchentisch eingeschlafen.

»Los, Porsche, ins Bett.« Ich rüttle ihn. Er ist sofort hellwach, schwankt zur Küchenschublade und holt zwei große Fleischmesser heraus. Er gibt mir eines. »Die nehmen wir mit ins Bett.«

Ich gehe in mein Schlafzimmer. Porsche folgt mir. Seine Nase hat die Form eines Rüssels angenommen.

»Was willst du?«

»Mit in dein Bett.«

»Was?«

»Verstehst du nicht, die sollen denken ...« Er zieht sich vollkommen aus. Ich lege mich ebenfalls nackt zu ihm. Unsere Körper sind kalt. In den Fäusten die Messer.

Ich höre sie nicht kommen. Als sie direkt bei uns am Bett stehen, stellt sich bei mir genug Bewusstsein ein, um sie zu verstehen. Sie flüstern in einer Nebelwand. Es sind zwei. Eine Frau und ein Mann.

»Das hätte ich nicht gedacht«, sagt die Frau. Ich glaube, es ist Claudia Kerner. Wenn jemand flüstert, verliert seine Stimme einen Teil ihrer Charakteristik. Ich wage nicht, die Augen zu öffnen. Es macht auch keinen Sinn, denn sie stehen hinter meinem Rücken.

»Sind die schwul?«, fragt der Mann. Es könnte Bruno sein.

Ich hoffe, sie heben nicht die Bettdecke an. Das Messer an meinem Bauch ist heiß. Es glüht. Ich werde mitten auf dem Bauch ein Brandzeichen bekommen. Ich tauche ab zwischen nackte Leiber auf einer Weide. Kühe, Menschen, Claudia Kerner, alle durcheinander. Als ich wieder auftauche, sind die beiden weg. Jedenfalls höre ich keine Stimmen mehr. Ich öffne die Augen. Mein Kopf ist größer und schwerer als sonst. Ich will mich auf den Rücken drehen, aber ich bin noch wie gelähmt. Das Messer sticht mir in die Seite. Nach einer Weile spüre ich, wie sich das Blut auf dem Laken ausbreitet, es durchfeuchtet. Ganz langsam schaffe ich es, meine Hände unter der Bettdecke hervorzuziehen. Die Handflächen sind feucht, aber nicht rot. Mühsam hebe ich die Bettdecke an. Kein Blut, nur Schweiß. Allmählich geht die Lähmung zurück. Ich hole das Messer hoch und schiebe es unter das Kopfkissen. Ich untersuche meine Haut. Da ist eine kleine Verletzung an der Hüfte. Die Messerspitze hat meine Haut nur geritzt. Ich lasse meinen Kopf wieder auf das Kissen fallen. Die Bewegung hat mich angestrengt.

Ich will noch ein bisschen schlafen. Wenn sich aber die Wunde von dem Messerstich schon wieder geschlossen hatte? Die ganze Seite schmerzt leicht. Wenn das Messer tief eingedrungen ist, welche Organe liegen dort? Die Leber, sie hat keine Nerven, sie schmerzt nicht. Ich verblute von innen. Meine Schwäche deutet darauf hin. Jetzt spüre ich das pulsieren der zerfetzten Leber. Mein Bauch schwillt an von dem vielen Blut. Ich muss sofort ins Krankenhaus. Aber ich komme nicht hoch. Ich schaffe es nicht. Es gibt keine Rettung mehr. Vielleicht kann ich Porsche wecken.

»Porsche?«

Porsche brummt und schnauft und legt eine Hand auf meinen Bauch. Die Dielen knarren. Jemand nähert sich auf dem Flur. Porsche öffnet die Augen. Ich lege die Finger an die Lippen. Er nickt, hebt den Kopf, senkt ihn gleich wieder. Leise Schritte kommen näher. Porsche formt mit den Lippen ein Wort. Ich denke, es soll »Wer?« heißen. Ich schiebe meinen Mund dicht an sein Ohr und flüstere ihm meine Vermutung zu. Er umarmt mich, schiebt mir seine Zunge in den Mund, drängt seinen Körper an mich und stöhnt. Wer immer zur Tür hereinschaut, scheint mit unserem Anblick hochzufrieden.

Kaum hören wir die Tür klappen, fahren wir beide hoch. Unsere Häute sind wie Sandpapier, die Köpfe Melonen.

»Sie hat es gewagt.« Porsche massiert seine Gesichtshaut.

»Wehe, du versuchst noch einmal, die Situation auszunutzen«, sage ich.

Porsche bückt sich nach seinem Messer, kommt damit hoch, zielt auf mich. »Und wenn du noch einmal versuchst, mich ans andere Ufer zu bringen, steche ich zu.«

Porsche lacht. Ich halte mir den schmerzenden Kopf. Dann durchforschen wir, noch schwankend und nackt, die Wohnung. In der Küche löse ich eine Schmerztablette in Wasser auf.

»Die Schweine haben auch meine Sachen durchwühlt«, brüllt Porsche aus seinem Zimmer.

»Und bei mir haben sie den Laptop mitgenommen.« Mir wird kalt. Im Schlafzimmer treffe ich mit Porsche wieder zusammen. Wir kleiden uns an.

»Sie werden zurückverfolgen können, was wir uns im Internet angesehen haben«, sage ich.

»Macht nichts.« Porsche winkt ab.

»In meine E-Mail-Dateien kommen sie ohne Password nicht rein. Aber ich fürchte, es gibt einen Spezialisten im Haus.«

»Was hast du zu befürchten?«

»Da ich im Grunde nichts weiß, aber vorgebe, alles zu wissen, werden sie mich zuerst foltern und dann umbringen und dir die Wohnung geben. Du gehörst hierher, ich nicht. Falls du es noch nicht weißt, Bruno stellt die Mieter nach einem einzigen Merkmal zusammen: Sie müssen im Gefängnis gewesen sein. Wahrscheinlich sind alle Mörder.«

»Kriegt man einen Mietvertrag?«

»Kaum.«

»Also lebenslänglich.«

Es riecht nach verbrannter Milch.

»Was machst du da?«

»Ich koche eine Panna Cotta.« Porsche steht am Herd und rührt in einem Topf.

»Pudding?«

»Klar, für Claudia Kerner. Spezialrezept. Die Masse wird so fest, dass ich Figuren ausstechen kann, die übergieße ich dann mit bitterem Tannensirup.«

»Du willst ihr einen Pudding bringen?«

»Als Dankeschön für ihren. Ich schenke ihr das Rezept für ihr Buch.«

Ich setze mich an den Küchentisch. »Ich glaube nicht, dass sie wirklich ein Buch zusammenstellt. Sie benutzt diese Desserts, um die Bewohner des Hauses unter Kontrolle zu halten. Möglicherweise ist Helens Zustand darauf zurückzuführen.«

Porsche lässt die weiße Masse vom Löffel abtropfen, um die Konsistenz zu prüfen.

»Wie wäre es, wenn wir etwas Fliegenpilz hineintun?«, schlage ich vor.

»Nicht nötig. Sie wird glauben, es sei so etwas drin.«

Ich lehne mit Porsche über dem Balkongitter. Carlos läuft geduckt durch die hinteren Gärten.

»Was macht der?«

»Er passt auf Helen auf.«

Carlos hat den Hinterhof des Supermarktes erreicht.

»Bruno sagt, der kann bei Tageslicht nichts sehen, deshalb wohnt er im Keller und arbeitet nur nachts.«

»Ich weiß nur, wenn der losgeht, ist meist Helen unterwegs. Also ich muss auch los. In den Supermarkt.«

»Du solltest das mit Helen wirklich bleiben lassen.«

»Und dich dafür nehmen?«

»Im Ernst, das Mädchen ist doch ...«

»Geisteskrank? Das bezweifle ich.«

»Was dann?«

»Helens Beschränkungen haben nichts Zwanghaftes. Sie setzt sie kontrolliert ein. Und ich glaube, alle im Haus wollen, dass sie als geisteskrank gilt, weil sie weiß, was hier geschehen ist. Es gibt einige Nachbarn in der Umgebung, die erzählen dir, dass dies ein besonderes Haus ist, dass hier mindestens ein, wenn nicht sogar zwei Morde geschehen sind. Ich meine solche, die bis heute nicht aufgeklärt wurden.«

»Du willst mir die Wohnung vermiesen.«

Helen geht an Matas Hand. Sie schwankt kaum, geht geradlinig, sicher. Es sind viele Fußgänger unterwegs. Ich hole auf, bin dicht hinter ihnen. Sie bemerken mich nicht. Helen trägt den Tropenanzug, hat ein Band um die Haare gebunden. Ich versuche, noch näher heranzukommen, ohne in die Blickwinkel Matas zu geraten, um ihre Stimmen zu hören. Sie reden nicht.

Doch plötzlich sagt Helen: »Ich will jetzt gleich zum Optiker.« Jetzt sehe ich, dass sie in der freien Hand ihre Brille trägt.

»Ich muss erst in den Supermarkt. Du kommst mit.«

»Du kannst mich beim Optiker abliefern und ihn bitten, mich dann – falls notwendig – zurückzubringen.«

Ich bleibe zurück, trete in einen Hauseingang. Die beiden gehen an dem Supermarkt vorbei, wollen die Straße überqueren. Ich überlege, ob die Zeit reicht, den Häuserblock zu umrunden und vor ihnen beim Optiker einzutreffen.

Ich laufe los, springe durch den Verkehr auf die andere Seite. Ich spüre noch einen Rest des lähmenden Puddings in meinem Körper. Ich zwinge meine Beine zu einem schnellen Rhythmus. Ich stoße Fußgänger an. Beschimpfungen werden mir zwischen die Füße geworfen. Meine Lungen spülen Blutgeschmack auf die Zunge. Die Luft bleibt weg. Ich erreiche den Optiker. Noch keine Spur von Helen und Mata. Ich stürze durch die Tür. »Sehtest«, kriege ich gerade noch heraus und gehe nach hinten zur Testkabine. Mein Körper ein Blasebalg. Mein Herz ein Schlagstock.

Für zwei Menschen, die auf dem Fußboden übereinander herfallen, ist die Kabine mit dem Gerät für den Sehtest eng und unbequem.

»Ich wusste, dass du hinter uns warst«, sagt Helen.

»Du musst aufhören, den Pudding zu essen.«

Sie hebt die Brauen. »Ich weiß.«

Der Optiker klopft an die Tür. »Ich will nicht ungeduldig erscheinen«, sagt er.

»Tun Sie aber«, sagt Helen und lässt einen Moment von mir ab.

»Noch sieben Minuten«, ruft sie und öffnet meinen Hosengürtel.

»Sieben Minuten?«, frage ich.

»Wetten?«, sagt sie.

Der Laden des Optikers knistert, als wäre er aus Stroh. Helen probiert ihre Brille mit dem Tunnelblick.

»Gut«, sagt sie. »Passt wirklich zu meinem neuen Anzug.«

»Aber?«

»Ich kann das Haus nicht verlassen. Ich bin noch nicht so weit.«

»Doch.«

»Danke für das rosafarbene Glas.« Sie gibt mir einen Kuss, dann blickt sie zum Optiker auf.

»Ich habe nichts gesehen«, sagt er.

»Wollen wir noch mal in die Kabine?«, fragt sie mich.

»Halt«, sagt der Optiker. Er hebt beide Hände. »Ich muss wenigstens noch einen Sehtest machen.«

Helen schüttelt den Kopf. Sie geht zu den Sonnenbrillen, probiert eine nach der anderen und betrachtet sich im Spiegel.

»Sehtest muss sein«, sagt der Optiker.

»Warum?«

»Falls Ihre Mutter nach den Werten fragt.«

»Gut.« Helen folgt ihm.

Jetzt stelle ich mich vor den Spiegel und probiere eine Sonnenbrille nach der anderen. Insekt, Blinder, Alien, Waschbär.

Der Optiker kehrt mit Helen zurück.

»Und?«

»Über hundert Prozent Sehschärfe auf beiden Augen.«

»Das gibt es?

»Ja.«

Ich gehe mit ihm zur Kasse. Helen kommt mit einer dunklen, großen Sonnenbrille. »Schenkst du mir die auch?«

Der Optiker zählt alles zusammen und verlangt die Hälfte der Summe. »Sie wohnen doch auch in dem Haus«, sagt er.

»Und Sie lassen sich das gefallen?«, frage ich.

»Was wollen Sie? So viel kommt da im Jahr nicht zusammen. Und ich denke, der General mit seinem Wachdienst ist eine echte Gegenleistung. Jedenfalls hat hier seitdem niemand mehr versucht einzubrechen.«

Er geht zur Tür. »Da ist er ja.«

Der General steht an der Fußwegkante, hat den Kopf in den

Hamburger Himmel gehoben und betrachtet das Schlachtfeld der Wolken, dann geht er langsam auf die Ladentür zu.

Ich ziehe Helen zurück. »Wir müssen hinten raus.«

Aber die Fenster zum Hof sind alle vergittert. Helen, die Hände schützend auf den Kopf gelegt, lässt sich mit dem Rücken zur Wand in einer Ecke langsam nieder. »Es ist aus.«

Der Optiker ist uns zögernd gefolgt, versteht den Ausbruch der Panik nicht.

»Wir müssen raus. Der General darf uns nicht sehen.«

»Nicht sehen«, wiederholt er automatisch, dann kehrt das Leben zurück. »O ja.« Er dreht ein Wandregal, und dahinter wird eine Tür mit Querriegel sichtbar.

»Wohin führt diese Tür?«

»Ins Treppenhaus. Ich hole den Schlüssel.«

Er geht nach vorn, kommt mit einem klappernden Schlüsselbund zurück. »Einer davon muss passen.« Er probiert einen nach dem anderen. Keiner passt.

Die Ladenklingel schrillt. Ich schleiche bis zum Vorhang, der den hinteren Raum trennt. Der General steht im Laden, die Arme verschränkt.

»Ich komme gleich«, ruft der Optiker.

Ich nehme ihm den Schlüsselbund ab, betrachte das Schloss und habe sofort den passenden Schlüssel. Die Tür öffnet sich. Ich winke dem Optiker zu gehen. Dann flüstere ich Helen ins Ohr: »Nur ich muss fliehen.«

Sie nickt, greift nach mir und leckt mir mit der Zunge über das Gesicht, als müsste sie mich säubern.

»Ich gehe«, flüstere ich. »Und du musst das Regal wieder an die Wand schieben und dann nach vorn gehen. Du bist doch hier zu einer Untersuchung.«

»Ich kann nicht. Ich habe keine Kraft.« Ihre Finger bohren sich in meine Oberarme. Vogelkrallen. Ich ziehe sie mit mir hoch. »Du musst.«

Sie nickt, lässt mich nicht los. Finger für Finger löse ich die Umklammerung und zwänge mich durch den Türspalt.

Dunkel gekachelte Kälte hüllt mich ein. Ich ziehe die Tür zu und spüre heißen Tigeratem im Nacken.

»Wer sind Sie denn?«, sagt der Tiger.

»Oh, ich bin kurzsichtig.« Das sagt man, wenn man vom Optiker kommt.

Tiger ist dick, hat eine gestreifte Latzhose an und zwei Mülleimer in den Händen. Ein Hausbewohner.

Der Pudding ist hart. Claudia Kerner versteinert.

Ich lasse Porsche reden, halte mich im Hintergrund an einem Blatt der dünnen Pflanze fest. Es ist sonst niemand im Warteraum.

»Nun nehmen Sie schon«, sagt Porsche. »Ich wollte Ihnen eine Freude machen, ein Gegengeschenk, ein Pudding für Sie. Sie sollten auch einmal einen bekommen.«

Sie hört ihm gar nicht zu, sondern beobachtet mich. Ich streife das Blatt durch zwei Finger. Es glänzt und wölbt sich mir entgegen.

»Ich hab Ihnen das Rezept aufgeschrieben.« Porsche reicht ihr ein handgeschriebenes Blatt. Jetzt bemerke ich die Vibration von Claudia Kerners Pupillen. Und mit einem Mal verstehe ich, dass sie unter Schock steht. Etwas vollkommen Unerwartetes ist geschehen, hat eine hypnotische Starre ausgelöst. Vielleicht bietet sie die Möglichkeit, ihr ein Geheimnis zu entreißen, so wie man jemanden unter Hypnose die Wahrheit sagen lassen kann. Mit drei Schritten bin ich am Tresen.

»Wer hat Mata Krystof umgebracht?«

»Bruno ...«, sagt sie.

Porsche sieht mich an, als käme ich von einem fremden Planeten.

»Bruno«, sagt sie, »ich war mit Bruno bei Ihnen.« Sie knickt in der Mitte ihres Körpers leicht ein. Ihr Kopf zuckt, und dann zeigt ihr leichtes Lächeln die Rückkehr in die Wirklichkeit an.

»Der Gasgeruch im Haus kam aus einem undichten Rohr in Brunos Wohnung, und wir befürchteten, er könne sich nach oben ausgebreitet haben«, fabuliert sie. »Wir mussten nachsehen. Aber in Ihrer Wohnung war nichts zu riechen. Und Sie lagen im Bett mit gleichmäßigen, gesunden Atemzügen.«

Ich nicke Porsche zu.

»Bitte«, sagt er, »der Pudding.«

»Das ist reizend«, sagt sie. Sie greift nach dem Tablett. Porsche lässt es nur mit einer Hand los. Mit der anderen zieht er aus einer Brusttasche einen in eine Serviette eingewickelten kleinen Löffel.

»Ich bestehe darauf, dass Sie ihn sofort probieren. Diese Freude müssen sie mir machen.«

»Oh«, sagt sie. Sie weicht zurück. Kein Ausweg. Sie weiß es. Sie muss probieren. Sie nimmt ihm den Löffel ab, sieht zu mir. Ihre Züge werden ernst. Sie sticht in den Pudding. Ihr Blick wechselt zwischen Porsche und mir und dem Stück Pudding.

»Sie sollten mir die Augen verbinden«, sagt sie.

»Dies ist kein Erschießungskommando«, sage ich.

Sie schiebt den Löffel in den Mund, schmeckt nicht, sondern schluckt schnell. Sie schließt die Augen und wartet auf den Tod.

Thorsten Riebach, wohnt der nicht hier?« Die Frage kommt aus einem vor kurzem noch mit schwarzen Oliven in Tomatenknoblauchsoße gefüllten Rachen. Sie kommt aus einem Mann mit großer Sonnenbrille. Sie bedeckt sein halbes Gesicht. Er hat sich dicht hinter mich und Porsche gestellt. Ich will gerade die Haustür aufschließen. Wir haben das Puddinglächeln noch im Gesicht.

»Sie kommen zu spät. Wir haben seine Wohnung übernommen«, sagt Porsche. Ich stehe in der halb geöffneten Tür.

»Wirklich?«

Plötzlich sehe ich die Narbe. Eine weiße Linie beginnt auf der Stirn, verschwindet oberhalb der Sonnenbrille über dem linken Auge und kommt unten wieder hervor.

»Ja«, sage ich, »Thorsten Riebach wohnt hier nicht mehr.«

»Und wo ist er hin?«

»Wissen wir nicht.«

»Ich werde mich selbst überzeugen.«

Er drängt an uns vorbei ins Haus, wirft mich fast um.

»Moment mal.« Porsche greift nach seinem Arm, versucht, ihn zurückzuziehen. Der Mann reißt ihn mit sich, wird aber von Porsches Griff gegen die Haustür geworfen. Seine Brille fällt auf den Boden. Er bückt sich, setzt sie wieder auf und stürmt die Treppe hinauf. »Riebach!«, schreit er. Eine Mischung aus Schlachtgeschrei, Hilferuf und Schmerzenslaut. Beim zweiten Mal geht sein Schrei in ein Gurgeln über.

Porsche sieht mich an, den Schrecken noch im Gesicht. Für einen Moment haben wir das Grauen gesehen, das wir nur im Kino als Kunst des Maskenbildners für möglich gehalten hatten. Die Augenhöhle des Mannes, die Wucherung wilden Fleisches, als würde es kochen. Narben und Nähte, wie ein dunkles Kreuz auf weißer Puppenhaut.

Der Fremde liegt ausgestreckt auf dem Rücken auf dem Treppenabsatz im ersten Stock, die Arme dicht am Körper wie einer, der gleich in den engen Sarg soll. Bruno steht zu seinen Füßen, in der Hand einen kurzen Knüppel. Porsche und ich wagen nicht, die letzte Stufe hinaufzugehen, bleiben mit unseren Köpfen auf Höhe des Fremden, dessen Namen ich längst weiß. Bruno geht langsam um den gefällten Körper herum, inspiziert ihn. Dann bückt er sich, holt die daneben liegende Sonnenbrille hervor und steckt sie dem Fremden hinter die Ohren. Das zerfetzte Auge ist auch für ihn schwer zu ertragen.

»So«, sagt Bruno.

Er steckt den schwarzen Knüppel in den Gürtel, reibt sich die Hände. »Das wäre geschafft.«

Bruno kommt mit Carlos aus dem Keller. Porsche und ich haben inzwischen Wache gehalten. Der Fremde hat sich nicht gerührt, atmet aber.

»Müssen wir nicht die Polizei zu holen?«, frage ich leise.

»Weiß schon Bescheid«, sagt Carlos, als müsse er täglich die halb toten Kerle aus dem Treppenhaus entfernen. Er dreht, wendet den Fremden und fesselt dessen Hände, Arme, Füße und Beine.

»Das ist doch dieser Mitter, Thorstens ehemaliger Partner, nicht wahr?«, frage ich.

»Es gibt viele Einäugige auf der Welt«, sagt Bruno. »Sie sind eine Landplage. Aber so weit wie dieser hat sich noch keiner vorgewagt.«

Auf Mitters Lippen haben sich ein paar Blasen gebildet und platzen.

Bruno befiehlt, mit anzufassen.

»Nein«, sage ich. »Bei so etwas mache ich nicht mit.«

Porsche aber hebt die Füße an, während Carlos unter die Schulter des Fremden greift.

»Weiß schon Bescheid«, sagt Carlos.

Bruno lehnt sich auf das Treppengeländer und sieht dem Transport hinterher.

»Was macht ihr mit dem?«, frage ich.

»Wird in Hamburg alles immer auf dieselbe bewährte Weise gekocht mit Gewürzgurke und Tomate«, sagt Bruno. »Carlos holt heute Abend aus einer Gegend, wo morgen Mülltag ist, eine Mülltonne, steckt den Kerl rein und rollt die Tonne zurück. Fertig ist der Kartoffelsalat.«

»Dann kommt er in die Presse der Müllwagen?«

»Ach was, die Hamburger Müllmänner gucken in jede Tonne, bevor sie ausgeleert wird.«

»Sicher?«

»Sicher. Die wissen schon, dass da so was drin sein kann.«

Mir ist die Sache unheimlich. Ich will nicht, dass sie Thorstens Expartner umbringen. Ich steige in den Keller und finde sie in einem Raum mit Regalen und Kartons. Sie haben ihren Patienten auf einen Stuhl gesetzt. Carlos prüft die Fesseln, durchsucht die Taschen.

Porsche fängt eine dicke Assel und setzt sie dem Fremden auf die Stirn. Als dieser schreien will, stopft ihm Carlos einen Lumpen in den Mund. In der anderen Hand hat er schon den Klebestreifen. Porsche und Carlos arbeiten gut zusammen. Als hätten sie es schon immer getan. Ich verlasse sie und sehe mich in Carlos' Raum um. Das Bett hat eine neue Wolldecke und Bezüge bekommen. Hier ist offensichtlich sauber gemacht worden. Schränke und Herd sind geputzt. Scharfer Salmiakgeist der Hilfsbereitschaft oder des schlechten Gewissens hängt in der Luft. Jemand hatte etwas gutzumachen. Das vergilbte Foto aber steckt noch immer an der Scheibe des alten Küchenschranks. Ich ziehe es heraus und gehe damit unter das Licht der Glühbirne. Unter gelbem, gerissenem Lichtschutzlack: Vater, Mutter und Kind. Eine kontrastreiche Vergrößerung. Fast nur Schwarz und Weiß. Carlos kann nicht der Mann sein. Es gibt keine Ähnlichkeit. Vielleicht ist er das Kind.

Carlos kommt herein, schnüffelt. Porsche bleibt in der Tür stehen.

»Wer ist das?«, frage ich.

»Mata, die richtige Mata.«

Ich betrachte die Frau mit dem langen Haar. Es bedeckt eine Hälfte des Gesichts, das dadurch wirkt, als wäre der Kopf im Profil und frontal zugleich aufgenommen.

»Das Kind ... ist Helen.«

Er nickt.

»Dann ist der Mann Lukas Krystof?«

Er will mir das Bild aus der Hand reißen, aber ich halte es fest. Wenn einer von uns stärker zieht, wird es kaputtgehen.

»Wo ist das Grab von Lukas Krystof?«

Er richtet sich zum ersten Mal auf. Ich ahnte nicht, dass er so groß wie ich ist. »Das Grab ist hier.«

»Und wo ist das Grab von Mata Krystof?«

Er hebt die Schultern. »Lassen Sie das Bild los.«

»Ist sie wirklich tot?«

»Ich habe sie gesehen. Sie lag in ihrem Bett. Alles war voller Blut. Bruno hat gesagt, ich soll gehen, er hat die Leiche weggebracht.«

»Und wer ist jetzt die Mata da oben?«

Er bleibt aufrecht, seine Augen verengen sich. »Bruno hat sie besorgt, damit das Kind eine Mutter hat. Aber wir passen alle auf sie auf. Wir wissen alles, was mit Helen geschieht.«

Es ist eine Drohung.

»Und wie es in Helen aussieht, wissen Sie das auch?«

»Lassen Sie schon los.« Er zieht stärker an dem Foto.

»Helen braucht keinen Schutz mehr.«

»Sehen Sie das Mädchen an. Jeder sieht das. Man muss auf sie aufpassen.«

»Sie spielt allen etwas vor. Aus Angst. Sie hat Angst vor denen, die sie beschützen wollen.«

»Unsinn.« Er funkelt mich an. »Für Kerle wie Sie gibt es noch mehr offene Gräber.«

Er sieht zu Porsche, sucht Einvernehmlichkeit. Porsche kommt einen Schritt näher, legt den Kopf schräg, um das Foto zu betrachten. Er greift danach.

»Lasst los«, sagt er. Zu dritt ziehen wir daran.

Wenn ich in deiner Situation wäre«, sagt Porsche, »würde ich abhauen.« Er grinst wie eine saure Gurke.

Wir blicken aus dem Fenster und warten darauf, dass Carlos unten auf der Straße mit einer Mülltonne vorbeigerollt kommt. Porsche drückt seine Stirn an die Fensterscheibe.

»Du bist wirklich leichtsinnig. Vielleicht liegt es daran, dass du nicht weißt, wie Gefangene sich in einem Gefängnis organisieren. Du warst nie dort.«

»Du meinst, da wäre ich sicher?«

Er nimmt seinen Kopf vom Fenster zurück, auf der Scheibe ist ein fettiger Abdruck seiner Stirn entstanden. Er poliert ihn mit seinem Hemdsärmel weg.

»Die einzig unbeschwerte Art zu leben ist, so wenig wie möglich zu wissen«, sagt Porsche. »Du hast das mit Carlos im Keller bewusst in meiner Gegenwart gemacht, nicht wahr? Du brauchtest einen Zeugen und einen Mitwisser. Ich bin ja nicht blöd.«

Drüben an der Ecke räumt der Gemüsehändler seine Auslagen nach drinnen. Porsche zeigt hinüber. »Fünfzig Prozent gewährt der Mann. Warum? Die Bewohner dieses Hauses haben hier die ganze Gegend im Griff. Im Zweifel hilft dir hier niemand.«

»Du warst sehr schnell erstaunlich hilfsbereit.« Ich gehe vom Fenster zurück. »Manchmal weiß ich nicht, ob du schon vollkommen dazugehörst. Kann ich dir noch trauen, oder bin ich der Nächste, der in eine Mülltonne verfrachtet wird?«

Porsche grinst, öffnet die Fensterflügel. »Ich wusste, wer der Kerl war. Hans-Christian Mitter. Thorsten hat mir die Geschichte erzählt. Und jetzt mache ich mit, damit sie ihn nicht umbringen. Das wäre zu viel. In einem Mordfall möchte ich wirklich nicht drinhängen.«

»Du wusstest das mit Thorstens Expartner?«

»Ich war oben bei Thorsten.« Porsche beugt sich so weit hinaus, dass er den Fußweg vor dem Haus im Blick hat.

»Du warst oben …«

»Beruhige dich. Ich war nach dir dort. Er ist sauer auf dich. Ziemlich.« Porsche dreht sich zu mir um. »Als ich begriffen hatte, wie der Laden hier funktioniert, war mir klar, dass Thorsten noch im Haus ist. Hier wird ihm Schutz geboten. Und es konnte nur eine Wohnung geben, die sich für ihn als Versteck eignete. Simple Schlussfolgerung.«

Er geht zur Tür. »Die Mülltonne ist eingetroffen.«

Ich will ihm folgen. Er winkt ab. »Ich mach das schon allein.«

Ich warte, bis er gegangen ist, dann folge ich ihm trotzdem. In einem Mordfall möchte ich wirklich nicht drinhängen.

Ich will Mata die Tür aufhalten, aber sie stellt ihre beiden Einkaufstüten auf den Stufen vor dem Haus ab. Sie reibt sich die Finger.

»Es wird regnen«, sage ich. Friedliche Nachbarn sagen so etwas zueinander.

»Sie sollten sich darüber im Klaren sein, dass Sie das Haus, wenn Sie es verlassen, möglicherweise nicht wieder betreten können«, sagt sie. Dünne Falten auf der Oberlippe. Zeichen eines Gebisses. Wahrscheinlich aus Stahl.

»Ich verstehe, man kehrt niemals als derselbe zurück.«

»Was soll das bedeuten?« Rauch ist in der Luft.

»Sie haben sich sehr verändert. Sind Sie noch die Mata von früher?«

Sie runzelt die Stirn. Die Möhrenhaare senken sich. »Sie haben irgendeinen Unsinn gehört, was?«

Ich sehe Porsche an der Straßenecke stehen. Er streckt den Bauch vor, hat am Kantstein eine Haltung wie ein Vogel auf einer Stange, das abgewetzte Jackett als braune Flügel. Auf der anderen Seite Carlos. Mit beschmiertem Gesicht und rußiger Kleidung ist er ganz Müllmann. Er schiebt mit eingeknickten Knien die Tonne im üblichen geduckten Gang mit einer Hand.

Die andere benutzt er, um seine Augen zu beschatten, als ob es ihm noch zu hell ist. Ich glaube ihm seine Lichtempfindlichkeit nicht. Der Himmel hat sich dunkel gefärbt. Regenwolken dampfen für die große Wäsche über uns zusammen.

Mata schrumpft, schiebt die Lippen zusammen. Die Mimik für den Ursprung der Falten unter der Nase. »Sie haben eine Grenze überschritten. Das wissen Sie.«

Die ersten Tropfen zerplatzen auf dem grauen Kunststoff der Mülltonne. Ich hebe den Deckel. Mitters Gesicht streckt sich mir entgegen. Schmerz im letzten Auge. Unter dem Klebeband will er Worte formen. Der Rotz läuft ihm aus einem Nasenloch. Er tut mir Leid. Der Deckel wird mir aus der Hand genommen und geschlossen.

»Ihm ist nichts passiert«, sagt Porsche.

Er zieht mich von der Reihe der Mülltonnen weg.

»Und wenn er morgen früh tot ist?«

»Sie finden ihn rechtzeitig.« Porsche zeigt auf eine Frau, die mit einer Mülltüte kommt. »Die Anwohner leeren ihren Müll abends noch in die schon bereitstehenden Tonnen.«

»Was meinst du? Kommt er noch mal wieder?«

»Sie haben ihm gesagt, dass er das nicht überleben würde.«

Wir gehen zurück. Der Regen wäscht uns die Gesichter. Vor dem Haus bleibt Porsche stehen. Bruno kommt mit einem langen Papierstreifen aus seinem Laden. Er hält ihn mit beiden Händen straff. Die Regentropfen schießen die Farbe ab.

»Hilf mir mal«, sagt er zu Porsche. Mich sieht er nicht an.

»Ausverkauf« steht auf dem Transparent. Sie kleben es an die Scheibe. Bruno tritt zurück, betrachtet es.

»Das Ende kündigt sich immer mit zerlaufender Farbe an.«

Er schickt Porsche in den Laden, ein zweites Plakat zu holen.

»Wenn zwei Käfer auf einem Blatt sitzen, können sie Wetten abschließen, wer vom Vogel gefressen wird«, sagt er und grinst mich an.

Ich halte dagegen: »Unter dicken Vögeln brechen die morschen Äste.«

»Gut, dann anders«, sagt Bruno. »Ordnung ist Deckel drauf. Wer ihn anhebt, muss die Maden bändigen können.«

Porsche kommt mit dem Plakat, hält es sich vor die Brust, als hätte er es selbst geschrieben: »Demnächst hier: Barbarbar.«

Er klebt es an die Scheibe. Und so, wie er es zweimal glatt streicht, weiß ich, dass er es tatsächlich gemalt hat. Er sieht über die Schulter zu mir. Ich applaudiere ein wenig. Die Regentropfen zucken zurück. Die Luft schmeckt frisch gewaschen, ein wenig so, als hätte ich eben noch blaue Stahlnägel gegessen.

»Der Name steht dafür«, sagt Bruno und kratzt sich dabei die Unschlüssigkeit aus den Haaren, »dass keine Missverständnisse aufkommen. Die Zivilisation ist eine Erfindung der Wilden.«

Ich überrede Porsche, mit mir in den dritten Stock zu gehen. Wenigstens bis an die Tür. Ich will versuchen, meinen Laptop zurückzubekommen.

Ich klopfe. Thorsten fragt durch die geschlossene Tür, wer da sei, und Porsche antwortet. Thorsten ist nicht überrascht, uns beide zu sehen. Er ist wieder Mann und ganz in Weiß. Weiße Hose, weißes Hemd und weißer Pullunder, die Hände voller Mehl. Er zeigt uns die Handflächen. »Ich backe gerade einen Kuchen.« Er lässt die Hände flattern.

Ich rieche es. Porsche rümpft die Nase. »Ich gehe dann.«

»Komm rein.« Thorsten gibt den Weg frei. »Tut mir Leid, dass ich so auf dich losgegangen bin. Ich habe mich schon wieder beruhigt. Und Wolf ist nicht da.«

Ich sehe mich nach Porsche um. Er winkt von der Treppe. »Vergiss nicht: Unter der Dusche nicht nach der Seife bücken.«

Ich strecke ihm die Zunge heraus und folge dem Kuchenduft. Thorsten schließt hinter mir die Tür ab. In der Küche steht ein mit Kirschen verzierter Kuchen. Er quillt aus einer runden Form. Aber es gibt einen zweiten Kuchen. Ich bekomme ihn ins Gesicht geschleudert. Er stopft sich mir in den Mund, steckt sich mir in die Kehle und raubt mir die Luft. Wolf ist doch da.

Ich übergebe mich in einen Blecheimer, den mir Thorsten vorhält. Er hat das lange Gesicht eines Pferdes. Ich sitze auf dem Fußboden des Büros, und Wolf fummelt mit einem Elektrokabel an meinen Handgelenken herum.

Aus meinem Mund kommen Rabenlaute. Noch einmal wölbt sich mein Magen. Aber es ist nichts mehr darin. Nur noch Kuchenkrümel in meiner Lunge. Wolf geht mit dem Ende des Elektrokabels, das meine Handgelenke umschlingt, zur Steckdose. Es reicht nicht ganz. Er zieht mich am Kabel näher zu sich, ich versuche, die Absätze meiner Schuhe hinter die Teppichkante zu haken. Das Ergebnis ist nur ein geringer Aufschub vor dem Elektrotod. Der Teppich rutscht mit mir davon. Wolf hebt den Stecker und stößt ihn in die Steckdose. Nichts passiert.

»Keine falsche Bewegung«, sagt Wolf, um die Gefährlichkeit seiner tödlichen Konstruktion zu unterstreichen.

Zur Bestätigung krächze ich. Wolf geht zum Schreibtisch. Er klappt meinen Computer auf, schaltet ihn ein. »Die Geschichte, die du schreibst, das Mädchen soll doch Helen sein, oder?«

Ich würge, schüttle den Kopf. Er tippt auf den Bildschirm.

»Diese beiden E-Mails hast du abgeschickt? Warum?«

Ich krächze immer noch Kuchenkrümel.

»Er kann nicht sprechen«, sagt Thorsten. Er holt mir ein Glas Wasser und flößt es mir vorsichtig ein. Meine Stimme kehrt zurück.

»Kerner«, sage ich. Es klingt wie ein Räuspern. »Doktor Kerner bat mich, diese beiden Sätze abzuschicken.« Es kommt tonlos, aber verständlich, und es hat die erhoffte Wirkung. Wolfs Lippen öffnen sich, obwohl ein Speichelfaden sie zusammenzuhalten versucht.

Sie haben die Tür abgeschlossen und sich zur Beratung zurückgezogen. Allein gelassen, ziehe ich vorsichtig an dem Stromkabel. Nichts passiert. Ich rutsche bis zur Steckdose, bekomme den Stecker zu fassen und ziehe ihn heraus. Wolf und ich, wir halten uns gegenseitig für blöd, aber er ist es.

Ich stemme mich hoch und gehe zum Schreibtisch. Rückwärts ziehe ich vorsichtig die Schublade auf. Es liegt eine Schere darin. In der spiegelnden Scheibe eines Monitors betrachte ich meine auf dem Rücken gefesselten Hände. Ich brauche die Schere nicht. Der Knoten ist groß. An einer Stuhllehne hake ich ein und löse ihn allmählich. Ich untersuche das Ende des Kabels. Keine Spur von blanken Drähten, die mich hätten elektrisieren können. Ich lausche an der Tür. Stimmen in der Küche. Sie streiten miteinander. Plötzlich Schritte. Wolf sagt: »Ich hole Bruno, und wehe, du lässt ihn laufen.«

Ich gehe zum Fenster, öffne die Verriegelung und stemme es hoch. Es hat aufgehört zu regnen, aber das Dach ist noch nass. Ich ziehe mich am Fensterrahmen hoch. Die Straße ist nicht zu sehen. Ich betrachte den Dachfirst. Im Grunde ist alles ganz einfach: Ich klettere hoch, lasse mich hinten von der Dachrinne auf Tamaras Balkon herab. Dort hängt das Seil, das bis zu meinem Balkon reicht.

Ich hole den Schreibtischstuhl und klettere auf das Dach. Ich presse mich dicht an die Schindeln, die Füße noch an den Dachfensterrand gestemmt. Jedes Mal, wenn ich ein Stück in Richtung First robbe, rutsche ich beim Nachfassen wieder ein Stück zurück. Schindeln aus Schiefer sind nass, glatt und schleimig. Ich erinnere mich an eine Mathematikaufgabe in der Schule: Wie lange braucht eine Schnecke, wenn sie pro tagsüber zurückgelegter Strecke an einer Hauswand nachts die Hälfte wieder zurückrutscht? Damals schien es lösbar.

Ich erreiche die Dachspitze, komme hier ins Gleichgewicht, so dass ich auf die Knie gehen kann. Ein Kopf schiebt sich aus dem Dachfenster. Es ist Thorsten. Er sieht zur Straßenseite und ruft meinen Namen. Ich rolle mich auf die andere Seite in Deckung. Ein Fehler. Ich höre nicht auf zu rollen, finde keinen Halt. Erst die Dachrinne bremst mich. Wenn ich hinuntersehe, falle ich. Langsam rutsche ich auf dem Bauch in Richtung von Tamaras Balkon. Jetzt muss ich die Beine hinabschwenken und loslassen. Doch die Entfernung zwischen Dachrinne und Balkonboden ist größer als in meiner Erinnerung. Auch der Balkon ist viel schmaler. Ich werde ihn verfehlen. Ich weiß, meine Angst schätzt die Maße, aber ich habe nichts anderes mehr zur Verfügung. Ich bleibe also an die Dachrinne geklammert liegen, zittere vor Anstrengung und beobachte die größer werdende Entfernung zum Balkon und das Schrumpfen seiner Fläche. Ich erinnere mich an einige Entspannungsübungen. Es nützt mir nichts, dazu müsste ich auf dem Rücken liegen. Eine andere Erinnerung gilt einer Filmszene. Der Held schwenkte samt gelöster Dachrinne weit nach außen.

Ich peile ein letztes Mal die Richtung, hebe die Beine über die Rinne, lasse mich lang herabhängen. Ich schließe die Augen – ich will nicht sehen, wie ich sterbe –, dann lasse ich mich fallen.

Mein Körpergewicht drückt mir die Beine in den Leib, die Knie knicken willenlos nach vorn, das Balkongitter schlägt mir in den Rücken, bricht mir knirschend das Rückgrat. Ich werde den Rest meiner Tage im Rollstuhl verbringen.

Allmählich erhole ich mich. Ich hab mir nichts gebrochen. Aber das Seil ist weg. In Tamaras Zimmer ist alles dunkel, und ich kriege die Balkontür nicht auf.

»Tamara«, rufe ich leise und klopfe gegen das Fenster. »Tamara?« Kein Licht, kein Zeichen von Leben.

Ich bin auf einem Balkon gestrandet wie auf einer einsamen Insel. Die Nachbarinsel ist zu weit entfernt und auch bloß ein Balkon.

Die Arme auf das Balkongitter aufgestützt, sehe ich in den dunklen Hinterhof. Was wohl geschieht, wenn ich um Hilfe schreie? Ich weiß es schon: Alle werden Ohren und Fenster schließen. Bloß nichts hören. Man muss »Feuer« und nicht nach Hilfe schreien, wenn jemand kommen soll, hat mir mal jemand erzählt.

Ich bin auf diesem Balkon sicher. Die Idee, Hose und Hemd auszuziehen, aneinander zu knüpfen und mich bis zu meinem Balkon abzuseilen, habe ich verworfen. Porsche traue ich auch nicht mehr. Ich warte auf Tamara. Mein Gefühl sagt mir, sie wird sich neutral verhalten.

Die Tür des Nachbarbalkons wird aufgestoßen. Ein heller Lichtschein streift die Nacht. Eine Rauchwolke erhebt sich, bildet einen grauen Pilz am dunkelblauen Himmel. Dann erscheint Karin Göring, von einem roten Bademantel umschlungen, mit einer dicken Zigarre im Mund. Sie betritt den Balkon, als erwarte sie den Jubel der Massen. Ich bekomme einen raschen Seitenblick, dann noch einen und schließlich ihre volle Aufmerksamkeit.

»Sind Sie es? Mein Gott, was machen Sie bei Tamara? Die Welt ist aus den Fugen.« Die Enttäuschung drückt ihr das Kinn auf die Brust. Es sieht aus, als ob sie weint. Sie zieht sich in das Zimmer zurück

»He, hallo, warten Sie.«

Sie streckt den Kopf samt Zigarre noch einmal heraus.

»Was ist?«

»Ich bin Gefangener dieses Balkons.«

Sie lacht. Die Zigarre fällt ihr aus dem Mund. Sie bückt sich, hebt sie auf, hört nicht auf zu lachen. Kichernd bringt sie die Zigarre ins Zimmer und kommt zurück. »Sie sind ausgesperrt worden. Von ihr?«

»Nein, es war anders.«

»Dann kommen Sie doch herüber.«

»Aber wie?«

»Stellen Sie sich auf das Gitter, strecken Sie die Arme hoch und lassen Sie sich nach vorn fallen. Bei ihrer Größe müssten Sie das Gitter dieses Balkons genau zu fassen bekommen.«

»Ich bin kein Artist.«

»Nun machen Sie schon.«

»Nein, ich brauche ein Brett, eine Leiter.«

Sie kaut einen Moment auf Kekskrümeln, dann geht sie und schleppt eine Aluminiumleiter heran, legt sie von Brüstung zu Brüstung.

»Sie und Tamara. Was sagt man dazu? Schwul und lesbisch. Worauf kann man sich heutzutage noch verlassen.«

»Es ist nicht so, wie Sie denken. Ich bin nicht schwul.«

Die Leiter passt gerade eben, hat nur wenige Zentimeter Überstand. »Klar sind Sie das. Nun kommen Sie endlich rüber. Ich halte die Leiter fest.«

»Ich weiß nicht. Es scheint mir nicht sehr sicher.«

»Dann verhungern Sie eben.«

»Nein, warten Sie.«

Ich klettere auf allen vieren auf die Leiter. Mir wird schwindelig. Sie nimmt mich mit beiden Armen in Empfang, hebt mich herunter, trägt mich fast bis ins Zimmer. Jetzt sehe und rieche ich, dass die Zigarre keineswegs nur aus Tabak besteht.

»Sie rauchen Hasch?«

»Eine Jugendsünde, die ich beibehalten habe. Macht das Leben leichter.«

Der Raum ist beige und braun mit Korbmöbeln. Er hat etwas von einem Sommertag eines vergangenen Jahrhunderts, an dem roter Fruchtgelee mit Vanillesoße übergossen wird. »Lassen Sie mich bitte hinaus.«

Sie lacht, führt mich zur Zimmertür, öffnet sie einen Spalt und lässt mich in den Flur schauen. Der General liegt wie ein Hund vor dem Wohnungseingang. Er schnorchelt Nasenschleim.

Sie schiebt mich zurück. »Da kommen Sie nicht vorbei, ohne dass er aufwacht.«

»Gibt es keine Möglichkeit?«

»Haben Sie Geduld.« Sie weist auf einen der Korbsessel, die um einen Korbtisch herumstehen. Eine Spitzendecke unter einer runden Glasscheibe. Trockenblumen.

»Schläft er immer vor der Tür?«

»Manchmal, wenn er mitkriegen will, was nachts im Treppenhaus geschieht.«

»Warum haben Sie ihm gesagt, ich hätte Sie niedergeschlagen?«

»Ich brauchte eine glaubwürdige Geschichte für den General.« Sie streicht sich über die Stirn. »Die Wunde war aus ein wenig Erdbeermarmelade. Selbst eingekocht natürlich.« Sie zupft am Ausschnitt ihres Bademantels, öffnet ihn an den Beinen ein wenig. Ihre Haut ist rot, wie strapaziert. Vielleicht ist es auch nur der Widerschein des Bademantels.

»Seit wann wohnen Sie eigentlich schon hier? War Lukas Krystof damals noch da?«

»Was?« Sie setzt sich mir gegenüber, zieht ihren Bademantel hoch. »Wie finden Sie meine Beine? Ich schwöre auf rohe Zwiebeln, einmal in der Woche. Einreiben, meine ich natürlich.«

»Lukas Krystof?«

Sie nimmt ihre Zigarre wieder auf und pafft graue Wolken in mein Gesicht. »Ja, was ist mit ihm?«

»Ist er tot?«

Sie lacht. »Kann man sagen. Hat sich praktisch selbst begraben.«

»Wo ist er?«

»Wo er ist?« Sie versteht die Frage nicht.

Sie rückt mit dem Korbsessel näher. »Haben Sie es wirklich bei Tamara versucht?«

»Nein.«

»Soll ich Sie erleichtern? Ich hab da meine Erfahrungen. Dem General ist die eigene Bewegung schon längst zu mühsam.«

Sie lässt sich vor mir auf die Knie fallen.

»Darf ich?«

»Nein, bitte nicht.«

»Stellen Sie sich einfach vor, ich sei ein Kerl mit gierigen Lefzen.«

Ich stehe auf. »Warum waren Sie im Gefängnis?«

»Woher wissen Sie das?«

»Warum?«

»Warum, warum? Ich weiß es auch nicht. Mein erster Mann verlangte immer, dass ich mich auf seine Brust setze. Warum verlangte er es, wenn er es nicht aushält? Eines Tages war ich ihm zu schwer. Seine Rippen drückten die Lunge und das Herz zusammen.«

»Und wie haben Sie den General kennen gelernt?«

»Bruno hat gesagt, ich soll bei ihm leben.«

Sie kommt jetzt ebenfalls hoch. »Ich weiß schon, wie es Ihnen gefallen würde. Das mag der General auch. Ich habe so ein paar Gummihandschuhe zum Gemüseschälen. Warten Sie, ich hole sie.«

Pst.« Tamara steckt den Kopf zur Balkontür herein. »Was bedeutet die Leiter?«

Ich gehe zu ihr. »Ich war auf Ihrem Balkon.«

»Wollten Sie zu mir?«

»Nicht direkt. Ich bin in Schwierigkeiten.«

»Wer ist das nicht.«

»Sie wissen noch nichts davon?«

»Doch, natürlich. Ich weiß Bescheid. Hat sie es schon versucht?«

»Was?«

Tamara winkt mich auf den Balkon hinaus. Sie flüstert: »Ich meine, sie setzt sich auf jeden Mann. Zuerst holt sie ihre scharfen Handschuhe, und dann setzt sie sich ihm auf die Brust.«

»Sie haben gelauscht.«

Tamara lacht leise und zieht den Kopf zwischen die Schultern.

»Und Sie? Was haben Sie verbrochen?«, frage ich sie.

Sie schüttelt den Kopf. »Sie können hier nicht bleiben. Kommen Sie lieber mit.« Sie klettert auf die Leiter. »Los, halten Sie das Ende fest.« Sie richtet sich auf und balanciert mit zwei Schritten auf die andere Seite. Sie springt hinunter, umklammert die Leiter und gibt mir erneut den Befehl zu kommen.

Ich weiß, dass ich es ihr nicht nachmachen kann, und rutsche auf Knien hinüber.

In ihrem Zimmer liegt aufgerollt ihr Kletterseil. »Das habe ich gesucht!«

Sie schließt die Balkontür und zieht die Vorhänge zu.

»Wie sind Sie auf meinen Balkon gekommen?« Sie trägt ihren Jogging-Anzug, mit Schweißflecken auf der Brust. Wahrscheinlich kommt sie gerade vom Sport.

»Vom Dach.«

»Und weiter?« Sie zündet einige Kerzen vor der indischen Göttin an und legt ihr glimmende Räucherstäbchen in die Messinghände.

»Nichts weiter.«

Sie wendet sich mir zu und grinst. »Klar, wie konnte ich das vergessen. Es kommen fast täglich Männer vom Dach geklettert und stehen dann auf meinem Balkon.« Sie zieht das Oberteil ihres Jogging-Anzugs über den Kopf. Darunter trägt sie ein weißes Männerunterhemd. Ihre Brüste sind flach wie Muskeln. Sie legt sich ein Handtuch um den Hals.

»Ich musste vor Wolf und Thorsten flüchten.«

»Sie sind nicht schwul?«

»Nein.«

Sie reibt sich mit dem Handtuch den Kopf. Dann bietet sie mir wieder Tee an. Ich nehme einen kleinen bitteren Schluck. Sie stellt eine Schale mit getrockneten Pflaumen auf den Tisch. Ich muss probieren und lasse mich auf dem Lederhocker nieder.

»Jeder im Haus scheint ein Verbrechen begangen zu haben. Welches ist Ihres?«, frage ich.

»Sie sind ein wenig schnell mit Ihrer Schlussfolgerung. Um jemanden eines Verbrechens zu beschuldigen, sollte er verurteilt sein. Ich bin es nicht.«

»Aber Sie haben eines begangen?«

»Was erwarten Sie? Ein Geständnis? Sind Sie von der Polizei? Muss ich meinen Anwalt anrufen?«

Sie spuckt den Pflaumenkern in hohem Bogen direkt in den Papierkorb neben der Nähmaschine. »Nachmachen.«

Ich versuche es, aber der Kern bleibt an der Lippe hängen. Sie amüsiert sich darüber. Die Spucke läuft mir das Kinn hinab. Ich stehe auf, bringe den Kern zum Papierkorb. Auf der Nähmaschine liegt der Zuschnitt eines weiteren Anzugs aus Khakistoff im englischen Kolonialstil.

»Für wen ist der? Helen sieht darin sehr gut aus.«

»Für unsere Armee. Mit Mata und mir sind wir schon drei, und über kurz oder lang kriegen wir Claudia Kerner auch noch.«

»Helen ist nicht …«

»Was?«

»… invertiert.«

»Was für eine elegante Ausdrucksweise. Und das wissen Sie ganz genau?«

»Was?«

»Das.«

Ich schweige. Ich bin in eine Falle getappt. Tamara steht auf, geht zur Nähmaschine und holt eine Schere. »Mein Verbrechen war es, auf einer Reise durch Nordafrika von zwei Männern überfallen worden zu sein. Sie wollten mich vergewaltigen. Ich fesselte beide und entmannte sie. Unter anderem.«

»Unter anderem?«

»Ich rasierte sie.«

»Wo?«

»Ich schnitt ihnen den Bart ab.«

»Waren Sie allein?«

»Entmannt! Schönes Wort, nicht wahr? Sie zeigten mich nicht an. Sie hätten ja zugeben müssen, was mit ihnen geschehen war. Leider war mir bei meinem Ausflug in die Wüste ein gewisser anderer Herr gefolgt, und nicht nur dort. Ich bin seitdem ein wenig erpressbar. Deshalb musste ich auch die so genannte Ehe mit einem gewissen Hans Komoriwski zulassen, damit er meinen Nachnamen bekommen kann. Ich ahnte nicht, dass dieser Idiot von Anfang an mehr wollte. Er dachte, er hätte auch eine Frau gekauft.«

Sie kommt mit der Schere näher, und ich sehe mich nach einer Fluchtmöglichkeit um. Ich stehe wie beiläufig auf, tippe der indischen Göttin auf den Bauch und gehe dann rückwärts zur Tür.

»Entmannt«, sagt sie, »das ist wirklich nur ein kleiner Schnitt.« Ihr Blick ist zwischen meine Beine gerichtet.

»Der Zeuge, das war Bruno, nicht war?«

»Ach, hat er das gesagt?«

»Ich nehme an, er hat Ihre Ehe vermittelt.«

»Sie wissen ja gut Bescheid.«

Ich stoße mit dem Rücken gegen die Tür.

»Es tut nicht sonderlich weh«, sagt sie. »Ich habe Übung.«

Sie hält die Schere in die Höhe, prüft mit dem Daumen beide Scherenspitzen. »Wissen Sie, wenn ich nachts joggen gehe, kommen mir manchmal Kerle in die Quere.«

Ich kriege die Türklinke zu fassen. Ich kann nur hoffen, dass die Wohnungstür nicht verschlossen ist.

»Und wissen Sie, was ich glaube? Für die Männer ist es geradezu eine Erleichterung. Erlösung von einem Zwang.«

Ich drücke die Klinke und laufe.

Ich schaffe es nicht, die Ausgangstür zu finden. Ich bin in schmalen, vollkommen finsteren Räumen gefangen. Mein Herz klopft im gleichen Ton, mit dem meine Hände auf die Gipswände schlagen. Ich verstehe nicht, wie ich in den Teil der Wohnung von Tamaras Mann gelangen konnte. Der Flur muss seit meinem letzten Besuch umgebaut worden sein.

Ich hocke mich auf den Boden und lausche. Es scheint, als ob mir Tamara nicht gefolgt ist. Aber ich traue ihr eine geräuschlose Fortbewegung zu. Vielleicht sitzt sie neben mir, wartet darauf, dass ich meine Beine spreize und sie mit der Schere zustechen kann. Ich halte die Luft an und lausche nach Atemzügen.

Ich erhebe mich, taste mich weiter in die Richtung vor, wo ich den Ausgang vermute. Ich stoße gegen Wände, befinde mich immer wieder in Sackgassen. Dann entdecke ich, dass es in Bodennähe schmale, röhrenartige Durchgänge gibt. Auf Knien rutsche ich weiter. Etwas Weiches liegt vor mir. Es ist nur Kleidung. Sie riecht nach Harz und süßem Leim. Ich stoße Dosen und Werkzeug um. Wasserrauschen ganz in der Nähe. Es muss aus dem Badezimmer kommen. Aber nach meiner Orientierung befinde ich mich in einem der vorderen Zimmer. Ich erhebe mich, stoße mit dem Kopf gegen einen Balken. Raues Holz. Plötzlich begreife ich, dass Hans Zimt seinen Wohnungsteil nicht nur senkrecht, sondern auch horizontal, möglicherweise sogar in mehrere Ebenen unterteilt hat. Er ist dabei, einen dreidimensionalen Irrgarten herzustellen. Ich glaube nicht, dass er hier noch wohnt. Der Umbau ist sein Hobby. Wahrscheinlich Ausdruck seines Lebensgefühls.

Es hat keinen Zweck, Tamara zu rufen. Das Labyrinth hat er auch für sie als Falle gebaut. Jetzt verstehe ich, warum sie den Weg über den Balkon nimmt. Nur deshalb hat sie mich fliehen lassen, weil ich gar nicht entkommen konnte.

Wenn ich kein Licht finde, nichts, um die schon beschrittenen Gänge zu kennzeichnen, werde ich den Irrgarten tatsächlich nicht verlassen können. Ich lege mich auf den Boden. Strecke mich aus, presse das Ohr gegen den Fußboden. Höre eine ferne Welt. Ein anderer Kontinent. Vielleicht werde ich das Schicksal erleiden, das Hans Zimt seiner Frau zugedacht hat. Verdursten, vertrocknen, zu Staub zerfallen.

Ich fühle meine Erschöpfung. Müdigkeit.

Die Holzplanken unter mir schwanken. Die Wellen schlagen gegen das Schiff. Wasser gurgelt unten in der Bilge. Wir haben die Elbe hinter uns gelassen, die Nordsee erreicht. Weit entfernte Schreie von Möwen. Dann poltert jemand die Treppe hinunter. Er brüllt einen Befehl. Eine Kette schleift über den Boden. Über mir werden die Kugeln zu den Kanonen gerollt. Der erste Schuss, dann noch einer. Stille. Plötzlich knirschen, krachen die Planken. Treffer unter der Wasserlinie. Das Schiff ist leckgeschlagen. Das Wasser steigt. Ich höre die Besatzung von Bord gehen. Ihr könnt mich nicht hier zurücklassen! Nehmt mich mit! Das Plätschern ist schon direkt unter mir. Das Wasser umspielt meine Hände. Ich hebe den Kopf. Ich muss raus hier! Ich will nicht ertrinken! Da öffnet sich die Luke. Ein blendender Lichtstrahl fällt über meine blinden Augen. Ich hebe die Arme.

»Ich dachte mir, dass Sie es nicht schaffen«, sagt Tamara.

Sie bringt mich zurück in ihr Zimmer. Es riecht nach Sandelholz. Sie hat sich geduscht. Ihre Haare sind noch nass, die Haut grün. Und sie hat sich umgezogen. Sie trägt ein Kleid aus dem Sackstoff, wie Helen es getragen hat. Sie gibt mir Tee.

»Habe ich Ihnen Angst gemacht?«

Ich nicke. Im Tee schwimmen Kartoffelschalen. Ich lasse mich auf den Boden nieder und lehne mich gegen die Wand. Der kurze Schlaf mit dem intensiven Traum hat mir alle Kraft genommen.

»Die Pflaumen sind wohl nichts für Sie.«

»Wie meinen Sie das?«

»Ich impfe sie mit einem Schimmelpilz. Er macht schläfrig, aber die Sinne auch doppelt empfindlich.«

»Wirklich?«

»Sie glauben alles, was?« Sie kommt im Schneidersitz herab. Das Kleid wie eine Glocke. »Sie haben mir auch die Geschichte aus Nordafrika geglaubt. Und dachten, ich will Sie mit der Schere entmannen?«

»Ja.«

»Pflaume?« Sie hält mir die Schüssel hin.

»Nein, danke.«

Sie lacht.

»Lassen Sie mich gehen?«

»Aber nicht aus meiner Wohnungstür. Sie wird mit einer Kamera überwacht. Klettern Sie einfach wieder rüber zu Karin.«

»Da komme ich auch nicht raus. Der General liegt vor der Wohnungstür.«

Tamara lacht. »Das ist eine Puppe.«

»Aber er schnarchte.«

»Ja, natürlich. Der General hat diese Puppe gebaut, damit Karin sich auf die Brust setzen kann. Und natürlich macht die Puppe Geräusche. Sie stöhnt, ächzt, schnarcht.«

»Es ist wirklich eine Puppe?«

»Sie wissen doch, dass er solche Sachen baut. Außerdem würde er sonst nicht mehr am Leben sein. Karin Göring hätte ihn schon mit ihrem Hintern die Brust zerquetscht.«

»Ich will trotzdem nicht wieder zu ihr.«

»Gut, dann nehmen Sie mein Seil. Aber wehe, Sie klettern damit auf Matas Balkon.«

»Ich fürchte, ich kann auch nicht in meine Wohnung gehen.«

Sie steht auf, öffnet eine Schublade und holt ein zweites Seil heraus. Sie hakt beide ineinander.

»Es reicht jetzt bis zu Brunos oder Kerners Balkon. Kerners Tür lässt sich von außen öffnen. Es ist ein kleiner Ring befestigt, wenn Sie ihn ziehen, löst sich die Verriegelung.«

»Sind die beiden nicht zu Hause?«

»Doch, aber sie schlafen in einem hermetisch abgeschlossenen Zimmer mit einer eigenen Atmosphäre. Sie hören nichts. Und wenn sie hinauswollen, dauert es einige Minuten, bis sich die Schleuse öffnen lässt. Das Ganze soll den Alterungsprozess verhindern. Sie sind schon über hundert Jahre alt.«

»Wirklich?«

»Sie glauben immer noch alles?«

»Was kann ich glauben?«

»Alles, nur nicht, dass die Kerners schon über hundert Jahre alt sind.«

»Wie komme ich bei Kerners wieder raus?«

»Der Schlüssel steckt oder hängt neben der Tür.«

Ich stehe auf. Sie öffnet den Balkon, reicht mir das Seil. »Sie lieben Helen, nicht wahr?«

»Ja.«

»Das Haus wird Helen nicht loslassen.«

»Das Haus?«

»Helen gehört uns.«

Ich hake das Seil ein und schwinge meine Beine über das Gitter.

»Danke«, sage ich.

Tamara lehnt an der Wand in der anderen Ecke des Balkons. »Danken Sie mir nicht, bevor Sie nicht aus dem Haus sind.«

Ich beuge mich hinab, prüfe den Karabinerhaken des Seils.

»Ich werde das Seil hochziehen, wenn Sie unten sind. Sie können nicht zurück.«

Ich nicke und rechne mir aus, dass ich von Kerners Balkon notfalls auch bis in den Hof springen kann.

»Und falls ich auf Matas Balkon Station mache ... ich nehme an, dort befindet sich auch ein Ring an der Tür, um die Verriegelung zu lösen. Oder wie kommen Sie hinein?«

»Mata würde Sie erschießen. Sie wartet auf so eine Gelegenheit, damit sie wieder ins Gefängnis darf. Die Welt draußen überfordert sie. Aber ich will Mata nicht verlieren. Dies ist der einzige Grund, weshalb ich Ihnen helfe.«

»Was für ein Verbrechen hat sie begangen, dass sie wieder ins Gefängnis will?«

»Sie hat jemanden lebendig begraben.«

Die frische Erde unten im Hof kann man bis hier oben riechen.

Das Seil schneidet mir in die Hände. Die Knoten bremsen mich kaum. Bei Mata und mir sind die Fenster dunkel. Als ich das Gitter von Brunos Balkon mit den Füßen erreiche, stoße ich mich ab, bis ich genug Schwung habe, um bei Kerners zu landen. Kaum habe ich das Seil losgelassen, wird es hochgezogen. Das Seilende verpasst mir eine Ohrfeige und reißt mir das halbe Ohr ab. Es blutet. Ich versuche, die Wunde in der Spiegelung der Fensterscheibe zu sehen, aber es ist zu wenig Licht. Ich taste mein Ohrläppchen entlang, alles voller Blut.

Mit der freien Hand suche ich am Rahmen der Balkontür den Ring, finde ihn nicht. Es war eine Lüge. Ich sehe in den

Hof hinunter. Es ist etwa drei Meter tief. Ich klettere schon über das Gitter, da sehe ich den Ring am unteren Rand der Tür aufblinken. Wieder zurück, den Ring gezogen. Die Tür öffnet sich nicht. Noch mal. Nichts rührt sich. Ich versuche, mit den Fingernägeln hinter den Türfalz zu kommen. Die Tür öffnet sich. Ich eile durch das Zimmer, stoße gegen einen Tisch. Neben der Tür hängt ein Spiegel. Ich drehe den Lichtschalter. Die Leuchtstoffröhren blinken zweimal, dann zeigen sie mir unbarmherzig meine Verletzung: einen kleinen Riss am Ohrläppchen, das Blut schon geronnen. Eine Schramme an der Wange. Das klebrige Blut war nur Schweiß.

Ich betrete den Flur. Am Ende dämmert das Grün einer Notleuchte. Neben mir blinkt an einer Stahltür ein rotes Licht. Darunter eine Zahlentastatur, in mattem Gelb unterlegt. Ein Drehkreuz wie bei einem Safe. Eine Luftschleuse. Tamara hatte Recht. Ich trete näher, um die Beschriftung zu lesen. Das rote Licht bedeutet, dass die Innentür geöffnet und der Zutritt verboten ist.

Für einen Moment habe ich die Vision, Arnold und Claudia Kerner liegen dahinter in ihren Särgen, gefüllt mit Heimaterde.

Ich gehe den Flur entlang zur Tür. Der Schlüssel steckt. Ich zögere. Wo soll ich hin? Wenn Wolf Bruno alarmiert hat, kann ich nicht in die Wohnung zurück. Ich muss das Haus verlassen. Eine Rückkehr wird dann unmöglich sein. Helen wird sich nicht mehr zu mir schleichen können, aber ich kann sie auf ihren Übungswegen abpassen, sie vielleicht entführen. Die Idee gefällt mir.

Nur eine Sache hätte ich gern noch gewusst. Was ist mit ihren Eltern passiert? Ich gehe zurück. Da, wo bei den oberen Wohnungen das mittlere Zimmer liegt, führt hier eine Treppe zu Kerners Praxis hinunter. Ich lausche, aber es rührt sich nichts. Im Finsteren tappe ich hinunter und gehe in einen der Behandlungsräume. Ich schalte den Computer ein. Er verlangt ein Passwort. Ich versuche es mit »Liebe«. Es stimmt.

Unter Krystof finde ich alle drei. Mata, Lukas und Helen wurden in letzter Zeit behandelt. Helen hat täglich FS bekommen und andere Mittel. Für fast alle Krankheiten und Medikamente sind Abkürzungen verwendet worden, unter denen ich mir nichts vorstellen kann. Die Rubrik Zustand ist oft nicht ausgefüllt oder wieder viele Abkürzungen und zuletzt »starke Unruhe«.

Ich gehe zurück ins Hauptmenü und finde unter Heilmittel eine mit FS beschriebene Datei. Eine Liste: Spender und Beurteilung. Die Liste ist viele Seiten lang. Wahrscheinlich dokumentiert sie einen Test. Ich kenne keinen der Namen. Ich lasse sie durchlaufen. Plötzlich stoppe ich, gehe zurück. Da stand mein Name. Unter Beurteilung von 1 bis 10 habe ich eine 3 bekommen. Ich kann mich nicht erinnern, etwas gespendet zu haben. Im Gegenteil, mir wurde FS verabreicht, aber hier bin ich Spender. Vielleicht eine Liste potenzieller Spender. Aber was wird gespendet? Darauf gibt es keinen Hinweis.

Ich gehe zurück zur Patientendatei. Wer ist Lukas Krystof? Er war vor zwei Tagen in Behandlung! Jemand fasst mich an der Schulter. Ich will mich umdrehen, aber es gelingt mir nicht, mich aus der Umklammerung zweier muskulöser Arme zu entwinden. Ich spüre einen Stich.

Müde bin ich, hingestreckt und froh darüber, lange schlafen zu können, auszuschlafen. Es ist dieser Zustand, in dem die Sinne sich noch einmal schärfen, um dann langsam unterzugehen. Für einen Moment schlage ich die Augen auf. Meine Lider sind kühl wie Messerschneiden. Ich liege in einem Behandlungsraum. Die Deckenlampe mit der Leuchtstoffröhre bewegt sich, schlängelt, verändert ihre Größe und Höhe. Ich schließe die Augen wieder und taste an dem Kunstleder der Liege entlang. Weit komme ich mit den Händen natürlich nicht. Man hat mich vorsichtshalber festgebunden.

Jemand bläst mir heißen Atem ins Gesicht und schiebt eines meiner Augenlider hoch. Heißes Licht aus einer kleinen Lampe fällt hinein. Ich mache beide Augen auf, sehe die vielen Rinnen auf den geschwollenen Lippen von Claudia Kerner. Ich glaube, sie spricht mit mir. Es kommt nicht an. Ich habe die Ohren nicht geöffnet. Alles zur selben Zeit geht eben nicht. Helen hat Recht. Jetzt schließe ich auch besser wieder die Augen. Ich bin überzeugt, dass sich das Licht, je länger man hineinschaut, verflüssigt und herabtropft. Wenn man so einen Tropfen direkt ins Auge bekommt, kann man tagelang nicht mehr schlafen.

»Wie lange dauert das?«, fragt jemand.

»Tagelang«, sage ich. »Das weiß doch jeder.«

Dann schlafe ich noch ein bisschen.

Ich bin wieder wach. Bruno lächelt mich an.

»Wenn man dem Frosch den Brunnen zeigt, springt er irgendwann von ganz allein hinein.«

Ich will hochkommen, aber die Stricke halten mich fest. Allmählich füllt sich mein Gehirn wieder mit Vergangenheit, Männern, Frauen, Worten, Sätzen, Gefühlen und Abfall, von dem ich nicht weiß, ob ich ihn noch einmal brauchen kann. Langsam wie Wasser steigt alles in der Hirnschale nach oben, färbt das Gehirn. Aus schwarzweißen Bildern werden bunte Panoramaansichten. Ich kann es nicht stoppen. Ich ertrinke in Erinnerung.

»Es gibt hier im Haus eine Regel, die sagt, dass jeder die Geheimnisse der anderen Bewohner zu respektieren hat.«

»Um sie zu respektieren, muss man sie kennen.« Das hätte ich nicht sagen sollen.

»Wenn der Frosch behauptet, er sei nicht essbar, muss der Storch das prüfen.«

»Was soll das heißen?«

»Was man liebt, tötet man am leichtesten.«

Diesmal sind die Fesseln nicht zu lösen, so wie das Stromkabel bei Wolf und Thorsten. Ich habe kaum Bewegungsfreiheit. Ich höre mehrere Personen in einem benachbarten Raum. Nur die Stimme des Generals kann ich erkennen. Sie gibt keine Befehle, aber sie ist lauter als die anderen. Ein paar Mal knallt er beim Sprechen mit den Hacken zusammen. Vielleicht ist es auch die Tür, die an das Schloss schlägt. Denn die Tür zu meinem Raum ist angelehnt, bewegt sich jetzt leicht. Ich hebe den Kopf. Es ist Mata. Sie steckt den Kopf herein, sieht sich um, dann kommt sie zu mir. Sie legt den Finger auf die Lippen.

»Machen Sie mich bitte los!«

Sie schüttelt den Kopf, beugt sich herab. Sie flüstert. »Ich hätte Sie zu gern erschossen. Wirklich schade.«

»Warum tun Sie es nicht?«

»Die anderen haben mir die Munition weggenommen.«

»Binden Sie mich los!«

»Nein, aber wenn Sie mir versprechen, nicht zu schreien, erwürge ich Sie.« Sie legt ihre Hände um meinen Hals. »Ich bin nicht stark genug, um es schnell zu machen. Also haben Sie Geduld.«

»Ich schreie, wenn Sie nicht sofort die Hände wegnehmen!«

Sie lässt mich los. »Sie werden es noch einmal bereuen, sich nicht in meine Hände begeben zu haben. Na ja, vielleicht wäre es nicht ganz schmerzlos. Aber Sie hätten einen anständigen Tod gehabt. Ich meine, nicht diese ständige Flucht, die Furcht vor Entdeckung, die andauernden Ängste, die Alpträume.«

»Was haben die anderen vor?«

Sie stößt die Luft aus. »Das Übliche. Die bewährte Methode.«

Sie sieht sich um. »Jetzt weiß ich es. Ein Messer. Ich brauche ein scharfes Messer. Scharf wie eine Rasierklinge. Ich schneide Ihnen einfach die Kehle durch, und Schluss. Die werden doch irgendwo ein scharfes Messer haben. Ein Skalpell, das ist es.« Sie winkt von der Tür. »Warten Sie hier, ich mache mich auf die Suche.«

Plötzlich ist alles still. Das Gespräch nebenan ist verstummt. Nur in der Leuchtstoffröhre steckt eine atemlose Hummel.

»Hallo.« Es war zu zaghaft.

Es muss jemand kommen, bevor Mata ein Messer findet. Sie scheint besessen von der Idee, mir etwas zu ersparen, indem sie mich umbringt.

»Hallo!«

Keine Antwort. Alles bleibt still.

»Hallo! Ist da noch jemand?«

Ich reiße an meinen Fesseln.

»Ach, Herr Vogelwart.« Claudia steht in der Tür, wedelt mit den erhobenen Händen. »Es tut mir ja so Leid.«

»Was tut Ihnen Leid?«

»Ihre Anfälle. Sie hatten wieder einen ganz schlimmen.«

»Was hatte ich?«

»Sie werden sich nicht erinnern, aber das ist ganz normal. Besonders nach so schweren epileptischen Anfällen dauert es manchmal Tage. Und ein Teil des Erinnerungsvermögens kehrt gar nicht zurück. Sie wissen das doch.«

»Machen Sie mich los, bitte.«

»Nein, das kann ich nicht. Es ist noch nicht überstanden. Sie verletzen dabei ja nicht nur sich selbst, sondern auch andere. Die arme Frau Göring.«

»Ich habe keine epileptischen Anfälle.«

»Ach, und woher kommen Ihre Verletzungen?«

»Dann bringen Sie mich in ein Krankenhaus.«

Sie streicht mir über den Kopf. »Da würde man Sie sofort in eine geschlossene Abteilung bringen. Da kommen Sie nie wieder raus. Deshalb können Sie froh sein, dass wir Sie gefunden haben. Wir haben die Sache besprochen und beschlossen, es auf unsere Methode zu versuchen.« Sie setzt sich neben meine Liege, zupft am Ausschnitt ihres Kittels. Ich drehe ihr den Kopf zu. Und plötzlich weiß ich, wann ich FS-Spender war.

»Meine FS-Werte«, sage ich, »waren die gut?«

»Normal. Kein Grund zur Besorgnis.«

»Aber keine gute Qualität, um meinen Speichel anderen zu geben.«

Sie sagt nichts, steht auf, geht um die Liege herum und prüft die Fesseln.

»Das ist es doch, FS, nicht wahr?«, frage ich.

Sie setzt sich wieder. »Nun, es sind homöopathische Verdünnungen. Das wissen Sie doch, Sie haben es selbst eingenommen.«

Leichte Übelkeit überkommt mich. Ich drehe den Kopf zur Leuchtstoffröhre, um nicht ihre Brüste ansehen zu müssen.

»Warum haben Sie es mir gegeben? Von wem war das?«

»Sie verstehen das nicht. Ich werde es Ihnen erklären. Wir haben außerordentliche Erfolge damit. Verstehen Sie, wir haben Erfolg, obwohl niemand weiß, was es ist. Einen besseren Beweis gibt es in der Wissenschaft kaum.«

»Wie funktioniert das?«

»Nun, es basiert auf einer einfachen Beobachtung: Wenn zwei Menschen verliebt sind, küssen sie sich, tauschen Speichel aus. Und dies ist die Ursache, dass es ihnen besser geht. Sie bekommen eine optimistische Grundstimmung. Oft werden sie sogar euphorisch. Das machen wir uns zunutze. Natürlich wird der Speichel untersucht, gereinigt. Wir wollen ja keine Krankheiten übertragen.«

»FS bedeutet Fremdspeichel. Und warum haben Sie ihn mir gegeben?«

»Eine erwünschte Nebenwirkung ist, dass Sie durch die Einnahme praktisch eine imaginäre Partnerin haben, weiteres Verlieben in eine andere reale Person also blockiert werden könnte. Im günstigsten Fall. Auf manche wirkt es auch genau entgegengesetzt. Es aktiviert sie geradezu zur Partnersuche, aber das passiert nur bei dem archaischen Typus. Verstehen Sie?«

Ich denke an das Glas, das sie mir gereicht hat, mit der extrastarken Wirkung.

»Von wem war der Speichel, den ich getrunken habe?«

»Wir zapfen eine Reihe Leute auf dem Lande an. Wegen ihrer gesunden Lebensweise. Es war eine Bauersfrau.«

»Ich muss mal. Sie müssen mich losbinden. Ich muss auf die Toilette.«

Sie geht raus und kommt mit einer Vase zurück. »Ich mach das schon.« Sie öffnet mir die Hose.

»Verwenden Sie das auch?«

Doktor Kerner erklärt mir, dass meine Behandlung damit beginne, dass ich einen ganzen Tag lang in den Unterdruck- und Regenerationsraum käme. Ich hätte durch meine stundenlange Bewusstlosigkeit zu viele Gehirnzellen verloren. Man könne meine Fesselung erleichtern, aber mich nicht ganz losbinden, weil ich eine Gefahr für die anderen Menschen sei.

Seine Frau bereitet inzwischen eine Beruhigungsspritze vor. Sie drückt die Luft heraus, klopft gegen die Nadel, sticht mir mit Schwung die Spritze in den Unterschenkel, da, wo ich schon einen Einstich habe. Sie warten, bis die erste Wirkung einsetzt und meine Muskeln erschlaffen.

»Ich bin kein Epileptiker«, sage ich. Jedes Wort rollt mir langsam von der Zunge.

»Das sagen sie alle.« Doktor Kerner löst die Stricke. »Wenn nicht, dann sagen Sie mir, wie sie hierher gekommen sind.« Er legt mir Fuß- und Handschellen an und hilft mir hoch. Mit seiner Frau führt er mich eine Etage höher zu ihrem Schlafzimmer. Während Doktor Kerner mich festhält, öffnet sie das Drehkreuz. Luft zischt in die Schleuse.

Claudia bleibt draußen. Doktor Kerner trägt mich, wartet, bis sich die zweite Tür öffnet, die kleiner ist und zu der ein paar Stufen hinaufführen. Das Zimmer ist voll Wasser. Er erzählt etwas von Unterdruck, den ich aber nicht spüren würde. Er schaltet eine Sonne ein. Sie geht langsam und neblig hinter dem Schilf auf. Vögel beginnen zu zwitschern. Die Sonne steigt an der Wand hoch bis zum Firmament. Die anfangs kühle Brise wird zu einem warmen Lufthauch. Ein strahlendes Blau wölbt sich jetzt über dem kleinen See. Grillen zirpen. Ein kurzer Holzsteg führt zu einem Boot. Ich glaube, im Wasser einen Fisch zu sehen. Er ist weiß und hat goldene Punkte. Das Boot ist ein Bett, weich ausgepolstert für zwei.

Doktor Kerner legt mich nieder. Das Bett nimmt mich in seine Arme. Das Boot schaukelt. Das Wasser gluckert. Langsam versinkt die Sonne wieder.

Der gleiche Traum ein zweites Mal? Die Wellen schlagen gegen die Schiffswand. Nein, es ist ein anderes Boot. Ich drehe mich, es schaukelt stärker. Ich bin nicht unter Deck. Über mir blinken die Sterne. Ich setze mich auf. Es ist kein Traum. Ich weiß, wo ich bin. Da die Handschellen vorn sind, kann ich mich ganz gut bewegen. Ich stütze mich auf die Bordwand und richte mich auf. Aber das Boot gerät so sehr ins Schwanken, dass ich mich nicht halten kann und noch einmal auf die Knie muss. Ich warte, bis ich in dem geringen Sternenlicht den Holzsteg erkenne. Vielleicht gibt es einen Schalter für den Mond. Die Fußfesseln erlauben kleine Schritte. Ich klettere auf den Steg. Er hat ein einseitiges Geländer. Ich richte mich daran auf und hüpfe zur Schleusentür. Jetzt will ich alles, nicht nur den Mond, jetzt will ich den Schalter für den Sonnenaufgang.

Ich tippe auf die schwach erleuchtete Zahlentastatur, bis ich mich erinnere, dass Doktor Kerner unter das Geländer gefasst hatte. Ich fühle mehrere Schalter, drücke wahllos. Es gibt tatsächlich einen Mond. Er nimmt in raschem Tempo ab, dann wieder zu. Ich kann es nicht stoppen. Der nächste Schalter lässt im gleichen Tempo die Sonne auf- und untergehen. Die

Welt ist durchgeknallt. Sonne und Mond gehen auf und unter, ohne sich an die Regeln des Planetensystems zu halten. Ich drücke immer wieder auf alle Schalter. Es dauert eine Weile, bis ich das System begreife. Durch langes Drücken kehre ich die Richtung der Sonne um, und durch kurzen Druck ereiche ich einen Stillstand. Temperatur und Wind verändern sich ebenfalls.

Ich mache mir Mittagssonne, um den Raum genau zu betrachten. Das Wasser steht etwa einen halben Meter hoch, von Schilf gesäumt. Ich kann den sandigen Grund sehen, der wie ein Aquarium mit Steinen und Unterwasserpflanzen ausgestattet ist. In einer Ecke sprudelt das Wasser aus einem Felsen, als wäre es eine Quelle. Seerosen schwimmen auf der Oberfläche. Langsam kommt der große weiße Fisch mit den goldenen Punkten zum Landungssteg. Ein zweiter folgt ihm. Jetzt erkenne ich noch kleinere graue und gelbe Fische. Mir wird warm. Ich hocke mich auf den Steg und ziehe mir die Schuhe aus, streife meine Hosen hoch. Ich lasse meine Füße mit den metallenen Fesseln ins Wasser gleiten. Es ist angenehm kühl.

Zaghaft kommen die Fische näher, die kleinen zuerst. Sie schnuppern an meinen Füßen. Dann kommen die großen, stupsen mich an. Erst jetzt bemerke ich das Rauschen. Das Meer muss in der Nähe sein. Ein leichter warmer Wind ist aufgekommen. Ich lehne mich zurück gegen das Geländer und blinzle in die Sonne. In diesem Gefängnis lässt es sich aushalten. Und man wird angeblich nicht älter. Aber ich sollte mich eincremen, die Mittagssonne ist zu gefährlich für die Haut.

Als ich erwache, ist es Nacht über dem See. Ich stelle einen Sonnenaufgang ein, um mich zu aktivieren. Die Sonne kommt sauer und zitronengrell über den Horizont. Der Wind kühlt ab. Ein Raubvogelschrei über mir.

Ich untersuche den Raum nach etwas, mit dem ich die

Schlösser meiner Fesseln bearbeiten kann. Aber das Geländer und das Boot sind vollständig ohne Nägel, ohne jedes Metall hergestellt. Ich lasse mich in das Wasser herab. Es ist kühler als gestern. Die Fische verstecken sich im Schilf. Ich wate an den Rand des Sees, klopfe gegen den Himmel. Bei der Konstruktion kann nicht ohne Metall gearbeitet worden sein. Aber der Himmel scheint eine perfekte Kuppel aus Kunststoff oder mattem Plexiglas zu sein. Selbst wenn sie in mehreren Teilen hereingebracht worden ist, hat man sie nahtlos verschweißt. Ich suche nach einer Art Revisionsklappe, denn die Lampen für den Himmel, für Sonne, Mond und Sterne müssen doch ab und zu ausgetauscht werden. Da geht doch mal was kaputt. Ich versuche, hinter dem Schilf einen Anfang zu finden. Aber die Himmelsmechanik wird wohl von außen zugänglich sein. Ich hab keine Chance, etwas zu lösen oder aufzubrechen. Mir wird kalt. Ich wate zum Steg zurück und ziehe meine Schuhe wieder an. Ich habe viel Sand aufgewirbelt, der Boden des Sees ist nicht mehr sichtbar. Ich fange an zu frieren. Im Schnelldurchlauf stelle ich einen orangefarbenen Sonnenuntergang ein. Es wird etwas wärmer. Die Sonne schickt flache Strahlen über den See. Ich untersuche die Bretter des Stegs, vielleicht kann ich eines lösen und dem Nächsten, der hereinkommt, über den Schädel schlagen. Es geht nicht. Alles ist außerordentlich stabile Tischlerarbeit, konservativ verzahnt und verleimt. Ich hocke mich wieder auf den Steg. Das Wasser klärt sich allmählich. Die Fische müssen verrückt werden bei diesem Tages- und Nachtrhythmus. Sie stehen in einer Reihe in sicherer Entfernung und sehen mich blöde an. Jetzt bin ich auch noch an der Zerstörung ihrer Welt schuld. Einige Teile der Wasserpflanzen sind durch mich herausgerissen und schwimmen oben.

Aus den Augenwinkeln sehe ich das rote Blinklicht. Außentür offen. Schleuse nicht betreten. Jemand kommt. Ich bleibe sitzen. Die Tür öffnet sich.

»Ich habe es schon gesehen«, sagt Doktor Kerner. Er reibt

sich die Hände. »Sie haben die kleine Testaufgabe nicht bestanden.«

Ich komme hoch und suche die Kameralinse. Ich hätte daran denken müssen.

Er zeigt hinter mir ins Wasser. »Da liegt er, der Schlüssel für ihre Handschellen.« Etwas blinkt neben dem Steg auf dem Grund des Sees.

Ich tripple und hüpfe hinter Doktor Kerner her. Hinunter in die Praxis. Er bietet mir an, mich auf der Treppe zu tragen.

»Machen Sie mir die Fußfesseln ab«, schlage ich stattdessen vor.

»Das kann ich nicht. Sie sind mein Patient, und ich habe die Verantwortung für Sie.«

»Ich bin vollkommen ungefährlich.«

»Und was ist mit Porsche?«

»Was ist mit ihm?«

»Sie wissen es nicht mehr? Natürlich wissen Sie es nicht. Sie haben ihn mit einem Messer schwer verletzt. Er liegt im Krankenhaus. Es ist nicht lebensgefährlich, aber er wird wohl einige Zeit brauchen.« Er hebt mich einfach hoch und trägt mich nach unten in einen Behandlungsraum.

»Wann soll das mit Porsche geschehen sein?«

»Gestern. Aber ich nehme an, Sie haben jegliches Zeitgefühl verloren. Es wäre jedenfalls typisch für Ihre Krankheit.«

Er hat Recht, ich weiß nicht, wie lange ich in dem Regenerationsraum war. Es könnten Tage vergangen sein. »Und warum habe ich das getan?«

»Ihre Krankheit verlangt keinen Grund für Aggressivität. Jedenfalls sind Sie danach zu Wolf raufgegangen und haben dort um sich geschlagen. Den beiden ist es aber gelungen, Sie zu überwältigen und mit einem Kabel zu fesseln. Dort haben wir Sie abgeholt.« Er legt mich auf einer Liege ab.

»Aber das stimmt nicht. Ich war bei Tamara, bei Karin Göring. Sie können sie fragen, die werden das bestätigen.«

»Sie sollten sehr vorsichtig sein mit dem, was Ihnen Ihr Gehirn vorgaukelt, während Sie wie ein Berserker und Amokläufer durch die Welt toben.«

Er drückt meine Brust nieder. Das Kunstleder der Liege saugt sich an mir fest. Er beginnt, mich mit Bändern zu fixieren. Ich versuche, mich zu wehren, aber er ist zu kräftig und zu schnell.

»Was haben Sie vor?«

»Ich habe einen befreundeten Neurologen bestellt. Ich mag zwar seine konservativen Methoden nicht – er ist sehr schnell mit Elektroschocks bei der Hand –, aber ich will seinen Rat in Ihrem Fall. Und für eine verbesserte Medikation werde ich weiteren Rat in der Universitätsklinik einholen.«

»Und dann?«

»Wir werden sehen. Wir müssen Sie auf jeden Fall ruhig stellen. Sie werden in Ihrem weiteren Leben nicht ohne regelmäßige Tabletten auskommen. Einen erneuten Anfall kann niemand verantworten. Der Schaden, den Ihr Gehirn dabei nimmt, ist zu groß. Das Ergebnis wäre die geschlossene Abteilung.«

Er legt den Schlüssel für die Handschellen auf ein Bord. In der Tür dreht er das Licht herunter und sagt: »Wenn Sie etwas brauchen, rufen Sie. Meine Frau ist nebenan und mit einem Ohr bei Ihnen.«

Ich betrachte die Schlüssel auf dem Bord und denke, dass es wieder ein Test ist. Aber zugleich denke ich, wenn ich so denke, denke ich, wie er es will, und dann habe ich die Krankheit, von der er will, dass ich sie habe.

Eine Fliege beobachtet mich von der Decke. Eine Uhr tickt hastig, als müssten ihre Zeiger binnen kürzester Frist einmal herumrasen.

Schritte von mindestens zwei Personen.

Jemand sagt: »Ich komme dann morgen wieder.«

Jemand antwortet: »Ja, gut.« Es muss Doktor Kerner sein. Die Praxis ist also noch geöffnet.

»Ich habe Hunger«, sage ich leise. Ich habe wirklich Hunger, aber es scheint mir in dieser Situation nicht angemessen, Hunger zu haben.

Ein Zischen antwortet mir. Ein schwarzer Mann steht in der Tür, mit dem Rücken zu mir. Er kommt weiter herein, lässt aber den Kopf draußen. Nach einer Weile dreht er sich um. Es ist Carlos mit einem Messer in der Faust.

»Ich schreie«, sage ich.

Er schüttelt den Kopf. »Ich befreie Sie«, flüstert er.

»Der Schlüssel liegt dort auf dem Bord.« Ich zeige mit dem Kopf die Richtung. Carlos löst die Bänder, dann holt er den Schlüssel, geht in die Knie, um zuerst meine Fußfesseln zu lösen. Seine Haare sind kurz geschnitten worden, kleben nicht mehr am Kopf. Ich bemerke seinen Geruch. Es ist Parfüm. Früher roch er nach Kartoffeln.

Er kommt hoch, schließt die Handschellen auf. Sein Gesicht ist schwarz bemalt, aber seine Hände sind sauber. Ich stehe auf, wanke. Er stützt mich. Ich sehe, dass er unter seinem schwarzen Monteursanzug ein weißes Hemd mit Krawatte trägt.

»Wer hat Sie so rausgeputzt?«

Er antwortet nicht, presst den Finger gegen seine Lippen. Er führt mich zur Tür. Ich will allein gehen, nehme meinen Arm von ihm. Er betritt den Flur, bedeutet mir, zurückzubleiben. Er geht ein Stück vor, lauscht und winkt mir dann zu folgen. Wir schleichen an einer angelehnten Tür vorbei. Jemand ist in dem Raum. Der Fußboden knarrt unter meinen Sohlen. Ich schwanke. Carlos hält mich.

Unbemerkt gelangen wir bis nach oben in Kerners Wohnung. Carlos öffnet die Tür zum Treppenhaus.

»Warum tun Sie das?«

»Sie werden das später verstehen. Hier, nehmen Sie.« Er hält mir das Messer hin. »Es gehört Ihnen. Es ist das Messer, mit dem Sie auf Porsche eingestochen haben.«

Ich sehe ungläubig das Messer an. Carlos schleicht nach unten. Immer an der Seite der Stufen. Er kennt den Trick auch. In der Mauernähe knarrt das Holz nicht so sehr wie in der Mitte.

»Warten Sie!«

Er zischt, winkt mit den Händen. Ich soll verschwinden. »Gehen Sie hinauf.«

Aber ich folge ihm. Im Kellergang bleibt er stehen, richtet sich auf. Plötzlich weiß ich, dass er der Mann auf dem Foto an seinem Küchenschrank ist. Ich strecke die Hand aus. »Sie sind Lukas Krystof, nicht wahr?«

Er weicht mit dem Oberkörper zurück, als hätte ich Flammen gespuckt. Er taumelt, stolpert und fällt rückwärts zu Boden.

Die neue Sauberkeit und jetzt auch noch ein Blumenstrauß auf dem Tisch machen den Raum noch ärmlicher. Carlos holt eine Schnapsflasche hervor, stellt sie mit zwei Gläsern auf den Tisch. Ich lehne dankend ab. Er trinkt und schlägt sich danach mit beiden Fäusten auf die Brust.

»Ich werde Sie nicht verraten«, sage ich.

Er gießt sich nach, trinkt, und auch die Affengeste wiederholt sich.

»Das hier«, sage ich und lasse meinen Arm kreisen, »das war Mata, die falsche Mata, nicht wahr?«

Er nickt.

Ich setze mich. »Bitte erzählen Sie mir, was damals genau passiert ist.«

Er lässt die Zunge im Mund herumgehen, als sammle er Spucke. Er setzt sich mir gegenüber, trinkt noch einen Schnaps. Kein Brusttrommeln.

»Es ist vorbei«, sagt er. Benzingeruch strömt aus seinem Mund. »So lange, wie ich hier unten sitze, hätte mich kein Gefängnis behalten. Aber – Sie werden dass nicht verstehen – ich bin gern hier unten. Und es stört mich, was Mata, die andere Mata, hier plötzlich macht.« Er nimmt den Strauß mit einer Hand aus der Vase, steht auf und wirft ihn in einen Mülleimer. »Ich will das nicht. Ich hab mich an diesen Raum gewöhnt, an dieses Leben hier unten. Ein anderes ist mir unvorstellbar. Es geht mir gut. Ich mag keine Veränderungen. Was ich schon gar nicht will, sind weitere Bewohner im Keller. Verstehen Sie das?«

»Ich glaube schon.«

»Dann schwören Sie, dass Sie nicht hier unten wohnen werden.«

Ich hebe die Hand. »Das schwöre ich gern.«

»Gut.« Er schnuppert an dem Schnapsglas, schiebt es vor sich hin und her. »Sie wollen wissen, wie das war, damals?«

Ich nicke.

Er senkt den Kopf und blickt in das Glas. »Es gab zu viel Zwang und keine Erleichterung. Es machte mich zu einem unfreundlichen Menschen. Ich kann mich kaum noch erinnern. Ich war ungerecht, weil ich von den falschen Vorstellungen ausging. Heute sind meine Triebe verbraucht, aber damals sammelte sich viel Wut an. Ich habe sie geschlagen. Und eines Morgens erwachte ich neben ihr im Bett, und alles war voller Blut. Ein Messer an meiner Seite. Ich rüttelte sie, aber sie rührte sich nicht mehr. Natürlich war ich …«

Er schweigt, sucht meinen Blick und lächelt mich an. »Das war alles. Ich hatte Mata umgebracht. Ich tat es nicht mit Absicht, aber sie war tot. Mehr gibt es nicht zu erzählen.«

»Und dann?«

»Ich wollte zur Polizei, wollte ins Gefängnis, möglichst für immer: Aber es ging natürlich nicht. Ich hatte schon den Juwelier ausgeraubt und versehentlich umgebracht, und alle hatten mich gedeckt, mir geholfen. Jeder hatte eine Mitschuld.

Es war noch genug Geld da, um alles zu regeln. Brunos Freundin zog in unsere Wohnung, sie erwartete gerade ein Kind von ihm. Sie nahm Matas Stelle ein. Für Bruno war es ideal. Er versorgte seine Freundin, ohne sie heiraten zu müssen …«

Er lacht, hält abrupt inne und legt den Kopf schräg, runzelt die Stirn. »Keine Zeit mehr. Schnell. Sie müssen nach oben gehen. In der Wohnung ist es im Augenblick am sichersten.«

Langsam gehe ich durch den Kellergang bis zum Ausgang in den Hof. Die Tür ist nicht abgeschlossen. Ich öffne sie einen Spaltbreit und schließe sie wieder. Dann schleiche ich zurück ins Treppenhaus. Ich hab das Messer noch bei mir, nehme es in die Faust.

Meine Wohnung ist verlassen. Staub liegt auf den Möbeln. In der Küche knirscht der Sand unter meinen Sohlen. Ich drehe das Messer auf dem Küchentisch mit dem Finger. Es beschreibt einen Kreis, dann zeigt die Spitze auf Porsches Zimmer. Ich erinnere mich nicht, wann ich ihn zuletzt gesehen habe. Sein Bett ist gemacht, das Zimmer aufgeräumt, als wäre er für immer gegangen. Ich erinnere mich an das Gefühl, ihm nicht zu trauen. Es ist wie der Sand unter meinen Füßen. Er geht nicht ab.

Mein Hunger meldet sich mit Appetit auf Sauerkraut. Ich öffne den Kühlschrank. Verschimmelter Käse in einer Plastikhülle. Eine Tomate blutet aus. Wie lange war ich weg?

Ich öffne den Speiseschrank. Keine Sauerkrautkonserve. Ich schneide den Schimmel vom Käse und esse ihn. Ein Fehler. Mir wird übel. Ich finde einen Rest Müsli und eine Packung H-Milch. Die Milch ist noch gut. Ich esse das Müsli. Meine Übelkeit wird größer. Ich trinke ein Glas Wasser. Es wird nicht besser. Auf der Toilette gebe ich alles wieder von mir. Wahrscheinlich liegt es an den Beruhigungsmitteln, die mir die Kerners gespritzt haben. Ich gehe durch jedes Zimmer, um irgendein Zeichen meiner Schuld zu finden. Eine Zeitung liegt auf dem Boden des Wohnzimmers. Sie nützt mir nichts. Ich weiß nicht, welches Datum wir haben. Welches Jahr? Ich schalte das Radio ein, suche einen Sender. Alle Wellenbereiche sind stumm. Ich gehe zum Fenster. Die Straßen sind mit glänzendem Teer übergossen. Kein Verkehr, niemand zu sehen. Ich verstehe nicht, warum es draußen dunkel ist. Wieso ist es Nacht?

Ich muss mit Helen sprechen. Sie muss mir alles erklären. Ich werde ins Bett gehen. In der Nacht, wenn ich aufwache, wird sie bei mir liegen. Es ist mir egal, ob es ein Traum sein wird.

An der gegenüberliegenden Straßenecke erscheint ein Mann. Seine helle Jacke hängt in Fetzen wie zäher ausgerollter Kuchenteig an ihm herab. Er geht ein Stück, schwankt, dann bleibt er stehen, stützt sich mit der Stirn an der Hauswand ab, lässt die Arme hängen. Sirup tropft ihm aus der Nase. Ein Wagen kommt um die Ecke, blendet auf, hat den Mann im Lichtkegel. Gleich werden sie ihn erschießen. Nichts geschieht. Er geht weiter, ist plötzlich ein ganz normaler Spaziergänger. Ich muss schlafen, um wieder normal zu werden.

Ich spüre es auch im Dunklen, Helen ist gewachsen. Sie ist ein ganzes Stück größer geworden. Sie kriecht mit ihrem nackten Bauch auf mir herum. Ihre Haut ist schlaff, sucht jede Unebenheit auf meinem Körper auszufüllen. Ich möchte ein Stück von ihr essen. Ich probiere es an der Schulter.

»Au«, sagt sie und umklammert meinen Hals mit beiden Händen.

»Wie lange war ich weg?«

»Ich war immer bei dir. Jeden Augenblick.«

»Wie lange war das?«

»Wenn du wirklich in Gefahr gewesen wärst, wäre ich sofort gekommen und hätte dich befreit.«

»Sie haben mich betäubt, gefesselt.«

»Sie wussten nicht, was sie mit dir machen sollten.«

»Was ist mit Porsche?«

»Er ist weg. Ich weiß es nicht.«

»Ich soll ihn verletzt haben.«

Sie kommt hoch, legt ihre Hände auf mein Gesicht. »Ich weiß nicht, wo er ist oder was mit ihm ist. Ich habe nur auf dich geachtet.« Sie kichert. »Wie gefällt dir das Schlafzimmer der Kerners? Ich war nie wirklich dort, aber als ich es das erste Mal auf meinen geistigen Spaziergängen durch das Haus sah, dachte ich, es existiert nur in meinem Kopf. Aber es ist wirklich so.«

Sie kriecht mit dem Kopf unter die Decke und nimmt meinen Kopf zwischen ihre Schenkel.

»Was machst du da?«

»Wenn Kerners aufs Land fahren, dann sollten wir mal gemeinsam in ihrem Boot schlafen. Was meinst du?«

»Helen, ich kann nicht länger hier wohnen bleiben.«

Sie dreht sich wieder nach oben. »Wohnen?« Sie sucht eine feste Verbindung auf mir und sagt: »Du kannst jetzt gar nicht weg.«

»Du musst mitkommen.«

»Versuch es.«

Ein warmer Wüstenwind in meinem Ohr weckt mich in der Dunkelheit. Er sagt, dass er mich liebt, aber nicht mitkommen kann. »Ich kann das Haus nicht verlassen.« Helens Lippen kitzeln mein Ohr.

»Warum nicht?«

»Ich will nicht, dass sich etwas ändert.«

»Ich werde immer bei dir sein. Ich helfe dir.«

»Es geht nicht.«

»Aber warum? Was befürchtest du?«

Sie wird kleiner an meiner Seite, wird zu einem Kind. »Es ist wegen meines Vaters. Er passt auf mich auf. Und wenn ich mit dir gehe, dann hat er keinen Grund mehr, hier zu bleiben … dann, dann wird er vielleicht nicht mehr leben wollen.«

»Carlos?«

»Ich bin der Grund, dass er sich versteckt. Wenn ich das Haus verlasse, wird er vielleicht auch den Mord an Mata gestehen und ins Gefängnis gehen. Ich will das nicht. Ich will nicht, dass sich seine Welt ändert. Das kann ich doch nicht wollen.«

Ein klebriger Morgen. Ich wälze mich im Bett. Alles ist feucht. Ich hab etwas in der Hand, eine Klinge. Ich fahre hoch, öffne mühsam die Augen. Alles voller Blut. Helen. Ein Messer in meiner Hand.

»Helen!« Ich rüttle sie. Das Blut läuft ihr übers Gesicht, an ihrem Hals entlang. Die Bettdecke ist vom Blut durchweicht.

»Helen!« Ihr Arm fällt herab. Sie ist tot.

»Helen!« Ich lege meine Hände auf ihre Wangen. Sie ist kalt. Sie rührt sich nicht. Ich beiße mir auf die Lippen. Ich will schreien.

Es klingelt.

Blutige Abdrücke bis zur Tür.

»Jakob, machen Sie auf. Ich bin es.«

Ich öffne.

Bruno steht in der Tür. Er starrt auf das Messer in meiner Hand. Mühsam sammeln sich seine Stirnfalten, öffnet sich sein Mund. »Was?«

Dann geht ein Ruck durch ihn. Er hetzt an mir vorbei ins Schlafzimmer. Er schreit etwas. Er flucht. Er kommt zurück. Er weint. Ich stehe noch da mit dem Messer in der Hand. Er nimmt es mir ab, wirft es von sich. Er schlägt mir ins Gesicht, schreit mich an. Dann schiebt er mich ins Bad, duscht mich ab. Duscht die Wanne, die Kacheln an der Wand ab, bis alles Blut verschwunden ist, bis alles wieder weiß ist.

Er holt meine Sachen. Er flucht. Er hilft mir, mich anzuziehen. Er zerrt an mir, schiebt mich herum, stößt mich zur Seite. Er beschimpft mich. Er führt mich am Arm bis vor die Haustür.

»Hast du Geld?«

Ich nicke.

Er winkt nach einem Taxi.

»Gehe zum Bahnhof, zum Flughafen, fahre so weit weg, wie du kannst, und komme niemals zurück. Nie. Verstehst du?«

Ich nicke.

Ich sitze an einem Tisch im Flughafencafé. Der Mann mir gegenüber trägt eine schwarze Krawatte. Er sieht mich nicht an. Wenn ich mich bewege, kommt sein Blick und rasiert mir die Schläfen. Es klingelt in meinen Ohren. Mein Gesicht ist aus Eisen.

Auf der Tischfläche ist Zucker verstreut. Ich umklammere meinen Bauch. Ich kann das Stück Kuchen nicht essen, das vor mir steht.

Ich habe der Toilettenfrau einen Zwanziger gegeben, damit sie mein Erbrochenes entfernt.

Ich muss zum Bahnhof.

Der Zug ist mit Essig gereinigt worden. Als sich die Türen öffnen, stößt es mich sauer zurück auf eine Bank.

Eine Frau fragt, ob ich auf ihren Koffer aufpassen kann.

Ich sage ja. Ich kann ihr nicht ins Gesicht sehen. Sie geht, und ich hoffe, es ist eine Bombe im Koffer. Ich will viele kleine Stücke sein.

Sie kommt zurück und sagt, dass sie auf einen anderen Bahnsteig müsste. Ich trage ihren Koffer. Ich will, dass es mein Schicksal ist, Koffer zu tragen. Ich möchte Gepäckträger werden und alles auf mich laden, bis ich darunter verschwinde.

Nach einer kurzen Strecke bricht mir schon der Schweiß aus. Sie nimmt mir den Koffer ab und gibt mir etwas Geld. Ich soll mir etwas zu essen kaufen, sagt sie.

Ein Schaffner holt mich in Lübeck aus dem Waggon. Alle sind schon ausgestiegen. Der Zug endet hier.

»Ich bin krank«, sage ich. »Ich habe Masern.«

Dann stehe ich auf dem Bahnsteig. Ein Kaugummi klebt unter meinem Fuß. Wie soll ich es schaffen weiterzugehen? Wo soll ich so viel Kraft hernehmen?

Wo ich hinwill, fragt mich sehr viel später einer in einer Uniform. Ans Meer will ich.

»Zu meiner Frau«, sage ich. Ich lese laut den Namen eines Ortes am Meer von einer Tafel ab. Timmendorfer Strand. Der Mann sagt, ich soll warten. Dann kommt er wieder, bringt mich zu einem Zug. Er öffnet die Tür für mich, stützt mich, damit ich nicht rückwärts auf den Bahnsteig falle. Ich habe keine Fahrkarte. Meine Augen sind ausgetrocknet.

Die Saison ist vorbei. Ich sitze am Strand. Mein Kopf und mein Körper sind zwei Puzzleteile. Es fehlt ein drittes Stück, damit sie zusammenpassen. Ich habe keine Ahnung, wie das fehlende Teil aussehen muss.

Meine Augen sind weit aufgerissen. So weit, dass es wehtut. Ich habe sie die ganze Nacht im Hotel nicht schließen können. Meine Augäpfel sind wie Luftballons stramm aufgeblasen, die Lider passen nicht mehr darüber.

Es gibt ein Fernsehgerät auf dem Zimmer. Ich weiß nicht mehr, was ich gesehen habe. Viele Tote. Keine Nachrichten.

Ich lege mich lang in den Sand. Mein Körper drückt sich in den kalten Sand. Ich erkenne die Form nicht.

Später schlafe ich ein und habe einen Alptraum. Als ich erwache, habe ich mir in die Hose gemacht. Ich gehe ins Hotel. Die Saison ist vorbei. Es gibt nur wenige Gäste.

Ich wasche die Hose im Waschbecken und trockne sie mit dem Föhn.

Dann schalte ich den Fernseher ein. Viele Tote.

Ich sitze wieder am Strand aus Blei. Neben mir stehen die braunen Schuhe eines Mannes mit dunklen Socken. Die Wellen kommen fast bis zu mir, als hätten sie etwas mit mir zu besprechen.

Der Mann trägt einen grauen Anzug. Er krempelt seine Hosen hoch und geht langsam ins Wasser. Er hat die Arme ausgebreitet, als würde er auf einem Seil balancieren. Bei jedem Schritt nimmt er die Beine sehr hoch und senkt sie vorsichtig. Dann bleibt er stehen, verschränkt die Arme. Eine größere Welle kommt. Er hebt die Hose. Meine Schuhe werden überspült. Mein Hosenboden wird nass.

Nicht lange, und der Mann kommt zurück zu seinen Schuhen. Seine Hosenbeine tropfen. Er lächelt mich an, setzt sich, um seine Schuhe anzuziehen. Er sagt: »Das Wasser ist viel zu kalt für einen Selbstmörder.«

Ich nicke und stehe auf. Ich muss erneut meine Hosen trocknen und gehe zurück in mein Hotelzimmer. Es ist quadratisch wie das Innere eines Würfels.

Die Finger in der Steckdose. Das Blumenwasser getrunken. Mit einem Handtuch aus Sandpapier den Körper getrocknet.

Was soll ich noch tun? Bloß keine Zeitung kaufen und keine Streichhölzer.

Der Arzt hat nicht viel zu tun. Die Saison ist vorbei. Ich erzähle ein bisschen von meinen Depressionen. Es beeindruckt ihn nicht. Ich schildere die Symptome meiner ständigen Übelkeit. Er wischt sie mit einer Handbewegung weg. Ich erzähle von meinen Erinnerungsausfällen. Er sagt, das gibt es nicht. Dann untersucht er mich, fragt eine lange Liste mit langweiligen Lebensgewohnheiten ab. Ich lüge ein bisschen, damit es spannender wird.

Schließlich fotografiert er meine Leber mit einem Sonografiegerät. Das Bild ist mir ähnlich. Meine Brust wird geröntgt. Mir wird Blut abgenommen. Ich muss einen Becher mit Urin füllen. Er klebt mir Drähte an die Brust und lässt mich auf einem Fahrrad fahren. Er misst meine Gehirnströme. Bei seiner Assistentin muss ich aus bunten Dreiecken Figuren legen, Rechenaufgaben lösen, Muster erkennen und mit ihr Memory spielen. Ich sehe sie an und denke, dass mir Frauen nicht mehr gefallen. Menschen überhaupt nicht mehr.

Zwei Tage später garantiert er mir meine relative Gesundheit. Und verrückt sei ich auch nicht. Nur ein paar Blutwerte könnten besser sein. Ich soll abwechslungsreicher essen. Nicht so viel Alkohol. Ich frage ihn, ob er jemals etwas von einer Behandlung mit fremdem Speichel gehört hat. Er fragt mich, ob ich das ernst meine. Ich sage schnell, das hätte ich in einem Roman gelesen.

Am Strand wehre ich die Kontaktaufnahme einer blonden Frau ab. Mir wird immer übel, wenn mich jemand anspricht. Ihre beiden blonden Kinder langweilen sich, weil das Wasser zum Baden zu kalt ist. Es sind keine Schulferien mehr und deshalb auch kaum andere Kinder da. Sie stellen sich zu meinen Füßen auf und fragen, ob ich ein guter Mensch sei.

»Nein«, sage ich.

Ihre Mutter gibt ihnen Geld, um Eis zu kaufen.

Als sie weg sind, fragt sie mich, woher ich komme.

Ich sage, dass ich das lieber nicht sagen will.

Jetzt weiß ich, dass ich zurückgehen muss bis zum Anfang. Und dass ich einen Eisladen aufmachen will. Ich will ein einfaches Leben und einen Eisladen. Und einen neuen Laptop. Nachts werde ich die Geschichte von dem behinderten Mädchen noch einmal von vorn beginnen. Diesmal schreibe ich die Wahrheit.

Ein Karton, in dem man zwei Zimmer untergebracht hat. Meine alte Wohnung im Hamburger Univiertel. Ich ecke dauernd an. Die Ellbogen tun mir weh.

Den Geruch des Wohnzimmers hatte ich vollkommen vergessen. Unter mir wohnen starke Raucher. Ich habe einen festen Tagesplan. Punkte in Zeit und Raum, die miteinander verbunden werden. So etwas gibt Sicherheit. Macht Sinn. Ein Netz, um sich blind darin zu bewegen. Ich übe Kontrolle aus. Wie ein Leprakranker, der aufpassen muss, dass er nicht irgendwo anstößt. Er könnte sich eine Wunde reißen, die er nicht bemerkt.

Morgens bohre ich ein bisschen in dem Loch in der Wand. Ich lasse mich dabei nicht ablenken, damit nicht mein Finger aus Versehen hängen bleibt. Dann lese ich in Fachbüchern über die Speiseeisherstellung und die Geschichte des Speiseeises. Sie ist noch jung. Ich lese auch andere Fachbücher über die Gründung eines Unternehmens, über Buchhaltung und Mitarbeitermotivation. Nachmittags spreche ich mit den Banken. Ein anständiger Mensch holt sich einen Kredit für eine Firmengründung. Ich gehe zu jeder dritten Stunde spazieren. Einmal sehe ich aus der Ferne Thorsten. Ich mache einen Bogen um das Haus, um das Viertel, aber der Bogen wird immer kleiner. Abends klappe ich den neuen Laptop auf, um zu schreiben. Als ich den ersten Satz habe, wähle ich Thorstens Telefonnummer. Ich erkenne die Stimme. Es ist Porsche. Aber ich bekomme kein Wort heraus. Ich warte, bis er auflegt.

Ich verbringe den Vormittag in einer Zeitungsredaktion. Ich lese alle verpassten Ausgaben, jede kleine Meldung. Wenn ich eine Seite umblättere, muss ich niesen. Immer wieder. Ich stopfe mir Taschentücher in die Nasenlöcher. Mir fällt ein, dass ich früher beim Zeitunglesen auch oft geniest habe. Es wird eine Allergie sein. Ich denke, dass ich mich darüber freuen sollte. Eine Allergie trägt einen durchs Leben. Man hat immer einen verlässlichen Zustand, ist immer kränkelnd.

In keiner Ausgabe der Zeitung wird von einem Mord an Helen berichtet. Es ist kein unbekanntes totes Mädchen in der Stadt gefunden worden. Ich hab nichts anderes erwartet. Ich stoße auf eine Anzeige für die bevorstehende Eröffnung der Barbarbar. In zwei Tagen.

Am Abend ziehe ich den Bogen enger, so eng, dass ich mit schnellen Schritten auf der anderen Straßenseite an Liebes Haus vorbeigehe. In der Bar arbeiten noch die Handwerker. Die alte Ladenfassade der Videothek ist durch Glastüren bis zum Boden ersetzt worden. Der Tresen am hinteren Ende ist schon perfekt. Er leuchtet in Blau und Rot. Porsche räumt Flaschen in die Regale. Ich gehe rasch weiter bis zum Gemüsehändler. Er will seinen Laden schließen.

»Ich hätte gern noch eine grüne Gurke.«

Er lässt mich rein, nimmt eine Gurke und wickelt sie in eine Zeitungsseite. Er verlangt den vollen Preis.

»Bekomme ich nicht den üblichen Rabatt?«

»Warum?«

»Sie kennen mich doch.«

»Ja«, sagt er gedehnt, hebt den Finger und zeigt auf mich. »Sie kommen ab und zu, aber meist kauft Ihre Frau ein, nicht wahr?«

»Sie wollen mich nicht erkennen?«

»Von Wollen kann keine Rede sein, aber bei Gewitter verdirbt meine Ware.«

»Das klingt nach Bruno Liebe.«

Er grinst, dann sagt er: »Wer ist das denn?«

Nachts ist mein Schweiß immer wieder Blut. Ich werde mein Leben umkehren müssen und tagsüber schlafen. Gegen vier Uhr morgens klopft ein Nachbar. Was denn los sei, fragt er durch die geschlossene Tür. Ich hatte nur versucht, mit einem Käsemesser das Loch in der Wand größer zu machen.

Er klopft leise an die Tür, will nicht unbedingt stören. Ich lasse ihn herein und zeige ihm die Wand. Ich hab schon viel geschafft. Ein blanker Stein ist zu sehen, wie ein Stück totes Fleisch. Der Nachbar klopft mit der flachen Hand dagegen. Dann nickt er anerkennend und sagt, ich solle systematisch arbeiten, weiter oben anfangen und Stein für Stein entfernen. Und wenn ich mit dieser Wand fertig sei, die gegenüberliegende in Angriff nehmen. Sie trennt das Bad.

Ich frage ihn, ob es in seiner Wohnung noch Zwischenwände gibt.

Er nickt und sagt, er habe sich schon gefragt, ob es nicht auch andere wie ihn gebe.

Wir sind Freunde. Er bietet mir sein Reservestemmeisen an. Ich finde, dass schon ein Käsemesser zu groß ist. Die Arbeit soll ja ein Leben lang vorhalten oder mindestens so lange, wie ich an meiner Geschichte schreibe.

Ich schreibe den Rest der Nacht, komme bis zu der Stelle, an der ich Tamara begegne. Ich bin mir nicht mehr sicher, ob es das Labyrinth ihres Mannes wirklich gegeben hat.

Am Morgen möchte ich mein Gesicht verstecken. Ich fülle eine Schüssel mit Wasser und Eiswürfeln. Ich tauche meinen Kopf hinein, solange ich die Luft anhalten kann. Ich wiederhole diesen Vorgang, bis meine Haut Risse bekommt. Dann gehe ich los. Die Wirkung hält nicht an.

»Ich will eine Sonnenbrille«, sage ich schon an der Tür des Ladens und denke, die Brille muss so groß wie die von Thorstens Partner sein, um alle Narben zu bedecken.

Der Optikerladen ist ein weißes Stück Seife. Der Optiker

schäumt ein wenig im Augenwinkel. Er betrachtet mich lange, dann fragt er: »Sind Sie im richtigen Laden?«

»Will ich ein halbes Pfund Butter kaufen?«, frage ich.

Er zieht schweigend zwei untere Schubladen mit Sonnenbrillen auf. Ich gehe in die Knie und suche drei Brillen aus, die ich vor dem Spiegel probieren will. Der Optiker zieht sich hinter seine Kasse zurück, liest in einem Prospekt.

Ich entscheide mich für das Modell Insekt. Die Brille ist verspiegelt, tropfenförmig. Die Gläser sind so groß, dass sie auf den Wangen aufliegen. Es ist die passende Brille, um mich noch einmal in Liebes Haus zu schleichen. Seit ich die Geschichte schreibe, bin ich bereit, Helens Tod auf mich zu nehmen. Aber ich muss wissen, was die Hausbewohner mit mir gemacht haben.

Ich nehme die Brille ab. »Erinnern Sie sich an mich?«, frage ich den Optiker.

»Setzen Sie die Brille mal wieder auf.«

Ich hänge sie an den Ohren ein.

»Ja, jetzt erkenne ich Sie«, sagt er ohne Regung und tippt den Preis in die Kasse. Kein Rabatt.

»Kein Rabatt?« Ich versuche zu grinsen. Die Wangen schieben die Brille hoch. Ihm fallen die Augenlider herab.

»Hatten Sie Ärger?«, frage ich.

»Was meinen Sie, warum hier frisch gestrichen ist?«

»Was ist denn passiert?«

»Jemand hat eingebrochen und Fäkalien auf die Wände geschmiert.«

Sie lächelt, dann schlägt sie die Hände vor den Mund. Man hat ihr das Lächeln verboten. Sie legt den Finger auf die Lippen. Ich kenne die Szene aus einem alten Schwarzweißfilm, der unter Liliputanern spielt. Ich gehe an ihre Kassenabgrenzung heran. Sie rückt ein Stück zur Seite, damit ich ihre Beine sehen kann.

»Sie wachsen«, flüstert sie.

»Das freut mich.«

»Gehen Sie nicht hinein. Der General steht bei den Sauerkonserven.«

»Ich brauche schwarze Schuhcreme«, flüstere ich.

Sie läuft nach hinten, kommt mit einer Dose zurück. Sie will kein Geld.

»Danke.« Ich winke zum Abschied.

»Nicht wiederkommen«, flüstert sie.

Ich betrete den Torweg und sehe vorsichtig in den Hof. Der Besitzer des Supermarktes zerreißt mit rotem Kopf einen Karton, stopft die Pappteile in einen Mülleimer. Immer kleiner werden die Pappstücke, immer kräftiger seine Hände. Er arbeitet, bis ihm der Kopf zu platzen droht, dann lässt er alles fallen, springt auf die Reste des Kartons und geht durch die Stahltür in seinen Laden. Eine kleine Rauchwolke bleibt zurück, als hätte jemand ein Streichholz angezündet.

Ich versuche, unauffällig den Hof zu durchqueren, durch die Gärten zu gehen. Bei jedem Gebüsch bleibe ich stehen, bei jedem dünnen Baum strebe ich an, mit dem Stamm zu verschmelzen. Ich lasse die Fenster über mir nicht aus den Augen. Niemand zu sehen. Die Luft bleibt glatt.

Die Kellertür ist nicht abgeschlossen. Im Türfalz halten Asseln eine Versammlung ab, laufen nun in alle Richtungen davon, um mein Kommen zu verkünden. Es gelingt mir nicht, sie mit einer Geste zu beruhigen. Ich höre Carlos schnaufen. An seiner Tür sehe ich den Grund. Er baut sein Zimmer um, ist dabei, das Bett an eine andere Stelle zu wuchten. Ich räuspere mich.

»Verschwinden Sie«, sagt er. »Hier ist kein Platz für zwei.«

»Ich habe Ihnen ein Geschenk mitgebracht.« Ich strecke ihm die Schuhcreme entgegen.

Er kommt heran, schnüffelt an der Dose. »Schwarz«, sagt er, »das ist gut.«

Ich darf mich setzen.

»Was haben Sie mit Helen gemacht?«, fragt er.

»Das wissen Sie doch.«

»Sie ist verändert, total verändert.«

»Was? Sie lebt?«

»Sie geht nicht mehr aus dem Haus. Sie hat sich ihr Haar abgeschnitten. Sie sitzt nicht mehr in dem dunklen Zimmer.«

»Was? Was erzählen Sie da?« Ich springe hoch. »Ist sie verletzt?«

»Sie sitzt vor dem Fenster. Sie spricht nicht.«

»Wo ist sie?«

Er steht auf, läuft um den Tisch herum. »Es ist immer jemand bei ihr. Sie ist nie allein. Die Frauen wechseln sich ab. Nachts, wenn ich manchmal nach ihr schaue, sitzt sie unter einer starken Lampe. So wie man kleine Küken im Winter unter eine Lampe setzt, damit sie nicht frieren. Sie schläft nicht. Wenn ich sie dann anschaue, denke ich, sie ist es nicht, es ist eine andere.«

»Sie haben sie ausgetauscht!« Ich will zur Tür hinaus, die Treppe hinauf und spüre den Schlag auf meinem Hinterkopf.

Ich erwache wieder, als ich zusammengepresst in einer Mülltonne stecke. Sie rollt übers Pflaster, bei jeder Unebenheit dröhnt mein Schädel. Ich habe keinen Knebel bekommen. Ich könnte schreien. Es würde wehtun. Aber ich muss nicht schreien. Wenn man weiß, was vorgeht, dann braucht man nicht zu schreien.

Ich werde abgestellt. Es folgt eine lange Ruhepause, bis der Deckel geöffnet wird, sich ein Gesicht hereinbeugt und eine Stimme sagt: »Da ist schon wieder einer.«

Zwei Frauen. Sie sagen, sie brauchen Platz für Müll. Sie kippen die Tonne um, ziehen mich heraus, befreien mich von dem Seil um meinen Körper.

»Wollen Sie, dass wir die Polizei rufen?«, fragt die Frau, die mich gefunden hat. Die andere schüttet bereits zwei Mülltüten in mein ehemaliges Gefängnis. Kartoffelschalen.

»Nein«, sage ich. Ich reibe mir die Gelenke. Ich stinke. Etwas Blut ist mir in die Stirn gelaufen.

»Ich dachte es mir schon«, sagt die Frau.

Als ich losgehe, stützt sie mich ein paar Schritte. Aber dann kann ich allein gehen.

Ich schreibe. Ich versuche, Helen zu beschreiben, so als wäre es ein Steckbrief. Es gelingt mir nicht. Plötzlich steht der Nachbar hinter mir.

»Sie arbeiten nicht an der Wand«, sagt er.

»Wie sind Sie hereingekommen?«

»Ich bin der Hausmeister. Wussten Sie das nicht? Ich habe Schlüssel für alle Wohnungen. Und ich wollte Ihnen meinen Meißel bringen.«

»Brauche ich nicht mehr.«

»Sie haben sich verletzt?« Er geht ins Bad, kommt mit einem nassen Handtuch zurück. Vorsichtig macht er mein Haar sauber und betrachtet die Wunde auf dem Kopf.

»Sieht aus wie ein Schlag.«

»Ja«, sage ich, »vom Schicksal.«

Er nickt. »Kenne ich.«

Kein Pflaster nötig.

»Ich werde mir noch mehr Schläge abholen.«

Was für ein Tag«, stöhnt die Frau in der Reinigung. »Erst dieser Liebe mit seinen Hosen voller Farbe. Wie soll das rausgehen? Natürlich haben wir es versucht. Und der Versuch kostet nun mal was. Minus 50 Prozent natürlich. Aber es ist ja ein ganz normaler Reinigungsvorgang. Nur ohne Ergebnis. Kostet eben. Versteht sonst jeder.«

Sie schiebt eine Reihe gereinigter Jacketts in Plastiküberzügen auf einer Stange zusammen, dreht sich dann mit einer Welle frischen Schweißes mir wieder zu.

»Und nun auch noch Sie.«

Ich schnappe nach Luft. »Was ist mit mir?«

»Was weiß ich. Neue Vorschriften. Sie dürfen nur noch Sachen abholen, aber nichts Neues mehr bringen. Alles streng geregelt«, sagt sie. »Keine Ausnahmen für niemanden. Auch der General will behandelt werden wie der gemeine Soldat. Und Sie, Sie gehören ja nicht mal mehr zum Stab, ich meine Haus.«

Sie hängt weitere Jacken auf eine Stange, hält inne und kommt wieder zu mir. Sie beugt sich über den Tresen. »Und dann dieses Mädchen. Prosa. Kam heute Morgen mit ihrer Mutter. Die sehen jetzt wirklich aus wie Schwestern. Die gleiche Frisur, dieselbe Haarfarbe. Ich habe sie erst gar nicht erkannt. Aber die Tochter spricht nicht mehr. Ich wollte ja nur freundlich sein. Aber keinen Ton kriegt man. Und jetzt auch noch Sie.«

Ich halte immer noch meine Jacke und Hose aus der Mülltonne hoch.

»Wie riecht denn das?«, fragt sie.

»Faul«, sage ich.

Nicht schon wieder«, sagt Carlos.

Mein Anblick macht ihn kraftlos. Er muss sich setzen.

»Damals«, sage ich, »als Sie mich in der Praxis befreiten.«

Ich kann nicht sagen, wie lange es her ist. Ich habe danach mein Zeitgefühl verloren.

Er stützt den Kopf auf beide Hände, hebt die Schultern. Wahrscheinlich lebt er ohne Kalender. Wozu die Tage zählen, wenn man nur die Dunkelheit sucht.

»Damals sind Sie nicht von allein gekommen, nicht wahr?«

Er schließt die Augen.

»Sie brauchen mir nicht zu antworten. Nicken Sie oder schütteln Sie den Kopf.«

Er nickt.

»Jemand hatte Sie geholt, damit Sie mich befreien.«

Er nickt.

»Bruno.«

Er nickt.

»Ich sollte in die Wohnung zurück?«

Er nickt.

»Mit dem Messer.«

Er nickt.

Sie tragen rote Luftballons und verteilen Prospekte. Zwei Mädchen mit goldenen Schärpen. Barbarbar steht darauf. Sie gehen die Straße entlang und verteilen Getränkegutscheine an die Männer und an die jungen Frauen. Wenn eine ältere Frau einen Gutschein will, zögern sie. Auch ich bekomme einen, gültig für einen Spezial-Eröffnungscocktail. Ich muss ihn innerhalb einer Woche einlösen. Ich lese, dass die Bar eine Chill-out-Zone vollkommen neuen Typs sei. Es gebe täglich drei Fitnessdrinks ohne Alkohol, aber mit verblüffender Wirkung, die von der Naturheilpraxis Dr. Kerner zusammengestellt würden. Karin Görings Heil-Küche biete ein täglich frisches Öko-Buffet. Und Porsche, schnellster Barmixer der Welt, lasse niemanden verdursten, sei dessen Durst auch noch so kompliziert.

Liebes tägliches Film- und Videoquiz garantiere um Mitternacht Freidrinks für die Sieger. Donnerstags Live-Musik.

Ich stecke den Zettel in die Tasche und betrachte die Bar erst einmal von der anderen Straßenseite. Viele Leute stehen davor. Zwei Mädchen in gelben Federkleidern servieren Gläser mit grüner Flüssigkeit. Auf der Treppe zum Hauseingang sitzen drei Musiker in braunen Fellanzügen. Bass, Gitarre und Harmonika. Der Verkehr aber ist noch so stark, dass die Musik nur in wenigen Tonfolgen herüberweht, wenn die Ampel an der Kreuzung die Autos zum Halten zwingt. Einmal kommt auch eine Welle gemeinsamen Gelächters. Ich sehe niemanden, den ich kenne. Ich blicke die Fassade hinauf. Aber die Fenster zeigen wie immer nur eine glatte, moorige Wasseroberfläche. Was in der Tiefe lauert, weiß man erst, wenn man einen Finger hineinhält und nur noch einen abgenagten Knochen wieder herauszieht.

Ich gehe hinüber zu einem der Stehtische vor der Bar. Manchmal erkenne ich zwischen den Besuchern Porsche, wenn er den Mixbecher über die Menge erhebt. Eines der Vogelmädchen kommt mit einem Tablett. Ich strecke die Hand nach einem Glas aus, da wird mein Arm umklammert. Bruno steht neben mit. »Nein«, sagt er und schüttelt den Kopf.

»Ich habe einen Gutschein«, sage ich.

»Wenn dich eine der Frauen hier trifft ...«

Ich weiß nicht, warum er plötzlich du zu mir sagt. Etwas muss mich ihm ähnlich gemacht haben.

»Ich habe einen Gutschein«, sage ich. »Und ich will Helen sehen.«

»Sie ist hier. Sie steht hinter der Bar neben Porsche. Heute muss jeder mithelfen.«

Er lässt mich los. Ich dränge mich in Richtung Tresen. Porsche bemerkt mich. Er runzelt die Stirn, nickt mir zu. Neben ihm steht ein Mädchen mit kurzen blond gefärbten Haaren und füllt Orangensaft in das Glas eines Gastes. Ich kenne das Mädchen nicht.

Jede Stunde komme ich wieder zurück, beobachte die Bar, das Haus von der Straßenecke. Ich verstecke mich hinter meiner neuen Sonnenbrille, obwohl es dunkel wird. Ich kann die Augen unter der Brille schließen, ohne dass es jemand bemerkt. Das gefällt mir. Ich habe das Gefühl, unsichtbar zu werden. Das große Stadtgeräusch hüllt mich ein, niemand sieht mich.

»He!« Jemand rüttelt mich am Arm. »Du bist doch der Typ aus dem Haus.« Ich schlage die Augen auf, nehme die Brille ab. Ich hab ihn schon mal in der Kneipe gesehen.

»Ist dir nicht gut?«, fragt er.

»Warum?«

»Du schwankst so.«

»Ich habe versucht, mit geschlossenen Augen zu gehen.«

»Ist was mit deinen Augen?«

»Nein, nur mit meinem Gehirn.«

»Ach so.« Er bleibt neben mir stehen. Wir beobachten die Bar. Es ist immer noch ziemlich voll. Nur die Tische draußen sind kaum noch besetzt. Auch die Musiker sind hineingegangen.

»Übrigens, ich wohne nicht mehr in dem Haus.«

Er stößt die Luft aus. »Prima. Ich dachte schon, ich müsste die Schnauze halten, weil du an der Bar beteiligt bist.«

»Habe ich keine Aktien drin.«

»Mal ehrlich, die wird nicht laufen. Klar, jetzt kommen sie alle, aber morgen.«

»Wie kommst du darauf, dass ich an der Bar beteiligt bin?«

»Na ja, das ist doch eine Bande in dem Haus. Denen gehören mehrere Läden hier, der Supermarkt und so weiter. Meine Frau sagt, da kauft sie nicht ein. Sind alles Gangster, sagt sie.«

»Vielleicht bin ich auch einer?«

Er lacht. »Was machen deine vielen Freundinnen?«

»Ist nur eine. Und möglicherweise ist sie tot.« Es fällt mir leicht, es zu sagen.

»Tut mir Leid.« Er hat plötzlich Sand oder etwas Ähnliches im Hemdkragen und versucht, es mit einem Finger entfernen.

»Kann sein, ich habe sie umgebracht.«

Er lacht. »Ehrlich?« Er lacht noch einmal. Der Sand rutscht ihm in den Rücken, so dass er die Schultern hochziehen, sie kreisen lassen muss. Er schiebt dabei die Hände in die Taschen.

»Komm, ich lade dich ein.« Er holt aus der Jackentasche einen Stapel Gutscheine für die Bar.

»Ich habe da drüben Hausverbot.«

»Na prima.« Er sieht zu Boden, zieht mit der Schuhspitze die Ritzen in den Fußwegplatten nach, dann balanciert er auf ihnen entlang.

»Geh schon rüber«, sage ich.

Er grinst mit zusammengepressten Lippen, wedelt mit den Gutscheinen. »Ist ja nur wegen dieser Dinger.«

Ich warte auf Wind, Regen und Kälte. Gegen Mitternacht macht das Licht die Bar zu einem Gemälde. Zwei Männer stehen noch am Tresen, und ein Pärchen sitzt an einem der Tische an der Seite. Die Glastüren sind zugeschoben worden. Porsche räumt hinter der Bar auf, poliert Gläser. Ich spucke aus, um die Nacht mit ein wenig Feuchtigkeit zu versorgen.

Das Mädchen kommt nach vorn und zieht sich eine Jacke über den Kopf, zupft an ihr. Sie verlässt die Bar, nimmt das Kinn hoch und überquert die Straße.

»Kann ich Sie was fragen?« Ich nehme meine Sonnenbrille ab. Wenn sie an Helens Stelle gesetzt wurde, müsste sie auch ihren Namen tragen.

Sie antwortet nicht, sieht mich nicht an und geht schnell an mir vorbei. Ich folge ihr. An der nächsten Ampel stehe ich neben ihr.

»Nur eine Frage.«

»Ich kenne Sie, Sie haben die ganze Zeit gegenüber der Bar gestanden. Hauen Sie ab.«

Sie überquert trotz roter Ampel die Straße.

Ich halte Schritt. »Ich will ja nur eine Auskunft. Sagen Sie mir Ihren Namen.«

Sie greift in die Tasche und hat eines dieser Elektroschockgeräte in der Hand und richtet die beiden Elektroden auf mich. »Verschwinden Sie.«

Sie marschiert weiter, und ich folge in großem Abstand. Ich will wenigstens wissen, wo sie wohnt.

Sie bleibt stehen und spricht zwei junge Männer an. Ich fürchte, ich weiß, was geschieht. Sie zeigt tatsächlich auf mich. Die beiden kommen zu mir, sie geht weiter. Die Männer versperren mir den Weg.

»Wo willst du hin?«, sagt der eine.

»Ist was?«, sagt der andere.

Ich zeige auf einen Kleintransporter auf der anderen Straßenseite.

»Herzlichen Glückwunsch. Da drüben ist die Kamera versteckt.«

Ich zeige auf einen Mann auf der anderen Seite. »Das ist unser Aufnahmeleiter.«

Sie runzeln die Stirn.

»Ihr seid im Fernsehen«, sage ich.

Mein Trick wirkt lange genug, um einen Vorsprung zu bekommen.

Ich gehe zur Bar zurück. Keine Gäste mehr da. Die meisten Lichter sind aus. Porsche kommt mit einem Müllsack und stellt ihn vor die Tür.

»Kann ich dich sprechen?«

Porsche zuckt zusammen. »Du bist es.« Er lächelt einen kleinen Schmerz, schickt eine Hand an meinen Arm. »Was ist passiert?« Aber er will keine Antwort, hebt abwehrend die Hände. Er zieht die Nase hoch, erklärt, er müsse noch mit Bruno die Kasse abrechnen, könne aber wohl vorher einen kleinen Gang um den Häuserblock machen. Er will nur Bruno Bescheid sagen, ich soll solange an der Ecke warten.

Er kommt und trägt ein neues großkariertes Jackett, das nicht aus Thorstens Bestand ist. Die Nacht ist aus einem amerikanischen Film von 1947 geliehen. Er passt hinein, ich nicht. Ich warte, dass er über die Bar zu sprechen beginnt. Aber er schweigt. Seine Kiefer mahlen.

Schließlich fange ich an. Ich lasse eine Lücke zwischen jedem Wort: »Hast du Helen gesehen.« Es ist keine Frage, sondern meine Zustandsbeschreibung.

Er schüttelt den Kopf. »Keine Zeit gehabt, war immer mit der Bar beschäftigt.«

Wir gehen eine Weile schweigend. Es knirscht unter unseren Schuhen, als würden wir Schnecken zertreten. Langsam erzähle ich ihm von meiner letzten Nacht mit Helen. Ich versuche, eine Form zu finden, die jedes Adjektiv weglässt. Wie ein Polizeibericht. Bloß keine abgenutzten Gefühle. Keine Dramatik. Seine Schritte werden kürzer. Er erkundigt sich nach dem Datum. Ich habe es inzwischen ausgerechnet. Bruno hatte ihn an diesem Tag nach Berlin geschickt, mit dem Auftrag, dort zwei, drei Bars anzusehen.

»Hinterher hab ich nicht verstanden, warum. Die Bars waren eher belanglos.«

»Du meinst, er hat dich bewusst weggeschickt?«

»Als ich zurückkam, sagte Bruno, du seist ausgezogen. Ich fand es merkwürdig, dass du keine Nachricht hinterlassen hattest.«

»Du hast Helen seitdem nicht gesehen?«

»Nein.

»Ich glaube, sie lebt.«

Er bleibt stehen. »Heute Morgen – Mata hat beim Putzen der Bar geholfen – erzählte sie mir, Helen ginge es nicht gut, sie hätte einen Rückschlag. Sie wolle nicht mehr sprechen.«

»Die haben Helen und mich beide betäubt und das alles

inszeniert. Es war nicht echt. Es kann nicht anders sein. Es darf nicht anders sein.«

»Ist ja gut. Ich glaube, ich will das alles nicht wissen.«

»Bist du schon Teilhaber?«, frage ich.

Er brummt nur. Wir umrunden den Block. Plötzlich sagt er: »Wenn ich mir vorstelle, ich wache in einem Bett voller Blut auf …«

»Ist gut, ist gut.«

Er hält sich die Hände vor das Gesicht und sagt: »Scheiße«.

Kurz vor der Bar bleibt er stehen, gibt mir eine Hand und hält mit der anderen meinen Arm fest. »Was soll ich für dich tun?«

Ach du grüne Gurke«, sagt der Gemüsehändler, als er mich an der Seite seines Ladens entdeckt. Ich sitze auf einer Gemüsekiste, so dass ich gerade noch den Eingang des Hauses mit den zwei Herzen sehen kann.

»Ach du grüne Kokosnuss, heißt das«, sage ich.

Der Gemüsehändler kratzt sich den Kopf.

»Was machen wir denn da?«, sage ich an seiner Stelle. »Wenn das mal nicht gemeldet werden muss?«

»Ja, genau.«

»Gehört Ihnen der Laden noch, oder haben die da drüben ihn schon übernommen?«

Er stellt sich neben mich, mit dem Rücken an die Wand, so dass er von denen da drüben nicht gesehen werden kann. »Noch nicht, aber ich habe reizende Angebote.«

»Wirklich.«

»Sie bieten mir eine Leibrente, und ich kann so lange weiter arbeiten, wie ich will. Gegen Bezahlung natürlich.«

»Wer?«

»Bruno. Er will meinen Saftladen um einen Saftladen und Salatimbiss erweitern.«

»Gute Idee.«

»Ich hätte nicht das Geld dafür.«

»Und?«

»Ich denke, ich mache es und sehe mir endlich mal die grünen Kokosnüsse an. Was meinen Sie?«

Ich stehe auf und strecke mich. »Leibrente heißt, gezahlt wird nur bis zum Tod. Je früher Sie sterben, umso billiger wird es für Bruno.«

»Sie haben es erfasst. Deshalb will ich ja dahin, wo die grünen Kokosnüsse wachsen.«

In diesem Moment geht Brunos Haustür auf. Mata erscheint. Sie hält die Tür auf, redet auf jemanden ein. Dann kommt die zweite Frau. Matas Spiegelbild.

Der Gemüsehändler presst sich noch enger an die Wand.

»Es ist Helen«, sage ich und: »Es ist nicht Helen.« Für einen Moment denke ich, es könnte auch Tamara sein. Beide tragen den gleichen Khaki-Anzug.

»Haben Sie ein Fernglas?«

»Ich kann Ihnen eins aus einem Kürbis schnitzen.«

Die beiden Frauen gehen langsam die Treppe hinunter. Mata scheint die andere überreden zu müssen.

»Sie ist es nicht«, sage ich und: »Sie ist es doch.« Und dann: »Sie ist es nicht.« Jedenfalls ist es nicht das Mädchen, das in der Bar gearbeitet hat.

»Sie ist es«, sagt der Gemüsehändler.

Mata fasst die zweite, jüngere Mata unter dem Arm, zieht sie mit sich. Doch dann hält sie inne. Sie holt die große Sonnenbrille aus ihrer Tasche und setzt sie der jungen Mata auf. Ich komme aus meiner Deckung und sehe ihnen zu, bis sie um die Häuserecke verschwinden.

»Sie ist es, sie ist es nicht«, sage ich.

»Sie ist es«, sagt der Gemüsehändler. »Hundertprozentig Gurke, nur andere Schale und rot angemalt.«

Ich setze meine Sonnenbrille auf, laufe, mache einen großen Bogen, gehe langsam, dann laufe ich wieder ein Stück. Ich will nicht auffallen, aber ich will die beiden überholen. Ich muss sie noch einmal von vorn und aus der Nähe sehen. Aber schon von der Seite wird Helen Gewissheit. Obwohl ihr Gang anders ist. Sie geht aufrechter, sicherer. Unter der Uniform ein stählernes Korsett. Sie bewegt den Körper nicht, nur die Beine. Einmal bleibt sie stehen, dreht den Kopf in meine Richtung, aber sie erkennt mich nicht. Ich nehme die Sonnenbrille ab, hebe die Hand. Sie will niemanden sehen. Mata umarmt sie, will sie weiter führen. Helens Kopf wächst aus der Umarmung, sie geht rückwärts, bis Mata den Arm sinken lässt, keinen Versuch mehr macht, Helen an die Hand zu nehmen.

Mein Blut schäumt, macht mich leicht. Ich verliere für einen kurzen Moment den Kontakt zum Boden. Ich will ihr entgegengehen, die Straße überqueren. Egal, was passiert. In diesem Moment zieht jemand an meiner Jacke, holt mich zurück auf den Kantstein und verstellt mir den Weg.

»Wohin so eilig?« Zigarrenatem in Zentimeterabstand.

Ich versuche, seitlich auszuweichen. Mal nach rechts, mal nach links. Der General ist schneller.

»Ich bin unbewaffnet«, sagt er. »Dies nur zur Warnung.«

»Lassen Sie mich durch.«

»Sicher«, sagt er. »Ich prophezeie, Sie werden überfahren.«

Er gibt den Weg frei, hebt die Hand. Als ich die kleine Sprayflasche sehe, ist es bereits zu spät. Seine Nase ist das Letzte, was ich klar erkennen kann. Der Rest ist verschwommen. Ich kneife die Augen zusammen, krümme mich vor Schmerz und taumle nach vorn auf die Straße. Bremsen quietschen. Ein Wagen erfasst mich, wirft mich zurück. Ich bleibe einfach liegen, heule mir den Pfeffer aus den Augen, bis der Unfallwagen kommt.

Wie ist das passiert?« In der Unfallstation des Eppendorfer Krankenhauses bekomme ich eine Augenspülung. »Ich blickte in den Himmel.«

»Aber das ist Pfefferspray.«

»Ja, manchen streut Gott Sand in die Augen, manchen Pfeffer.«

»Keine weiteren Verletzungen.«

»So weit kein Befund.«

»Kann ich gehen?«

»Im Prinzip ja.«

Ein Polizist löst den Arzt ab.

»Wie ist das passiert?«

»Ich habe in den Himmel geguckt.«

»Aber das war Pfefferspray.«

»Ja, manchen streut Gott Sand in die Augen, manchen Pfeffer.«

»Sie wurden auf die Straße gestoßen.«

»Nein, ich war praktisch blind. Ich wusste nicht, wo es langgeht.«

»Wie meinen Sie das?«

»Ich meine, ich hab die ganze Zeit nicht gesehen, was wirklich geschehen war. Jetzt sehe ich klar.«

»Wollen Sie Anzeige erstatten?«

»Für einen Mord, der keiner war?«

»Sie wurden fast überfahren.«

»Das kann man sagen.«

Wenn ein Mann mit einer Leiter durch einen Hinterhof geht, ist das für erwachsene Beobachter ganz normal. Sie wenden sich vom Fenster ab und denken: Handwerker, wie langweilig. Kinder dagegen denken: Handwerker, wie interessant. Sie bleiben am Fenster. Ich schleppe meine neue Leiter aus dem Baumarkt an dem zahntechnischen Labor vorbei. Ich schiebe sie über den hüfthohen Zaun, klettere hinterher. Durchquere den Garten mit dem Teich. Die Geranien werden gerade von einer alten Frau gegossen. Sie nickt mir freundlich zu.

Ich erreiche die Mauer vom Garten des Schmuckladens. Es ist eine Schiebeleiter. Ich ziehe die beiden Teile auseinander, steige auf dem einen hinauf und klettere auf dem anderen hinunter. Helen sitzt auf einem Schemel in dem Hundezwinger mit einem Buch auf dem Schoß. Sie beobachtet mich ohne Regung, senkt den Kopf, liest einfach weiter.

»Helen.«

Sie hebt den Kopf nicht.

»Helen, bitte. Ich … ich …«

Sie sieht nicht auf, aber plötzlich brüllt sie los, ich solle abhauen und mich nie wieder blicken lassen. Sie sagt, sie hasse mich und wie ich es mir erlauben könnte, sie mit einer Schocktherapie heilen zu wollen und sie dann in diesem Zustand allein zu lassen. Ob ich mir überhaupt vorstellen könnte, was in ihr vorgegangen sei. Sie frage sich, was für ein brutaler Mensch ich sei und dass wohl zwischen mir und einem Tier nicht viel Unterschied sein könnte.

Ich versuche, sie zu unterbrechen, aber sie hält sich die Ohren zu, stößt einen nicht enden wollenden Schrei aus.

Ich rede auf sie ein, aber sie unterbricht ihren Schrei nur, um Luft zu holen und dann noch schriller zu schreien.

Ich bitte sie, mir zuzuhören, falle auf die Knie, und alle seit Tagen angesammelten Tränen stürzen aus meinen Augen. Sie sieht nicht auf, schreit und hält sich das Buch dicht vor die Augen.

Mata kommt, sieht mich und läuft zurück in den Laden. Ich muss weg. Sie wird ihre Waffe holen. Ich weiß, ich muss weg, aber wenn schon alles aus ist, will ich auch erschossen werden. Vielleicht wird mich Helen, wenn ich tot bin, noch einmal ansehen, mich noch einmal berühren. Eine Hand greift um mein Gehirn, presst allen Saft der Vernunft durch meine Augen heraus.

»Hau ab«, schreit Helen, »hau ab.«

Jetzt tue ich, was sie verlangt. Ich klettere auf die Mauer. Schon steht Mata in der Tür zum Garten, hebt den Revolver, zielt und schießt, bis die Trommel leer ist.

Und Helen schreit.

Was soll mir schon passieren, wenn selbst Kugeln an mir abprallen. Die Tür zu Carlos' Kellerraum ist geschlossen. Ich klopfe.

»Wer ist da?«, fragt er.

»Bruno«, sage ich.

Er öffnet die Tür. »Nicht schon wieder«, sagt er.

»Es ist nur kurz«, sage ich. Ich stoße ihn zurück in den Raum. »Setzen«, befehle ich. »Ich bin bewaffnet.«

Er dreht den Kopf halb, um mich ein wenig von der Seite anzusehen. Ich beiße auf die Zähne, lasse die Kaumuskeln spielen. Er geht rückwärts und setzt sich.

»Den Juwelier«, sage ich, »den wollten Sie nicht umbringen.«

»Hab ich aber.«

»Und Mata haben Sie auch nicht umgebracht. Es war nur Brunos Show. Er wollte Ihnen einen Schreck einjagen, Sie vertreiben.«

»Meine Mata ist tot.«

»Die Mata, die hier oben lebt, ist die gleiche, die Ihre Mata war.«

»Meine Mata ist tot.«

»Sie wussten doch, dass sie ein Verhältnis mit Bruno hatte, nicht wahr?«

»Das war die neue Mata. Meine Mata habe ich umgebracht. Ich war so wütend, dass ich sie umgebracht habe.«

»Aber Sie können sich nicht daran erinnern, nicht wahr? Sie wissen gar nichts von der Tat.«

»Das Gehirn ist gnädig.«

»Nein, Sie wissen nichts, weil es nicht geschehen ist.«

Er sieht zu Boden, schweigt. Ich setze mich ihm gegenüber. Er kommt mit dem Blick hoch. »Was wollen Sie? Ich soll mein Leben ändern? Das kann ich nicht. Ich will, dass alles so bleibt. Meine Mata habe ich vor vielen Jahren verloren. Wie auch immer. Es interessiert mich nicht. Lassen Sie mir mein Leben, wie es ist! Jede Veränderung ist der Tod.«

»Ich werde nichts sagen. Ich schweige, aber sagen Sie mir nur eins: Sie wissen, dass es die gleiche Mata ist?«

Er nickt, sagt leise: »Ja. Ich wusste es schon immer. Aber konnte sie dieselbe sein, wenn sie mich mit Bruno betrügt?« Und laut knurrt er: »Und sie soll aufhören, wenn ich unterwegs bin, hier sauber zu machen und Blumen hinzustellen.«

Für eine kurze Zeit ist die Luft im Kellerraum klar und metallisch, wie nach einem Gewitter. Wer hat Angst vorm Blitz? Hinterher gelten immer Wahrscheinlichkeitsrechnungen und keine Gefühle. Es ist der Moment, in dem ich ihm von mir und Helen erzähle. Von meiner Liebe zu ihr, von Brunos wiederholter Falle mit den blutigen Betttüchern, die diesmal mich zum Mörder machen, mich vertreiben sollten.

»Ich weiß«, sagt Carlos, »ich weiß das alles. Ich habe ihm geholfen.«

»Aber was haben Sie damit Helen angetan? Wissen Sie das?«

»Ich weiß«, sagt er. »Ich weiß das alles.«

»Aber warum haben Sie ihm geholfen?«

»Das wissen Sie doch. Ich will, dass alles so bleibt. Alles soll so bleiben, wie es immer war. Ist das so schwer zu verstehen, und vor allem, ist das schlecht, sich keine Veränderung zu wünschen? Will das nicht jeder?« Er hat die Hände gefaltet, presst dabei das Blut aus den Fingern, bis sie weiß werden.

»Und dafür muss Helen leiden, damit Sie der schwarze Mann im Keller bleiben können?«

Er atmet laut, nimmt die Hände auseinander und fährt mit

dem Fingernagel seines Daumens die Furchen des Tisches entlang.

»Helen weiß, dass Sie ihr Vater Lukas Krystof sind.«

»Nein!« Er sieht auf.

»Doch. Fragen Sie sie.«

»Nein, das werde ich nicht. Wenn sie es mir nie gesagt hat, dann will auch sie, dass alles so bleibt.«

»Und ich, was ist mit mir?«

Er steht auf, bewegt die Arme wie gebrochene Flügel. »Sie können gehen, Sie haben niemanden umgebracht. Leben Sie auf Ihre Weise. Leben Sie wohl.«

Liebe Helen«, beginne ich auf ein Blatt Papier zu schreiben und streiche es sofort wieder durch. Sie wird keinen Brief von mir lesen, schon wenn sie am Umschlag erkennt, dass er von mir kommt, wird sie ihn zerreißen. Und sollte Mata ihn aus dem Briefkasten holen, kommt er erst gar nicht bei Helen an. Ich muss einen anonymen Brief schreiben. Er muss vor mir warnen. Ich schreibe ihn an Mata und muss nur dafür sorgen, dass er Helen in die Hände fällt. Das könnte funktionieren.

Ich schalte meinen Computer ein.

»Warnung«, wähle ich als Überschrift. »Jakob Vogelwart ist ein Einbrecher, Dieb und Trickbetrüger. Er gibt vor, als Schriftsteller zu leben, doch seine Bücher bringen nichts ein.«

Weiter schreibe ich, wie Jakob Mieter von Thorstens Wohnung wurde und sich nicht bemühte, die Verwechslung aufzuklären, weil er sich in Helen verliebt habe. Um Vogelwart zu vertreiben, habe Bruno eine Szene inszeniert, aus der Jakob als vermeintlicher Mörder Helens hervorgegangen ist. Mata wisse ja, dass es das gleiche künstliche Blutbad gewesen sei, das vor Jahren mit ihr als scheinbarem Opfer durchgeführt wurde.

Ich erwähne die Beteiligung der anderen Hausbewohner nicht. Ohne die Kerners und selbst ohne Mata hätte es nicht funktionieren können.

Mein Brief gipfelt in der Warnung, dass Jakob von seiner Flucht als angeblicher Mörder zurückgekehrt sei. Er kenne jetzt die Wahrheit und wolle Helen entführen. Mata solle nun darauf achten, dass ihre Tochter niemals einen Pass oder Ausweise bei sich trage, damit Vogelwart sie nicht ins Ausland verschleppen könne.

Schwungvoll unterschreibe ich mit: Ein Freund, der es gut mit Ihnen meint. Und auf den Umschlag schreibe ich: Für Mata Krystof.

Ich werde den Brief unverschlossen heute Nacht in den Hundezwinger hinter dem Katzengold-Laden legen. Helen wird ihn finden. Aber ob sie ihn liest? Sie muss.

Ich packe meinen Koffer. Ich werde verschwinden. Für immer. Allein oder zu zweit.

Ich betrete die Bar. Mehrere Gäste sitzen vorn am Ausgang und am Tresen. Porsche poliert Gläser und stellt sie der Reihe nach auf den Tresen. Er nickt mit dem Kopf nach hinten, um mich zu warnen, dass Bruno hinter der angelehnten Tür ist. Das weiß ich schon.

Ich spreche laut, lauter als sonst. Ich bin nur gekommen, um mich zu verabschieden. Ich gehe nach Russland. Ich habe ein Angebot, dort als Berater einen Verlag mit aufzubauen.

Porsche gibt mir die nasse Hand. »Prima«, sagt er. Und: »Das ist wirklich gut für dich und für alle anderen auch.«

»Ich glaube nicht, dass wir uns wiedersehen.« Ich brülle es fast.

Porsche nickt. Endlich kommt Bruno von hinten.

»Wenn es Winter wird«, sagt er, »fliegen die klugen Vögel nach Süden.«

»Und die kleinen kehren nie zurück.« Ich strecke meine Hand über den Tresen aus. Als er sie ergreifen will, nehme ich eines der Gläser, zerschlage es und steche ihm die Scherben in den Arm.

»Oh«, sage ich, »echtes Blut. Wie schön. Sie werden einen Arzt finden, bevor Sie verbluten.«

Ich drehe mich um und gehe. An der Straßenecke warte ich, bis der Krankenwagen kommt. Bruno ist blass. Die beiden Sanitäter führen ihn am verbundenen Arm in den Wagen.

Helen und Mata eng umschlugen, als wären sie an der Hüfte zusammengewachsen. Siamesische Zwillinge. Sie kommen mir entgegen. Den Blick sorgfältig auf ihre Füße gerichtet. Ich stelle mich ihnen in den Weg. Sie bemerken mich nicht und auch alle anderen nicht, umrunden mich wie ein natürliches Hindernis. Einen Laternenpfahl, eine Mülltonne. Doch Helen muss inzwischen den Brief bekommen haben. Hat sie ihn, ohne ihn zu lesen, an Mata weitergegeben? Oder hat sie ihn gelesen und trotzdem weitergegeben?

Ich warte vor dem Supermarkt, sehe mich schon nach einem Taxi um, mit dem wir verschwinden können, aber Helen kommt nicht wieder heraus. Es ist aus. Es hat nicht geklappt.

Der General kommt aus dem Supermarkt, stellt sich breitbeinig vor den Eingang, sieht ebenfalls an mir vorbei.

»Darf ich mal durch?«

Er will mich nicht vorbeilassen. Ich trete ihm gegen das Schienbein. Er beugt sich mit einem Schmerzenslaut nach vorn. Ich lasse mein Bein stehen und brauche ihm nur noch einen Stoß zu geben. Er fällt auf den Fußweg, schafft es nicht mehr, sich abzustützen und rammt mit dem Kopf in ein Fahrrad.

Ich durchquere den Supermarkt. Helen und Mata sind nicht zu sehen. Aber das ist mir jetzt egal. Carlos steht wie erwartet hinter dem Weinregal. Ich hebe die Hand zum Gruß. Die Stahltür zum Hof ist nur angelehnt. Ohne Deckung zu suchen, marschiere ich durch den Hof zum Hintereingang von Bruno Liebes Haus. In Carlos' Küchenschrank finde ich alle Wohnungsschlüssel, ordentlich mit einem Pappschild gekennzeichnet.

Brunos Blut war mir noch nicht genug. Ich will auch sein Geld. Die private Videosammlung in seinem Bastelzimmer scheint mir ein gutes Versteck. Meine Ahnung trügt mich nicht. Der Karton mit der Aufschrift »Diverse Aufnahmen« enthält mehrere Geldbündel. Es liegt sogar eine Liste der Läden darauf mit den jeweiligen Beträgen. Schwarzes oder erpresstes Geld, beim Ausgeben spielt das keine Rolle.

Ich lasse die Wohnungsschlüssel stecken. Ich werde den Vorderausgang nehmen.

Wo warst du?« Sie lehnt an der Haustür, zittert.

»Helen?« Ich umarme sie.

»Ich habe Angst«, sagt sie. »Ich bin durch den Supermarkt und hinten wieder heraus und dann durch den Torweg nach vorn. Du warst verschwunden.«

»Wo ist Mata?«

Sie hebt die Schultern. »Mein Vater hat mir alles erzählt.«

Ich winke einem Taxi. Sie will nicht losgelassen werden. Es ist schwierig, in das Taxi einzusteigen, wenn man jemanden im Arm hat, den man nicht loslassen darf.

Helen steht unten am Wasser und betrachtet ihre nackten Füße. Das Meer leckt an ihnen. Dann lächelt sie und kommt über den Strand zu mir gelaufen. Ich liege auf dem Bauch im Sand, den Kopf auf den verschränkten Armen.

»Hast du keine Kunden?«, fragt Helen.

Mit dem Eiscafé läuft es nicht so gut. Sie legt sich neben mich und verlangt, dass ich ihren neuen Namen sage, den, den nur ich sagen darf. Es ist unser tägliches kleines Spiel. Wir brauchen das. Aber ich weiß, dass ich nicht viel Zeit habe. Es gab schon vier Männer vor mir. Und irgendwann wird einer kommen und ihr einen neuen Namen geben. Ich denke die ganze Zeit darüber nach, was ich dann mache. Ich glaube, ich bringe ihn um. Ich kann im Augenblick keine Veränderung ertragen.

Veränderung ist der Tod.

Rotbuch hat die schönsten Morde

Cornelia Arnhold
Pitbull-Ballade
180 Seiten. TB 1117

Cornelia Arnhold
Rififi
184 Seiten. TB 1108

Jerome Charyn
Abrechnung in Little Odessa
Aus dem Amerikanischen von
Jürgen Bürger
286 Seiten. TB 1071

Jerome Charyn
Maria
Aus dem Amerikanischen
von Jürgen Bürger
380 Seiten. TB 1096

Jerome Charyn
Montezumas Mann
Aus dem Amerikanischen
von Jürgen Bürger
294 Seiten. TB 1070

Jerome Charyn
Paradise Man
Aus dem Amerikanischen
von Eike Schönfeld
256 Seiten. TB 1036

Jerome Charyn
Secret Isaac
Aus dem Amerikanischen von
Jürgen Bürger und Peter Torberg
280 Seiten. TB 1095

Jeffery Deaver
Manhattan Beat
Aus dem Amerikanischen
von Gerold Hens
321 Seiten. Gebunden

Jeffery Deaver
Tod eines Pornostars
Aus dem Amerikanischen
von Gerold Hens
348 Seiten. Gebunden

Thea Dorn
Berliner Aufklärung
160 Seiten. Gebunden

Thea Dorn
Die Hirnkönigin
300 Seiten. Gebunden

Thea Dorn
Ringkampf
244 Seiten. TB 1051

Jürgen Ebertowski
Die Erben des Dionysos
212 Seiten. TB 1151

Tony Fennelly
Blutige Séance
Aus dem Amerikanischen
von Wilhelm Werthern
246 Seiten. TB 1063

Rotbuch Verlag | Bei den Mühren 70 | 20457 Hamburg